瓯风文丛

回首人生

温端政 著

文匯出版社

自序

民国二十年（一九三一年）九月二十八日，我出生在浙江省平阳县麻步镇雷渎村一户温姓人家，转眼之间过去了八十多个春秋，现在已是耄耋之年。我想在身体尚健的时候，回忆一生的经历，于是就有了这本《回首人生》。

回首我的一生，有三点基本估计：

一、我的一生是幸运的。

小时候，我多次遭到病魔威胁，但都幸免于难。特别是十二岁那年夏天右手背得了恶性疔疮，危及生命。凑巧有个乞丐上门，采了草药敷上后，肿痛立即消退，疔疮很快治愈，挽救了我年轻的生命。现在想起来，还感到有些神奇。

我的前半生经历了多次运动，都能逢凶化吉。在“三反”运动中，虽然被打成“老虎”，挨了批斗，但我没有自杀的念头，也没有被投入监狱，定案落实后仍回温州新华书店工作，后被提升为门市部主任、业务股长、副经理，一九五四年还考上了北京大学中文系。在“反右”斗争中，我虽被内定为中间偏右，但没有被划为右派；“文化大革命”刚开始，我在晋东南地区潞城县崇道公社搞“四清”，响应毛泽东号召，高举毛主席革命路线大旗起来“造反”，遭到压制时，晋东南军分区司令亲自出面支持我，使我扬眉吐气；在两派对立时，面对对方的追捕，我逃跑得快，毫毛未损；工宣队进驻之后，虽然住了学习班，隔三岔五免不了被批斗，但我以毛主席语录巧妙对付，幸免于难。后来下放运城，走进农村的广阔天地，并在北相公社（今北相镇）加入中国共产党。

值得庆幸的是，我在学习道路上遇到许多好老师。在高中的最后一个学期，因经济没有来源，感到绝望，准备去少林寺出家的时候，班主任兼语文老师马骅先生教育、帮助了我，使我得以完成高中学业，他还把我介绍到温州新华书店，从此成为一名国家干部。在北京大学上学期间，袁家铧先生手把手指导我，把我领进汉语方言学的学术殿堂。王力先生的讲课，使我对语言学产生浓厚的兴趣，后来他为我主编的《中国俗语大词典》和《古今俗语集成》题写了书名，为我们主办的《语文研究》题写了刊名，还多次赐稿，帮助《语文研究》提高质量。吕叔湘先生八十多岁高龄时还应邀来山西讲学，并为我主编的《中国俗语大词典》撰写序言。

还使我感到幸运的，是我工作中遇到许多好领导。在忻县师专和晋北师专工作时遇到好校长郭万胜。他是一九三六年就参加革命的老干部，对我爱护有加。一九七八年调入山西省社会科学研究所之后，遇到好所长王守贤，他大力支持我们的工作。所改院后，在第一任院长刘贯文和副院长宋玉岫、陈家骥、张海瀛的领导下，比较顺利地完成了“六五”国家重点项目“山西全省县（市）方言志”和“七五”国家重点项目“山西方言通志”。后来又得到继任的院长和副院长的大力支持，使我所从事的事业获得更加辉煌的成果。

最使我感到幸运的是，在涉及著作权和名誉权纠纷的官司中，山西高院终审误判我和《语文研究》编辑部败诉，当我们走投无路，接近绝望的时候，最高人民检察院受理了我们的申诉，并向最高人民法院提起抗诉，使我们的冤情得以洗刷。经过再审、调解，推翻了终审错判，取得了宝贵的“小胜”。

人生难得的是幸运。我的一生似有神助，才有如此之多的“幸运”，我觉得自己是上天的宠儿，并为此感到无比庆幸。

二、我的一生是充实的。

一九五八年我考取北京大学中文系选择了语言专业之后，就爱上了这个专业，并决心为之奉献终生。没有想到的是，一九六二年晋北师专下马之后，到一九七八年调入山西省社会科学研究所，整整十六年期间，除了在山西省教育学院教了半年的古汉语课之外，其余时间所做的都是与语言学无关的事情。

幸运的是，在改革开放初期的一九七八年，我调入了山西省社会科学研究所，重新开始从事我心爱的语言学事业，多年积压在心头的激情为之迸发，夜以继日、不知疲倦地工作着，充分享受着改革开放之后迎来的科学的春天。

我牵头成立了山西省第一个学会——山西省语言学会，主持创办了当时被誉为“《中国语文》第二”的语言学学术性期刊《语文研究》，并担任主编达十三年之久，后又担任编委会主任。

幸运的是，当时山西省在地方志编纂方面走在全国前面，我们抓住这个机遇，组织编写地方志中的方言志，经全国语言学科规划会议批准，以“山西全省县（市）志中的方言志”的名义列入“六五”期间语言学学科的国家重点研究项目。这真是天赐良机。我作为这个项目的主持人，和同行一起攻关克难，在一九八四年年底就提前完成规划中规定的试编十种方言志的任务，接着又以“山西省方言志丛书”的名义正式出版了三十种方言志，在省内外以至国际上产生了影响。一九九〇年六月，山西省社会科学首届评奖中，被评为唯一的一项一等奖。

完成“六五”计划的重点课题之后，又与时任中国社会科学院语言研究所副所长的侯精一先生合作，联合主持列入“七五”期间语言学学科国家重点研究项目的“山西方言通志”。我还有幸参加了由中国社会科学院语言研究所所长李荣先生主持的列入“八五”期间语言学学科国家重点研究项目的“现代汉语方言大词典”，合作编纂了《忻州方言词典》。

在调查研究方言的同时，进行了汉语语汇研究，编纂了语汇类辞书，得到商务印书馆、上海辞书出版社、人民教育出版社、语文出版社，以及山西教育出版社、书海出版社等的支持。一九九三年退休之后，我把研究的重点逐渐转移到这些方面，进入新世纪更是把全部精力集中在这些方面，先后主持了两个国家社科基金项目《汉语俗语语料的计算机处理及相关的语言学问题研究》和《语典编纂的理论与实践》。二〇〇五年《汉语语汇学》的出版，被认为语汇学开始成为汉语语言学的一个分支学科。从二〇〇七开始召开首届汉语语汇学学术研讨后，每两年开一次，今年已经是第六次了。每次会后，都由商务印书馆出版论文集。语汇学研究在不断发展，事实证明它是一个有生命力的学科。

在进行方言调查研究、语汇研究和语汇类辞书编纂过程中，获得了丰硕的成果。这些成果是我以整个生命所凝聚成的精诚去完成的，倾注了我的全部心血，使我感到自己的一生总的来说是充实的。

三、我的一生是幸福的。

第一，我从所从事的事业中得到充分回报。

在晋北师专工作期间，我被推选为参加省、地、县三级群英会的代表，一九九五年被补授山西省劳动模范称号。调入山西省社会科学研究所（一九八三年改为山西省社会科学院）后更是获得许多荣誉。一九八六年国家人事部授予“中青年有突出贡献专家”称号，一九九一年山西省委、省政府授予“山西省优秀专家”称号，同年获得国务院授予的政府特殊津贴。二〇〇一年山西省社会科学院院长张成德聘任我为资深研究员；二〇一〇年，中共山西省社会科学院党组授予“敬业奉献标兵”的荣誉称号；二〇一二年被山西省社会科学院院长李中元聘任为终身研究员。当院领导在全院数百名职工的热烈掌声中为我颁发证书、披戴红飘带的时候，我感到无比的幸福。

第二，我有许多亲如手足的同学和朋友。

初中时期，比我高一班的同学郑学友，在我全身长满虱子，健康受到严重威胁的时候，帮助我彻底清除虱子，使我恢复了健康。学友章志诚，后来成为历史学家，主编《温州市志》，我们一直互相支持，互相鼓励，他还撰写了《风雨拼搏铸辉煌——记温籍语言学家温端政》一文，在《温州读书报》二〇〇五年第十至十二期上连载，后收入《瓯歌——〈温州读书报〉文选》（上海远东出版社，二〇一一年）。在高中时期，同班同学林景润是我最要好的同学之一，他当时是温州中学地下党支部书记，是他引领我加入地下党的外围组织——群峰读书会。

在大学时代，许多同班同学一直关心着我。时任国家语委副主任的曹先擢、时任中国社会科学院语言研究所党组书记的熊正辉和时任语文出版社社长的李行健，一直关心着山西省语言学的发展，多次应邀来山西讲学，出席我们召开的会议，支持我们完成国家重点项目。郑宝倩、李一华、陈松岑在读书时就是比较亲近的同学，毕业后一直互相关怀。李一华还帮助我从北大图书馆和北京图书馆影印了许多俗语资料，使我得以完成《二十世纪的汉语俗语研究》一书。比我高一两个年级的徐通锵、王福堂，虽然不是同班同学，但友谊同样深厚。《语文研究》创刊五周年的时候，徐通锵撰写《语言研究的发展和五年来的〈语文研究〉》一文，发表在《中国语文》一九八五年第六期，对《语文研究》作出令人鼓舞的评价。王福堂虽然在晋语“分立”上与我观点不同，但这并不影响我们的友谊。

由于我长期主编《语文研究》，在语言学界联系广泛，结识的朋友遍布全国各地，其中不乏感情深厚的知心朋友。中国社会科学院语言研究所原所长李荣先生，对我来说是亦师亦友。他学问渊博，人所公认，但有些人感到他难以接近，我开头也有这个感觉，后来接触多了，感到他十分可亲。他高瞻远瞩，全力支持山西方言的调查研究，多次来山西考察，参加我们的会议，还破例为“山西省方言志丛书”撰写总序。曾任中国语言学会会长、《中国语文》主编的侯精一，是我的莫逆之交。我们共同主持“七五”国家重点项目“山西省方言通志”，联合主编这个项目的阶段性成果《山西方言研究》（论文集）和最终成果《山西方言调查研究报告》。二〇〇七年七月，首届汉语语汇学学术会议召开时，他以中国语言学会会长的名义，代表学会发来热情洋溢的贺信，认为《汉语语汇学》的出版标志着汉语语汇学的建立，认为“汉语语汇学有着丰富的内容”，“是一门有着美好发展前景的分支学科”，给与会学者极大的鼓舞。原中国社会科学院语言研究所方言研究室主任、《方言》执行主编张振兴先生，不仅在调查研究山西方言方面给予大力支持，还在长达十二年的官司中，与我们同呼吸、共命运。在首届汉语语汇学学术会议召开时，他专程来太原，在会上宣读了题为《语汇学之成立》的论文，有力地支持了刚刚诞生的汉语语汇学。

在山西省内，在山西省社会科学院语言研究所内，友人更多，有的是情趣相投、荣辱与共的故交，有的是朝夕相处的同事或助手，离开他们的支持和帮助，我将一事无成。可喜的是，一批有志于语汇学研究的年轻人正在成长，语汇学后继有人，对此感到十分欣慰。

更使我深受感动的是，在山西高院终审判决我和《语文研究》编辑部败诉，几乎陷于绝境的时刻，语言学界的一百五十多位教授主持正义，联名呼吁支持我们，其中包括许多全国最著名的语言学家。呼吁书由曹先擢和李行健起草，言简意赅，直击山西高院终审判决的要害，在学界产生震惊一时的轰动，是最高人民检察院提起抗诉的重要依据，是我们转败为胜的关键。

第三，我有和谐的家庭。

一九六〇年，我和爱人陈秀娟结婚之后，志同道合、同甘共苦，度过了人生最艰难的时光。

在严酷的“文化大革命”中，在艰苦的下放运城岁月，我们同甘共苦、荣辱与共；在漫长的马拉松式的官司中坚定地和我站在一起，给了我信心和力量；她还承担起繁重的家务，全力支持我的事业。我们生有三女一男，他们各有自己的工作岗位。二女儿朔彬大学毕业后分配到山西省教育学院历史系当干事，后来她考取了山西省委党校的研究生，毕业后调到山西省社会科学院，先在思维科学研究所，后转入语言研究所，成为我的助手。

第四，我有健康的身体。

我的老家有设坛习武的风俗，练的是“白鹤拳”，从小就受熏陶。在中小学时期，我喜欢参加体育活动，在大学时期，我成为北京大学体育运动代表队成员，擅长中长距离跑步，多次代表北大参加竞赛。大学毕业之后，我还坚持锻炼，因此确保身体健康。今年已是八十六岁高龄,每天仍能坚持工作几个小时。

当然，人生不可能十全十美，所谓“不完满才是人生”。我的爱人身患多种疾病，七十二岁就过早去世。三女儿因糖尿病并发症，双眼接近失明，不得不提前病退。

最为遗憾的，是调人失察。一九八五年，我没有经过认真考察，就把一个年轻人从基层调入作为接班人培养。没有想到他背着我抄袭我的文章，批评他还死不认错。他还背着我们做了许多有损山西语言学界团结的事情，引起大家的不满。事情的演变出乎意料。他竟以侵害其著作权和名誉权为名，向太原中院起诉我和《语文研究》编辑部,从而引发长达十二年的官司。在这十二年中，为了应付官司，我撰写了几十份状书讼辞，字数在五十万以上,耗费了大量的时间和精力,付出了沉重的代价。但我并不后悔，人生总是这样的多灾多难，既有失败又有成功，人生就是由一个又一个失败和成功串联而成的。

现在，我还有些余力，正主编大型工具书《语海》。二〇一二年四月，我们与上海辞书出版社签订了出版合同，计划字数一千两百五十万字，计划二〇一七年十二月完稿，二〇二〇年出版。该书已经列入“十三五”国家重点图书出版计划，我希望在有生之年能看到这部巨制的问世。

目　录

上编

下编

上编

少年时代

在浙江省平阳县鳌江中游南岸有个居住着近百户人家的村庄，鳌江绕着村子的北面和西面，蜿蜒而上，直至水头镇。村子的东南有一座小山，名叫雷峰山，形状像关鸡的笼子，俗称“鸡笼山”。相传这个村子是由鳌江的涂泥淤积而成，有一条沟渎，叫做澧渎。取雷峰山的前字和澧渎的后字，合称雷渎，作为村名。村子里住户大部分姓温。民国二十年（一九三一年）九月二十八日，我就出生在这个村子里。

我的启蒙教育

在我七岁的那一年，有一天，下着蒙蒙细雨，我家的长工领我到离村三里的下堡村附近的一座小庙。小庙坐北朝南，里面供奉着泥塑的佛像。长工把带来的葱和算盘，放在神像前面，让我面向神像跪在葱和算盘旁边。葱与“聪”谐音，象征着聪明，算盘表示将来能掐会算。我双手合起来，向神像拜了几拜。这算是完成了上学仪式。

学校就在这座小庙里。靠西边的厢房摆着课桌和板凳，就是教室。有二十多个学生，分别上初小四个年级，合在一个教室，老师轮流着教，时称“复式教学”。老师只有一个，三十来岁，穿着长袍，给人和蔼可亲的感觉。这就是我的启蒙学校。

我朦朦胧胧地跟着老师学，先是学国文，后来又有算术和常识。学着学着，觉得越学越枯燥，越学越没味，就找借口逃学。我记得小时候一感冒发烧，母亲摸着我的手感觉有些发烫，就会让我卧床休息。于是，我把手伸到热水里，等手烫得发热了，就对母亲说，我发烧了，不能上学了。母亲摸摸我的手，发现是热热的，以为我真的病了，就让我在家休息。趁她不在家,我悄悄出去玩耍。过几天，我又用同样的办法来骗母亲。次数多了，母亲就怀疑我有假。一天，她说要给我洗澡，让我脱了裤子。没想到脱了裤子之后，屁股立即挨了一阵鞭打。第二天，母亲不让我上学，叫我跟着长工下地锄草。我拿着比我个子还要高的锄把，在我家的棉花地上锄开了草。头上顶着烈日，四周又不透风，热得就像在蒸笼里一样。锄头重得拿着就吃力，杂草长得很茂盛，锄起来十分费劲，不一会就大汗淋漓。好容易熬到吃午饭。饭后，我想歇一歇。母亲不允许，又逼着我下地。又熬了一下午，累得我浑身难受。我对母亲说，我不锄草了，我要上学。母亲说，不行。第二天又叫我跟着长工去砍柴。

我家附近的“鸡笼山”覆盖着茂密的树林，里面就有许多柴草。但村里为保护树林，一直封山，不许人进去。因此，只能渡过鳌江，到江北的山上去砍柴。我和长工一早就动身，渡过江，爬上山，就已累得浑身是汗，拼着全身力气，也没有砍下多少，还是靠长工才砍下一捆柴，背回家，天已黑了。我累得浑身无力，遍体疼痛，叫苦不迭。我深深体验到劳动的艰辛，觉得还是读书好。于是哀求母亲说：我一定要好好读书，再不敢逃学了。

从此我用功读书，成绩有了提高。我的作文被评为优秀，老师把它抄写成大字张贴在墙报栏上，让大家观赏。这时我读初小三年级。期终学校奖励我两条毛巾。我弟弟刚入学读一年级，因劳动好，也得了奖，奖品是一个脸盆。兄弟两个双双得奖，传为佳话，母亲笑开了口。我记得那是她最高兴的一天。

母亲早逝之痛

我家平常雇一个长工，农忙时雇两个，还雇了一个给长工做饭的保姆，母亲却是一个劳动妇女。她时常下地干活，尤其是农忙季节，更是起早打黑，忙个不停。我母亲有个心愿，就是把我家被火烧掉的房子，重新盖起来。我家原有一座七间大瓦房，是在我刚出生不久烧掉的。这座房子是我爷爷手里盖起来的。

听说我爷爷原来是个长工。有一次挑粪摔了一跤，东家没有问他摔伤了没有，反而怪他把粪洒了。我爷爷生了气，辞了不干，去做生意，结果赚了钱，买了一百来亩地，盖了两座房子。先是盖了一座七间大瓦房,让我伯父继承。后又给我父亲也盖了一座七间大瓦房。房子刚盖好，爷爷就去世了。我家当时人很少，大部分房间都是空着的。房子是木料盖的，一把火烧得精光，只剩下地基，一直找不到失火的原因。

房子烧掉后，只好借住伯父的一间房。一家人挤在一起不够用，又在旁边盖了简陋的三小间偏房，一间让长工住，一间是厨房带保姆的卧室，还有一间用来养猪。

寄人篱下的日子总不好过。母亲盼望能积蓄一些钱，再盖个新房。可是，父亲不争气，不仅打麻将赌博，还抽鸦片烟。一到年终，只能卖地还债，母亲暗地里流泪。

母亲的身体本来不错的，可不知为什么，在我读初小四年级，也就是十一岁的时候，突然病倒了。

那是一个万里无云的晴朗的日子，过了立秋的骄阳还有些猛劲，晒得人汗流浃背，我还是照样上学。吃过午饭之后，我跟在伯父后面，向学校走去。

伯父和我父亲虽是亲兄弟，但性格完全不同。他不仅不赌博、不抽鸦片烟，连香烟也不抽。因此，他家的家业比我家要兴旺得多。他还从政，是国民党员，曾经当过北港区长。这时，他回到乡里当了麻步乡长。这天，他去乡公所办事，走在我的前面。跟他在一起的，是给伯母看病的郎中，他的身材和伯父一样胖。跟在他们身边的是个背着枪的勤务兵。

我去学校跟他们同路，走到下堡村，我拐进学校，他们还往前走，离麻步乡公所还有一里路。当我刚刚走进教室，还没有坐下，只听外面“啪！啪！啪！”一阵枪响，我吓得浑身发抖，蹲在地上，一动也不敢动。枪声过后，学校里空无一人，我来到附近我大姨家里，心里还是惊慌不定。这时我才知道，伯父和郎中一起遭到伏击身亡，勤务兵逃得不知去向。我慢慢回过神来，一个人回到家里，只见我家请来做衣服的裁缝师傅，躺在门口的血泊里。原来，那几个人打死了伯父和郎中之后，又冲进我们家里。我父亲一看情况不妙，赶快逃走。我母亲病卧在床，下不了地。受此惊吓，病情突然加重，当晚我和弟弟跪在我母亲床前，哭得泪流满面，跟母亲作最后告别，那时母亲刚过四十岁。

三次逃脱病魔

那时农村的卫生状况很差，苍蝇蚊子满天飞。医疗条件更是不好，缺医少药，迷信横行，死人是常有的事。我弟弟原来身体很壮实，有一天在玩耍中不知出了什么事，突然生病卧床，吃了农村土郎中的药不管用，以为是魔鬼作怪，请来几个跳神的，说是除妖降魔，结果刚跳完神，就一命呜呼，夭折了。

我小时候的身体也是不错的，最想做的事情是钓螃蟹。这可不是一项简单的事情。先要逮蚯蚓，然后把蚯蚓捆绑在一起钓青蛙，再把钓到的青蛙肢解了，把切碎的块状肢体扎在一根线头上作为钓饵。再把线的另一头拴在小竹竿上，把竹竿放在岸上，把钓饵放在池塘里螃蟹居住的洞口。螃蟹看见钓饵，从洞里爬出来，咬住钓饵，就赶快提起钓竿，等螃蟹快露出水面时，用网网住。一天少则能钓十来只，多则能钓三十来只。夏天顶烈日，冬天冒严寒，乐此不疲。这不仅增加了我童年时代的乐趣，也增强我的体魄。然而就这样好的身体也免不了三灾八难。印象较深的有三次。

第一次是在七八岁的时候，母亲还在世，我得了痢疾。这种病,我们那里方言土语叫“放屎仔”。症状是老想大便，却又大便不出来，有时便出一点也带脓血。白天拉了一次又一次，晚上刚有些睡意，就想大便，硬是不让睡。中医没有办法，父亲去药店抓了一些西药，是白色粉末，味道很苦，吃了也不管事。我的身体一天比一天衰弱，好像灯油将要耗尽，奄奄一息。有人建议死马当作活马医，让我吃一颗鸦片试试。父亲正抽着鸦片，这是现成的。吃了一小粒鸦片，果然当晚就睡着。第二天再吃一粒，居然就慢慢好了，逃过了一难。

第二次是我十二岁的时候，那年暑期我回到家里。父亲和后母都不在家。只有保姆一人和我相伴。一天，我的右手手背中指后面，突然长了疔疮。真是病来如山倒，疔疮很快就使整条胳膊红肿起来，痛得我叫苦连天。保姆年纪已大，束手无策，只是一边流泪，一边抚摸着我，想减轻疼痛。正在这时，门前来了一个乞丐，看上去有五十来岁，他衣衫褴褛，上门乞求施舍。见我被疔疮痛得在地上

平阳县南雁初级中学学生

打滚，连忙过来探视。他什么话都没说，就到村边的“鸡笼山”上，采摘了一些草药，捣碎了成泥状，敷在疔疮上。此药果然神奇，很快就止住了疼痛，红肿也慢慢消退。他说我好命大，要是晚了一半天，红肿到达心肺就没命了。平时，乞丐上门，保姆总是给一小勺大米，把他们打发走。这次，为了感谢这个乞丐，破例给他一罐子大米，他拿着愉快地走了。我望着他的背影，心生无限感激之情。

第三次是我在南雁初级中学读二年级的时候。不知什么原因，我一天比一天消瘦，浑身无力，一到晚上什么都看不见，说是“夜盲”。白天也是精神恍惚，医生说我严重贫血，可就是找不到原因，治疗也不见效。同学们见我瘦得不像个人样，一个个疏远了我。只有高我一年级的名叫郑学友的同学时常来关心我。一天，他无意中发现我盖的被子有许多虱子。让我解开衣服，只见虱子爬来爬去，到处都是。当时我离开家住在学校的集体宿舍,无人照料，自己也不会照顾自己。真是虱多不痒，我竟然毫无发觉。郑学友立即让我把所穿的衣裤都换下来，把被面拆下来，他都拿到住在学校附近的姐姐家里去，放在锅里，加上水，连烧了好几滚，然后取出来晒干。这样才把虱子彻底清除掉，我的身体才又慢慢恢复健康。

郑学友在南雁初级中学毕业之后，就参加共产党的地

一九四六年十二月，南雁初级中学毕业前夕拍摄，左三是指导老师，左二是我。

下游击队。解放之后曾任平阳第二中学（南雁初级中学的新名）校长，离休后喜欢旅游。一九八八年，我在上海辞书出版社审订《中国俗语大辞典》书稿时，他正好来上海旅游。见面时，我们非常高兴，我请他在上海辞书出版社食堂里吃了一顿饭，心里感激他当年的救助之恩。

脑子突然开窍

由于我所上的初小过于简陋，教学效果较差，所以我的知识基础不够坚实。初小毕业之后，偏偏又跳了一级，直接上了六年级，这就使我跟不上班。

我有一个表兄，是我一个舅舅的儿子。他想去离我家三十华里的水头镇小学读六年级，为了有个伴，硬拉着我跟他一起上学。因为跳了一年级，知识衔接不上，上课时老师讲的我都听不懂，下课补习也没有效果。期中、期末考试都不及格，也就毕不了业。我表兄成绩比我好，顺利毕业了。我哭了一场,回到家里。离我家稍远的麻步街(今麻步镇所在地）附近有座小学，设在傅氏宗祠里，里面既有初小也有高小。我就在那里再读一次六年级。没想这一读，我的脑子竟然开了窍。尤其是数学，加减乘除中的除法，我怎么也不理解。可是这时，我忽然开朗，所学知识，居然能融会贯通。

小学毕业之后，去报考南雁初级中学。这是一座建立不久的新学校。当时正是抗战时期，许多在外地大学里执教的老师回到家乡，他们商议后办起这座学校。校址设在水头镇，因为邻近著名景区南雁荡山，便以“南雁”命名。

我的大堂姐住在水头镇，我在她家住了一天，就去参加入学考试。没有想到，以高分被录取，特别是数学，竟考了一百分。这破了学校的纪录，入学后赞扬之声不绝。校长原来是个大学教授，他亲自教我们英语。上课时，喜欢提问我。我那时有些口吃，一紧张就往往说不出话来，但还是能给他比较满意的回答。于是，我就特别重视英语学习，每天一早起来，总要朗读一个多小时。数学的成绩，我还是保持着领先，每次考试几乎都是一百分。只有国文，落在后面。有一次中考，只考了四十多分，老师把我叫去，狠狠训了一顿，这才刺激了我。我下决心好好补习，终于赶了上去。

我开始有些自满，慢慢放松了学习。有一年寒假回家，春节期间家乡赌博盛行，我也沾染上赌博习气。开学后，我把这种习气带到学校，偷偷和几个同学玩起纸牌。学习没有心思，上课也不专心。有一天晚上，我和几个同学躲在宿舍里玩纸牌，班主任老师破门而入，抓个正着。学校随即张贴布告，通报批评我的赌博行为，校长还亲自跟我谈话，这才使我惊醒。从此戒了赌博恶习，专心学习。到了初中三年级，我已经成为班里的“尖子生”，以较好的成绩毕业。

有幸考取温中

初中毕业之后，父亲说我年纪还小，不必急于上高中，在家补习一年，我也乐得有个逍遥机会。这时，邻村有个叫林开善的好友想去考高中，他初中是在平阳县城的一座初级中学上的。当时只有温州才有高级中学。那时交通不便，我们家乡去温州，最快也要走两天。先要乘船到鳌江，由鳌江走到平阳，由平阳坐船到瑞安。在瑞安渡过飞云江，再乘船到温州。他一人不敢去，约我同行。我没有复习功课，抱着试试看的心情陪他去温州。

当时，温州只有两所中学有高级班级，一所是温州中学，一所是瓯海中学。温州中学是省立的公办学校，瓯海中学是私人办的“私立”中学。我只报考温州中学。林开善除报考了温州中学，还报考瓯海中学。

我不慌不忙地走进考场，头一门考的是国文。考题只有一个，就是翻译一段古文，记得是《汉书》中“李广传”

里的一段，全文是：

居久之孝景崩武帝立左右以为广名将也于是广以上郡太守为未央卫尉而程不识为长乐卫尉程不识故与李广俱以边太守将军屯及出击胡而广行无部伍行阵就善水草屯舍止人人自便不击刁斗以自卫莫府省约文书籍事然亦远斥候未尝遇害程不识正部曲行伍营陈击刁斗士吏治军簿至明军不得休息然亦未尝遇害不识曰李广军极简易然虏卒犯之无以禁也而其士卒亦佚乐咸乐为之死我军虽烦扰然虏亦不得犯我是时汉边郡李广程不识皆为名将然匈奴畏李广之略士卒亦多乐从李广而苦程不识程不识孝景时以数直谏为太中大夫为人廉谨于文法

当时用的是繁体字，不加标点，要求翻译成白话文。这段文字中，有一个难点，就是“程不识”，有人不知道是名字，把它译成“路程不识”，这就全错了，只能得零分。我初中时期，除了在学校上国文课外，寒暑假回家，老家的几个同学有时组织起来学古文。我父亲也抽空教我读《论语》《孟子》，因此有些古文基础。这段文字虽然以前没有接触过，但一看也能知道它的大概意思。经过一番思索，终于比较正确地翻译出来，过了国文这一关。

接下来是数学和英语。数学本来就是我的强项，考的题目，有几何，也有三角，我都熟悉，很快就交了答卷。英语也没有难住我，南雁初级中级就非常重视英语，三年级的时候，教英语课的老师，上课不讲汉语，用英语来解释课文。老师提问，我们也能用英语回答。英语试卷没有超出初中时的学习范围，我几乎全能答上。

温州中学高中部只录取五十名考生，而报考的却有来自全地区各县的好几百名学生。发榜时,发现我榜上有名，而我陪同的学友林开善却落选了，考取了瓯海中学。

参加进步组织

温州中学是当时温州地区学生运动的中心。我是一九四七年春季入学的。入学不久，温州的几所中学就联合举行了“反饥饿、反内战、反迫害”的大游行，我也跟着大家一起走在游行队伍中，沿途散发传单，张贴标语，高呼“我们要饭吃，我们要活命”等口号，经历了我一生从未有过的一次革命锻炼。

进入第二个学期，同班同学卢声亮就主动跟我接触。他问我对蒋介石有什么看法。我说,蒋介石这个人是好的，不好的是他下面的人，把国民党搞得腐败不堪了。其实这是我父亲的观点，我常听他这么说，就受了他的影响。卢声亮说我的看法不对，蒋介石就不是什么好东西。他介绍我去读《新经济学大纲》《大众哲学》等进步的书。卢声亮的学习成绩本来很好，可是没有多长时间他就退学了。后来才知道他那时已经是地下党员，退学后参加了浙南游击队，解放后当过温州市长。

卢声亮走了后，同班同学林锦润、赵承梓跟我接近。他们引领我参加地下党的外围组织——群峰读书会。参加读书会的共有八个同学，我们暗中传阅《新民主主义论》《论联合政府》和香港《群众》杂志等书刊，还偷偷阅读浙南地下党办的《浙南周报》。还时常秘密集会，除学习进步书刊外，还开展批评和自我批评。当时正是温州中学四十六周年校庆，校学生自治会举办壁报比赛。我们读书会也参赛，壁报的大标题是《象牙塔外》。我积极参加，连夜写文章，精心编排，结果得了第一名。学校奖励一面锦旗，旗上绣着校长金嵘轩亲自题写的“最优”两字。读书会全体成员高高兴兴地拍照留念。这张照片我一直保存着，温州中学九十周年校庆时，我复制了若干份分送还健在的读书会成员。

一九四九年的暑期，我回到家乡，也仿照读书会的做法，把从各地学校回乡度假的同龄人召集在一起，阅读进步书刊，交流进步思想，抨击时局，很快就产生了影响。那时正是解放前夕，白色恐怖笼罩社会。父亲怕我有危险，竭力反对我组织这些活动。晚上回家不让我吃饭，白天不让我出门，甚至快开学了也不让我上学。这时读书会派潘国良同学到我家动员我上学。父亲更感到问题严重，坚决不让我再受读书会影响，阻止我继续上学。我只好孤单单地休学在家，苦苦地熬了一个学期。

想念同窗学友

正在我休学的这个学期，温州地区解放了。这时，父亲才同意我继续上学。家里卖了一些农产品，筹集了学费。当时物价飞涨，带到温州很快就贬值了，交不成学费。我只好回家，家里再筹集一些大米，运到温州，用实物交了学费。

我发现周围的环境变了，见到的同班同学都是新面孔，我原来熟悉的，特别是同在一个读书会的同窗好友都已经不见了，留下的只是记忆，我时常想念着他们。

在读书会里，跟我最要好的是林锦润。他一九四八年就入了党，担任温州中学地下党支部书记。当时我并不知道他的身份，只知道他对我特别关照。他有个姐姐，就住

一九四七、一九四八年，在省立温州高级中学读书时，参加了地下党外围组织——群峰读书会。左二为地下党支部书记林景润。时逢温中四六周年校庆，读书会以“象牙塔外”为壁报名参加全校比赛，获第一名，金嵘轩校长颁发锦旗，亲书“最优”二字。

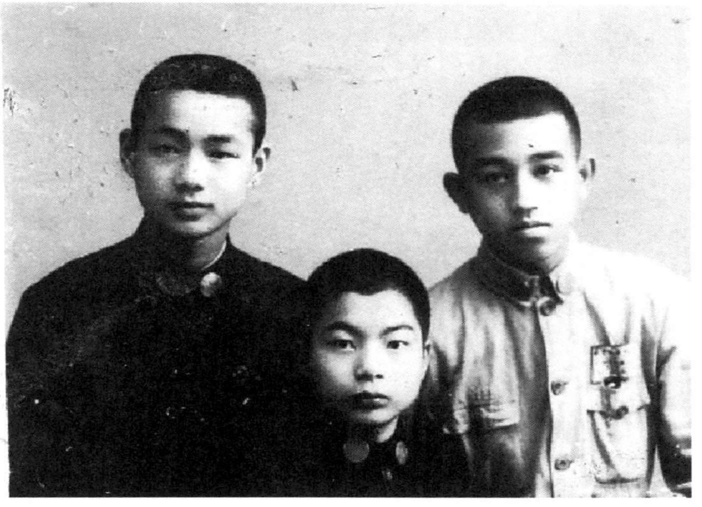

左卢声亮，右赵承梓，都是高中同学，他们都是地下党员。卢声亮解放后曾任温州市长，赵承梓参军后牺牲。

在学校附近。他见我远离家乡，不免孤独，就常常领我到他姐姐家，在他姐姐家吃饭睡觉，把我看成小弟一样。有一次学校举行乒乓球比赛，我只怕输球，打得很拘谨，结果败在平时从没有赢过我的一个同学手里，我难以接受，心里很痛。此时他耐心地开导我，说胜负乃兵家常事，不必过于计较。他引导我参加读书会，是我迈向进步的领路人。可这时，我已经见不上他的面，听说他已经担任了温州市学联主席，正在温州市团工委学生部工作。

在读书会里，跟我要好的还有一个叫赵承梓的同学。他跟我一样喜欢打乒乓球，那怕是课间的十分钟，我们也要抢上一张球台打上几分钟。我们亲如手足，形影不离。他也是一九四八年入了党。入党后不久就离开大家参加浙南游击队。我时常思念着他。

思念，使我默默寡言，使我疏远了周围的同学。这引起了和我同桌的女生高肖笑的注意。她常常做一些小动作想逗我开心，可我就是高兴不起来。有一天，她想让我高兴，说要领我到她家游玩。我一进门就被她家的豪华惊呆了。庭院很大，还有一个小花园。室内摆设更是琳琅满目。我家在当地还算个地主，但跟她家根本不能相比。原来，她家开着温州最大的奶粉厂，他父亲是温州地区有名的企业家。她的母亲见我长得眉清目秀，文静少言，流露

一九五〇年夏毕业于浙江省立温州高级中学。前排右六校长金嵘轩，右五班主任兼语文老师马骅。后排左六是我。

出喜欢的神色，像丈母娘看女婿一样，不断端详着我，我不好意思地低下了头。吃饭时，端上来的都是山珍海味，是我在学校里根本吃不到的。但是，我心里还是高兴不起来。我认为我的老家在农村，是被温州城里人鄙视的“乡下侬”。我和他们不是一个等级。第二天，高肖笑见我还是闷闷不乐，就用温州话骂我，说我是个“呆头鹅”。

这是我高中时代的最后一个学期。毕业时，全班同学和任课老师在一起合照留念。享有盛誉的金嵘轩校长坐在前排中间，他的左边坐着时任语文教师兼班主任的马骅先生。我和高肖笑站在最后一排，中间隔着两个同学。毕业之后，我到温州新华书店参加工作，她继续上学深造，后来成为《解放日报》的著名记者，我们再也没有联系。

新华书店四年

一九五〇年七月，我从浙江省立温州中学高中部毕业。同班同学纷纷参加升学考试。当时高等学校生源不足，录取率很高。可我因为家里被划为地主成分，失去了经济来源，不能继续上学，只好走上社会，进入温州新华书店工作，直至一九五四年七月考取北京大学中文系才离开。整整四年的书店工作，印象深刻，至今记忆犹新，终生难忘。

马骅先生的推荐

我能进入温州新华书店工作，是马骅先生推荐的。

马骅先生是著名诗人，曾参加新四军，转战苏北抗日根据地。一九四九年温州解放，担任《浙南日报》副刊《新民主》主编，后任温州中学副校长。对这些，我当时都不了解，只知道他是我高中三年级时的语文老师兼班主任。

家里被划为地主成分后，经济来源已经不如从前。为了克服困难，我先是从学校搬出，同一个同乡同学在外面合租一间小房子，过着最节俭的生活。就这样，还是坚持不下去。隔壁的一个老大娘看我生活这么困难还天天早起练习武功，提出让我住在她家里，管吃管喝，只要我帮助她正在读小学六年纪的小儿子学习。我搬到她家住了一个多月，总觉得寄人篱下不合心愿，于是萌生去少林寺出家的想法。我家乡有练武的传统，我也习武多年，去少林寺也许是自己的最好归宿。

正在这个时候，马骅先生组织我们班参加了一次义务劳动，并要求根据参加义务劳动的体会写一篇作文。我当时想，这也许是自己一生最后的一次作文，便尽情发挥。不想这篇作文竟受到马骅先生的赏识，上课时作为范文讲解。这使我拉近了与马先生的距离。一日，我鼓起勇气敲开马先生的房门，诉说我要离校出走的打算。马先生耐心地开导我，并说要向学校领导替我申请补助。结果，学校补助我一百五十斤大米，使我得以完成高中学业。

当时，温州新华书店设在四顾桥，离温州中学很近。马骅先生亲自领我到书店上班。他和当时温州新华书店的经理郑嘉治是好朋友。进入书店之后，我受到照顾，没有安排我到门市部当营业员，而是让我坐办公室。我的工作，是把书店购进和销出的每一本书建立档案。每天根据进货单和销售发票进行登记。这项工作看似简单，实际上非常麻烦。首先书店经销的图书有好几千种，每种书都要制成卡片，然后按照书名首字的四角号码编排起来，就很费事。每天购进和销出的图书很多，都要一一登记，更是麻烦。早晨六点钟起来，往往忙到晚上快十二点才完成。天天这样，忙得我头昏脑胀。不到一个月，已经疲惫不堪，差一点把我累跨了。

一天晚餐，郑嘉治经理一边喝酒，一边高兴谈笑。他很随便地问我，你来书店有些时候了，对书店有什么意见，对我有什么意见？我没有多想就说："书店挺好的，就是你不要这样喝酒，吃午饭喝，吃晚饭又喝，喝得这么多，会伤身误事的。"他听了一脸不高兴。有个同事告诉我："郑经理不是一般人，是著名的文学翻译家，解放前是地下共产党员，你怎么敢虎口捋须，给他提意见？"果然，没几天我的工作就发生了变动，派我到泰顺县筹备新华书店。

这对我实在是一件大好事，让我摆脱了登记图书进销的繁重工作。

临行前，我领到了一生的第一笔工资——六块钱。交了伙食费四块钱，还有两块钱零花钱。我舍不得花，补贴家里费用。

泰顺是浙江省南部最偏僻的一个县，与福建省相邻。那时交通很不便，从温州到泰顺要到瑞安坐船，沿着飞云江往上游行驶。下游和中游还有潮水推着行驶，到了上游潮水涨不到的地方，只能靠人力拉着船缓慢移动，到达百丈口才下船，途中要四天时间。在百丈口过了一夜，第二天一早登程去泰顺县城，一路上都是山。爬了一山，前面又有更高的山。山路穿梭在原始森林之间,四周荒无人烟。我老家平阳县麻步区雷渎村附近也有山，小时候也爬过，可是爬这样又高又远的山还是第一次。但我不愿向高山低头，抹去汗水，一步一步向前攀登，终于在日落之前，到达县城。过了一夜，没有顾上休息，第一件事情就是去县委宣传部报到。县委宣传部只有部长一个人，他是转业军人，对我的工作很支持。

一人掌管的书店

在县委宣传部部长的支持和帮助下，筹备工作进展很顺利，一九五〇年十一月五日正式开张，定名为新华书店泰顺分销处。开张那天，县委宣传部部长和我，加上温州新华书店临时派来协助工作的一位同志，在书店门口照了一张像，作为纪念。书店门面占用一间房，楼下是门市部，楼上是我的卧室，吃饭在房东家搭伙。房东是泰顺县商会会长，他有两个老婆，一家人处得还算和睦。

泰顺县城很小，市面也很萧条。上门买书的人不多。我想不能“守株待兔”，要主动上门服务，便拿上一些畅销书到县城的机关团体销售。县城的机关团体很少，没几天就跑遍了，于是我想到各区去服务。泰顺县的几个区都很分散，来去要走很长山路，我对走山路已经慢慢适应。那时，推销的重点是毛泽东的书和毛泽东像。我的心愿是让每个识字的人手里都有毛泽东的书，每家每户都能挂上毛泽东的像。做法是找代销的人，把货先发给他，等他销完再去收钱。他们都很讲信用，货款都能如数收回。我没有学过会计，更没有学过管理，但有高中文化程度，简单的财务报表难不住我。我既是营业员，又是小经理，上上下下，里里外外，全是一人担当。每月都能按期结算，把销售款汇到温州新华书店，换来一批新书。

新华书店泰顺分销处立住脚之后，我听说邻近的福建省寿宁县没有新华书店，于是我就想到那里筹建一个代销点。正好有一个热心人，愿意帮助我去寿宁。他是当地人，年约三十岁，对寿宁比较熟悉，正好作伴。从泰顺县城到寿宁县城要走两天山路。原来寿宁县比泰顺县还要偏僻，县城里只有少数几家商店。我们不辞劳苦，多次往返，

一九五〇年十一月，我一人掌管的新华书店泰顺分销处挂牌营业，中间泰顺县委宣传部部长，左一温州新华书店派来临时协助工作的倪定三。

终于把代销点建立起来，命名为“新华书店寿宁代销处”，委托一个当地人管理。

当时，泰顺、寿宁解放不久，国民党军队败走后留下了一些残部，变成土匪危害社会治安。抢劫时有发生，尤其是对我党干部，下手很狠。年轻的我，不知害怕。时常一个人在山路上奔走。有一回，我走错了路，晚上九点多钟才走到区公所所在地，正处冬天，天已大黑很久。区长见了我，劈头盖脸就说：“你不要命了！这么晚了，还敢走山路，刚才你来的路上就有土匪拦路抢劫。”

剿匪和镇压反革命是当时保证社会安定的一大任务。泰顺县城时常召开公审大会，将抓到的土匪和跟土匪勾结的反革命分子绳之以法。没有想到的是，我的房东、名为泰顺县商会会长竟然是个反革命分子，被公审后镇压。后来又听说，陪我去寿宁筹备代销点的那个人也是个反革命分子。我想着真有点后怕。我们曾经肩并肩往返泰顺、寿宁之间的山路上，要是在悬崖峭壁推我一把，我早就命丧黄泉。侥幸的是，他没有对我下毒手。

两条道路的抉择

当我在泰顺县新华书店顺利开展工作的时候，土地改革运动轰轰烈烈地展开。有消息传来，说我后母在斗争会后上吊自杀，我赶紧回家料理后事。从泰顺县城到我老家一般要走三天时间，最难的是要跨越横亘在泰顺、平阳两县交界的高耸的穹岭。我凭着在泰顺工作所练就的飞毛腿，只用两天时间就赶到了家。到家后，发现后母的后事已经料理完毕。

我的母亲早在我十岁时就身亡，后来父亲娶了后母。后母的老家很穷，连饭都吃不饱。嫁过来后，衣食倒也无忧。她为人很好，邻里相处和睦。对我父亲，更是十分体贴。我父亲原有赌博和抽鸦片的恶习，在她的劝诫和照顾下都戒掉了。她对我也很爱护,我把她当成亲生母亲对待。可是她没有经受住土改的群众斗争，年不到半百就这样走了。

为了逃避土改，我父亲躲到温州市一个朋友家里。我从平阳老家赶到温州，跟他见了面。我觉得躲在朋友家不是长远之计，劝他跟我到泰顺和我住在一起。他听了我的话。那时他才五十多岁，身体还好，跟着我涉水爬山到了泰顺。为了怕人发现，他改了名字，跟我一起住在新华书店泰顺分销处的楼上。

大概是一九五一年的十月，温州新华书店通知我开会。临行前，我嘱咐父亲轻易不要下楼，门市部暂停营业。在温州开会期间，我心里惦念着父亲，会议刚完就赶回泰顺。走在接近县城的山路上，只听乌鸦乱叫，就有不祥之感。回到住处，果然不见了父亲，知道他已经出事。第二天一早，县委就派人叫我，县委书记苏松亲自对我训话。他开口就问："你父亲叫什么名字？"我知道事情已经败露，只好告以真名。接着问我："你父亲是什么人？"我回答："是开明士绅。"他立即厉声说："胡说！什么开明士绅，是恶霸地主！"他又说我"包庇窝藏恶霸地主"，要依法惩处。

这次谈话深深地触动了我，使我陷入激烈的思想斗争。最使我想不通的，是说我父亲是"恶霸地主"。在我的心目中，父亲虽是地主，但同一般地主不同，他是慈善的，开明的。我听说，父亲早年毕业于一所法律专科学校，与著名数学家苏步青是拜把兄弟。他当过平阳县鳌江镇的盐站主任，后来当了平阳县北港区（今平阳县以水头镇为中心的北部地区）的田赋主任。当时征收田赋实行承包制。父亲体谅百姓的困难，征求的赋税没有完成承包的任务，说是要用我家的财产充公来补偿。后来家产保住了，却因此被捕入狱。出狱之后，他一直在家，有时出去打打麻将。有空就教我读《论语》《孟子》，还有《春秋左传》。因此，我一直认为他属于开明士绅一类。想到这里，我就认为把他定性为“恶霸地主”是冤枉的，我应当为他申辩。但是，我又想，共产党是伟大的党，应该不会随便冤枉一个人；还想，如果真的是开明士绅，那土改时他为什么要逃到温州市呢，为什么还要改换名字呢？是不是他还有我不知道的罪行呢？我翻来覆去地想，陷入极端的痛苦之中。

党组织没有立即惩处我，而是对我进行教育。当时干部每天早晨都有一个多小时的政治学习。我参加的是由县银行和邮局组成的学习组。领导上决定把我从这个学习组调出来，参加县委中心学习组。这个学习组的成员都是县委各部门的领导同志。在学习过程中，他们耐心地开导我，要我站稳工人阶级的立场，与地主家庭和恶霸地主父亲划清界限，回到人民的怀抱。他们还告诫我，是做地主阶级的孝子贤孙，还是做党的好干部，两条道路，要作出正确的选择。他们的话像春天的雨露滋润着我的心田，提高了我的觉悟，我终于明白自己应当走什么道路。

一天，我正在书店门市部，没有顾客，只我一人，我打开毛泽东的《湖南农民运动考察报告》，正读到“农民在乡里颇有一点子‘乱来’。农会权力无上，不许地主说话，把地主的威风扫光。这等于将地主打翻在地，再踏上一只脚……”恰好这时，狱警押解我父亲从门市部面前的街道上经过，只听我父亲使劲叫喊：“端政，快来救救我！”

我心里像针刺一样难受，但我依然坐在那里，继续读着《湖南农民运动考察报告》。第二天，公安局的人告诉我，让我给父亲送冬天的衣服。我不知道他说的是真话，还是有意考验我。便说：我已经跟父亲划清了界限，衣服的事监狱自然有人管，跟我无关。过了几天，县委就通知我，让我办理书店的移交手续，立即到温州地委干部学校学习。

打成“老虎”的考验

到了温州地委干部学校，我的心情顿感轻松。对我包庇窝藏恶霸地主父亲，组织上没有给予惩处，反而给我学习提高的机会。

参加温州地委干部学校学习的人很多，分成许多学习小组。除了听大课之外，多数时间是小组学习。参加学习的人，大都有这样或那样的问题，多数是历史问题。跟我同一个组、年纪跟我差不多的一个学员，就是因为曾经参加“托派”的问题来学习的。他交代了参加“托派”的经过和进行的活动。大家对他提出很多问题要他继续交代，不让他过关。我对“托派”并不了解。在温州中学高中一、二年级读书的时候，班里有共产党的地下组织，也有“托派”。党的地下组织让我参加了党的外围组织——读书会。

对“托派”没有接触过，只知道是“托洛茨基派”的简称，是一个反革命性质的组织。我对他的交代不感兴趣。其他人也都交代了一些问题，也是遭到质疑，过不了关。我没有别的问题，只是包庇窝藏恶霸地主父亲，这个问题来校之前就已经交代清楚了。所以，大家对我没有再过问什么，我也乐得逍遥自在。

原说这次学习时间是两个月，转眼就快过去了。没想到突然来了个“三反”运动。干校不仅不散，还来了许多新的学员。

“三反”是指反贪污、反浪费、反官僚主义。这个运动来势凶猛。当时的口号是“雷厉风行，大胆怀疑”。很快就揪出一批贪污分子，号称“老虎”。我成了打“虎”队员，跟着造势。出乎意料的是，没过几天，我的身份竟然来了个一百八十度大转变，居然也成了“老虎”。先是有几个人找我谈话，要我坦白，老实交代。我说我没有贪污，坦白什么！有什么好交代的。他们说我态度不好，轮换着人跟我谈话，不让我睡觉。见我还是不坦白交代，就亮出底子，说温州新华书店经理已经承认自己是贪污分子，说我是同伙，检举我贪污两千四百万（相当于币制改革后的两千四百元）。我立即反驳，我掌管的新华书店泰顺分销处全部资金不过五百万，哪能贪污两千四百万？他们见我态度越来越不好，就召开批斗会。会上翻来覆去问的是两个问题。一个是：“你相信不相信党？”我回答：“当然相信。”接着就问：“党说你有贪污，你为什么不坦白交代？”我无法回答这个问题，只好沉默。另一个问题是：“你相信不相信群众？”我回答：“当然相信。”接着就问：“群众说你有贪污，你为什么不坦白交代？”我觉得这个问题也无法回答，还是沉默。参加批斗会的人见我顽强对抗，就唱起当时流行的一首歌：“贪污分子你睁开眼，两条道路由你挑，一条死路，一条活路，是抗拒还是坦白……”我还是一口咬定，我没有贪污，没有什么好交代的。

运动一天比一天紧张，已经有“老虎”经受不住批斗跳井自杀的，还有跳茅坑自杀的。这就更加引起“公愤”。于是全校召开公审大会。会场布置得阴森森，就像阎王殿。解放军手持插上明晃晃刺刀的步枪，站在公审台上的两旁，十分吓人。主持大会的人宣布自杀的人都是“畏罪”抗拒，不能死了就没事，还要查到底。

我当时被几个打虎队员押解着坐在台下，看到这种场面，着实有些害怕。只见主持大会的人刚宣布完，就有持枪的解放军押着三个人上台进行批斗，其中有一个竟是我前几天刚见面的泰顺县公安局局长。我以前不认识他，他却认得我，见面时告诉我，我父亲已经死在监狱里。他被揭发贪污从土匪窝里缴来的财宝，才来干校交代问题的。

这次大会后，有许多“老虎”被逮捕投入了监狱。其中有“坦白”了的，也有不“坦白”的。当时全校被打成“老虎”的有八十来人，死的死，抓的抓，最后只剩下两只“老虎”，其中一只就是我。见我还是不肯坦白交代，又开了一场批斗会，他们把绳子扔在我前面，说：再不坦白交代，就用这条绳子把我捆起来送进监狱。我说，这些日子我想得很多，要是我“坦白”了，说我有贪污，还贪污两千四百万，那我怎么能说清楚我是如何贪污的，贪污的钱又花到哪儿去。我已经想好了，就是进监狱，贪污两千四百万最多判五年，刑满出来我还年轻力壮，不怕吃不上饭。你们把我捆起来吧，我不怕住监狱！

十分奇怪的是，批斗会后，不但没有抓我，还解除了对我的看管。原来是上面政策变了，不再是“大胆怀疑”，而是“定案落实”。于是我的贪污问题也就“一风吹”。我终于盼来了摘掉“老虎”帽子的一天。不久，组织上就宣布给我分配工作，新的单位是温州市文化馆。而让我惊讶的是，有几个对我批斗很狠的打“虎”队员竟然被开除回家。

大概是一九五二年的七月，我怀揣去温州市文化馆工作的介绍信，向温州新华书店告别。书店的经理已经换人，新经理叫方荣。他听说我要去温州市文化馆工作，马上阻拦。说书店需要我，已经给市委宣传部打了报告，让我还回书店工作。这时离我参加新华书店工作刚好两年整。

出乎意料的晋升

我对书店是有感情的，既然领导要我留下，就不去文化馆报到了。领导把我安排在门市部当营业员。当时温州新华书店占用一座四层楼，一层是门市部，二层是库房，三层是办公室，四层是职工卧室。我已经没有家，只能以书店为家，在四楼隔了一间房子，成了我的家。

父母双亡之后，比我大十三岁的哥哥一九四九年之前就逃到台湾，唯一让我牵挂的是小妹。小妹比我小七岁，生下不久母亲就去世了，是靠家里的保姆抚养大的。我在泰顺新华书店分销处工作时，把她也带到泰顺，让她在泰顺县中学（只有初中）念书。泰顺县中学的校长，名义上是县长兼任的，实权掌握在教务主任手里。他也是平阳人，跟我交情不错。我离开泰顺去温州地委干部学校时，就把小妹托付给他夫妇。“三反”运动期间，我的工资被扣发，小妹的生活全靠他夫妇照顾。

重回温州新华书店之后，我把小妹接到温州，安排在温州中学初中部上学，解除了后顾之忧。

在温州地委干部学校期间,特别是“三反”运动期间，我才深深体会到工作的可贵，真像有一本书的标题所说的，工作着是最美丽的，我急切地盼望着有一天能恢复工作。我终于又回到了我深爱的书店，积压在心头的激情开始迸发出来。每天一早，我总是第一个到门市部打扫卫生迎接顾客，每天晚上我总是把被顾客翻乱的书整理好，最后一个离开门市部。顾客少的时候，我就抓紧看书，尽可能了解各种书的一些内容，以便向顾客推荐。这样工作了几个月,书店领导任命我为门市部主任。门市部有五个人，其中有三个是女的。一个负责开发票，一个负责收钱，还有三个人，包括我在内是导购。我们五个人通力合作，销售量与日俱增。

那时，温州新华书店的员工，文化水平普遍不高，我是正牌的高中毕业生，是员工中文化水平较高的。通过几个月的门市部主任工作，领导上似乎发现了我的才能，提拔我担任业务股股长。有人告诉我，在“三反”运动我被打成“老虎”期间，书店曾经派两个人到泰顺调查过我的情况。他们没有发现我有什么经济问题，听到的只是赞扬声。我才理解为什么这么快就提拔我担任业务股股长。

业务股主管进货，是书店的核心部门。当时，新华书店是全国图书发行的唯一渠道，新华书店总店不定期地发布新书出版征订单，我们根据订单填报进哪些书，进多少本。这个权掌握在业务股长手里。我当了业务股长之后，为了避免盲目进货，加强了调查研究。特别是像《毛泽东选集》这样重点书的发行更是深入各机关团体，征求订购数，然后汇总上报。这样就增强了发行的计划性，避免了图书积压，加快了资金周转。既增加了社会效益，又增加了经济效益。

就在业务股长任上，我被派到浙江省新华书店学习。参加学习的都是来自全省各地新华书店的业务骨干。我利用这个机会刻苦钻研，熟悉书店的各个方面的业务。学习时间是两个月，中间还安排我们参观游览杭州的名胜古迹。西湖是大家都向往已久的，我们乘舟荡漾在美丽的湖面上，心头不免涌现苏轼的名诗：“水光潋滟晴方好，山色空濛雨亦奇；欲把西湖比西子，淡妆浓抹总相宜。”游览了西湖之后，又参观了灵隐寺等名胜古迹。这些日子，真是享受了天堂一般的生活。

从浙江省新华书店学习回来不久，领导上就宣布任命我为第二副经理。这是我做梦也没有想到的。那年我才二十一岁，我何能何德，担此重任！温州新华书店有二十多个员工，除了自身的业务外，还要联系和指导温州地区各县新华书店的业务。我知道身上的担子重了，工资也增加到每月三十多元。我时常告诫自己不能骄傲自满，要更加努力地工作，更加虚心地向大家学习。我放下副经理的架子，跟从前一样工作在第一线，做好市场调查。听说哪里有集会，还是同以前一样，跟“流动组”的员工一起，挑起书担子到哪里去摆摊销售。我已经真正融入了书店，同书店的全体员工打成一片。

刻骨铭心的初恋

随着年龄的增长，对异性的追求心理开始显露出来。

应该说，我在温州中学读书的时候就经历过一次朦胧的“爱”。前面说过，在我困难的时候，邻居的老大娘收留了我。老大娘丈夫已经去世，她共生了十个儿女，前八个都已经长大在外面做生意，家里除有一个正上小学六年级的“阿十”外，还有一个“阿九”是个女的，也在温州中学上学，读的是初中三年级，而我是高中三年级。

老大娘开了一家木器店，楼下是店铺，楼上有几间卧室，让我单独住一间。离她家两百来米还有一座房子，“阿九”和“阿十”住在那里。白天，我们各上各的学，晚上我到“阿九”“阿十”住的那个房间，共用一盏灯，一起自习。我把他们看成小妹和小弟，平时只顾学习，不多闲谈。只是有一个晚上，“阿十”已经睡下，我和“阿九”无意中打开了话匣子。我们先从学校举行的运动会说起，慢慢谈开了心。她问我为什么会住在她家里,我倾心以告，她深表同情。说到伤心处，她还用手帕擦去我的泪花，两颗年轻的心似乎开始贴近。说着说着，不觉已经过了十一点。那时温州刚解放，晚上十点以后戒严，行人不许随便走动。我看时间已经太晚，起身要走，她拦住我，说外面已经戒严，不放心我走。我说，这里只有一间房，不方便。她说，她睡在地下，让我睡在床上。我总觉得一男一女在一个房间里过夜，会招来闲话。她见我心意已决，才放我走。回到老大娘的住处，大门已经上锁。我叫开门，见老大娘和几个媳妇正在打牌。老大娘说，我们以为你不回来了，才把大门上锁。她的一个媳妇说，他不回来，能和“阿九”一起过夜吗？我红着脸上楼到了我的房间，还听见她们在议论，说我是“梁山伯”。

“阿九”是小名，学名叫张秀秀。我们一起上学，有时下学也一起回来，形同兄妹。老大娘有一天问我，在老家有没有定亲。看来她在考虑是不是要招我做女婿。我确实对张秀秀怀有好感，但是我想我正身处逆境，前途未卜，不敢轻言婚事，不能陷入恋情。

她初中毕业之后到温州市劳动局工作，我到泰顺筹办新华书店时，还收到过她的来信。“三反”运动中我被打成“老虎”时，曾有人怀疑我把赃款存放在她家，让她家也受到连累。回到温州新华书店之后,再去看望老大娘时,心里总感到过意不去。这时张秀秀已经在温州市人事局工作，我不想高攀，就不多联系了。这一段朦胧的“爱”虽然在我的心灵中留下来记忆，但没有真正动过心。真正的恋爱是在我担任温州新华书店副经理时开始的。

书店有个女营业员叫金玫清,她身材娇小,妩媚动人,人见人爱。有一天，书店有人结婚，赠送大家汤圆票。她主动约我一起吃汤圆。吃完之后，又约我看电影。到了春节，我无家可归，她约我到她家吃年饭，见到她的父母。他们热情地接待了我，使我沉侵在从未有过的亲情温暖之中。从此，她对我倍加体贴，我们时常手拉手迈步在附近的松台山上，享受着初恋的甜蜜。

可是，好景不长，有一天她突然变卦，说要结束我们的恋爱关系。我怎么也想不通。几次想和她沟通，她都不理睬。为了说明我的真心实意，我把恋爱以来的日记给她看。我在日记里诉说了自己对爱情的真诚投入，诉说了我对她的爱慕和深恋，诉说了我对和她共同建立家庭、携手人生的憧憬。我想以此打动她，让她回心转意，但还是没有效果。我陷入极度的、刻骨铭心的痛苦之中。我开始反省自己，是不是我在感情上要求过急，让她不能接受；是不是我有大男子主义，让她反感。我想跟她坦诚交流，但遭到拒绝。

那些日子里，我食不甘味，夜不能寐，精神几乎失常。但后来我还是想通了，感情的事情是双方的，来不得勉强，强扭的瓜不甜。我不能老是剃头的担子——一头热，陷入爱情苦井而不能自拔。既然人家执意不同意，也只有尊重。于是，决定跟她中止恋爱关系，恢复以前的同志关系。

改变命运的高考

正当我刚刚从失恋的阴影中摆脱出来，突然接到上级通知，国家鼓励符合条件的年轻干部报考高等学校。

四年来，我热爱书店工作，但是求学深造之心并没有泯灭。既然有此机会，自然不能放弃。况且失恋的创伤还有待医治，我不想继续和玫清在一起工作。于是，我决定报名参加高考。那时，正好经理去浙江省新华书店学习，由第一副经理主事。她比我大好几岁，认为我是她晋升的竞争对手，巴不得我早日离开书店。所以，她乐意顺水推

一九五四年八月离开温州新华书店去北大上学时，书店全体同志送行。后排右三经理方荣，前排右三是我。

舟，同意我报考。复习功课的时间只有半个月，而且要半天上班。

在中学时代，我的特长是理科，尤其是数学，初中入学考试就得一百分，以后几乎每次考试都是一百分。每学期拿到新课本，老师还没有讲到一半，我已经做完全部作业。可是，经过这四年，我对数学已经生疏，拿起课本一看，连最普通的公式也已遗忘。不可能报考理科了，只好报考文科。当时文科只考四门课：语文、政治、历史、地理。语文只能凭基础，用不着复习。政治，书店里每天都安排政治学习，也用不着复习。历史，过去也还有一些基础。只是地理，上中学时就没有学好，需要认真补习。有人给我介绍，温州地委机关有一个女干部也要报考，她的姐姐就是地理教师。于是，我和她相约，请她姐姐给我们辅导。后来，她考上了复旦大学。

在一九五四年的高考考场上，我应付自如。记得语文试卷分为两个部分:语文知识和作文。语文知识是填空题，如要求填上《西游记》的作者、《太阳照在桑干河上》的作者。这些，我在书店里天天接触，信手拈来，毫不费事。作文题是：我的志愿。这也难不住我，挥笔就是千把字，轻松交卷。政治试题都是当时的常识，每题都不用多加思考就能回答。历史试题稍难一些，尤其是外国史，有的不大熟悉，但基本上也都能回答。就是地理试题，对我来说难度较大，有的没有复习到，答得不准确。

考试完后，继续上班，等候发榜。这时，经理从浙江省新华书店学习回来，知道我参加了高考很不满意。他说，省店（指浙江省新华书店）正要调我去担任业务科长。可是生米已经煮成熟饭，他也无可奈何。

当时,高校录取情况先在《人民日报》上公布。我在《人民日报》上看到自已被北京大学中文系录取。不久，收到了正式的录取通知书。从此，我的命运发生改变。书店为我开了欢送会，会后我收拾了简单的行囊，踏上了去北京的路途。同事们都来欢送，其中就有玫清。我挥手向大家告别，心里默默地念道:再见了，温州新华书店！再见了，朝夕相处的同事们！再见了，玫清！

北大四年

当时温州地市两级机关，符合报考条件的有三十多人。考到北京的有两人：我被录取到北京大学中文系，在温州市府机关工作的陶梨梨被录取到北京外国语学院俄语系。陶梨梨比我小一岁，和我一样从未出过远门。于是她与我结伴同去北京上学。

初到北大

九月的一天，一场洪水过后，天气格外晴朗。我和一路相随的陶梨梨，从上海乘火车，经过两天两夜，到达了北京车站。车站出站口到处是首都各高等学校的“新生接待站”。我目送着她登上北京外国语学院的迎新汽车后，便登上了北京大学的迎新汽车。汽车经过仰望已久的天安门前，走了几十分钟才来到北大的校门口。北大名不

初到北大

虚传地大，校园里有山、有树、有水，有在未名湖里摇晃身躯的“博雅塔”，整个校园就像一座大花园。校舍大都是古老的园林建筑，但也有几座新盖的学生宿舍楼，大饭厅可以容纳上千人吃饭，也是开会和放电影的场所。特别吸引人的是，校门里面一对高耸的石柱，接待的同学告诉我，这是“华表”，是从圆明园迁移来的，一共只有两对，另一对立在天安门。这一切使我感到好像走入一个新的世界，是我做梦也未曾见到的新的世界。

到校没有几天，系里就召开新生大会，系主任杨晦先生讲话。他是著名的文艺理论家，老同学告诉我们他的传奇经历：五四运动时曾发生有名的“火烧赵家楼事件”。当时北大和其他高校的学生因不满丧权辱国的“巴黎和约”，找外交部当权的曹汝霖交涉评理。但曹紧闭大门，拒绝接见学生。愤怒的学生就冲进去，找不到曹贼，就火烧了曹宅。据说率先冲进曹宅的五个学生中，就有杨晦先生。这个故事，使我们一见到杨晦先生就肃然起敬。

新生大会之后，学校举办迎新晚会，迎新项目遍布校园，更多的是集中在未名湖畔。一盏盏河灯飘入水面，把水面点缀得五光十色，美不胜收。周围还有文艺演出，猜灯谜等。我初到学校，对校园还不熟悉，迷了路，回到宿舍已近天明。

入学没过多久，就迎来国庆五周年。十月一日那天，我们三点钟就起床，乘火车到德胜门，然后列队走到沙滩的红楼。领队的告诉我们，红楼是北大的旧址，是五四运动的发源地，里面有李大钊烈士的纪念馆。在红楼一直等到中午十二点，才排成一百人组成的横队，进入长安街，通过天安门。大家仰望着观礼台，尽情地欢呼。当晚，我们又参加了天安门前举行的联欢晚会。天安门上灯光灿烂，天安门前群众情绪激昂，舞蹈千姿百态，歌声此起彼伏。观看焰火之后，又夜游中山公园。大家都彻夜狂欢，乐而忘返。

学校非常重视体育，开学后不久，就在新生中选拔体育苗子，到校代表队集训。我在温州新华书店工作时，就开始练习长跑，到北大后，还是坚持锻炼。我参加了一千五百米的测试，跑出了五分三十秒的成绩，这个成绩原本很一般，但还是名列前茅，就被选中了，成为校代表队的一名正式队员。从此我参加一千五百米、三千米、五千米的长跑训练，不论刮风下雨，我都是天蒙蒙亮就起来到操场跑它几千米。北大有三个体育场：一个是东体育场，面积最大，附近还有一个室内体育馆，设备很齐全；一个是西体育场，面积小一些，但也有一个室内体育馆；还有一个是棉花地体育场，面积不小，但没有室内体育馆。

棉花地体育场距离我们的宿舍最近。我每天六点之前就起床，做了准备活动之后，就跑三千公尺。等汗干之后，洗了冷水澡，这时一般同学才涌向操场。

我刻苦锻炼的事迹受到了表扬，校刊记者采访了我，我应他们的要求写了一篇锻炼身体的体会，文章很快就在校刊上发表了。学生会也开始在新生中物色干部，我被分配到宣传部，任务是采访几次义务劳动。我写了几篇通讯报道，都通过有线广播向全校播送了，这一切都使我受到鼓舞。

正在这个时候，学校对新生进行身体复查，我认为自己是个长跑运动员，体质过硬，不会有什么问题。可是出乎意料，经过 X 光透视，竟发现我肺部有黑点，有肺病嫌疑，按规定要退学治疗，这对我无异是晴天的一个霹雳。当我想到我有可能不得不离开这座像天堂似的学校，心里感到无比的痛苦。不过我始终有一个信念，就是无论如何必须坚持住，即使校方勒令我退学，我也要千方百计地顶住！尽管每天我都在等待着不幸的通知，可是通知并没有下来。不久又进行了复查，医生告诉我黑点已经钙化，不会传染，可以继续学习，以后每半年检查一次就可以了。这样，我的一颗悬着的心终于落了地。

入学之后，最使我感动的是学校对我的照顾。我父母早亡，唯一的亲人是妹妹。她正在温州中学读书，我要负担她的生活费和学费。我是以“调干”的身份入学的，每月学校发给二十五元助学金，其中伙食费十二点五元，剩下的除我个人的必要开支外，不够维持我妹妹的生活、学习费用。因此,学校特批每月补助我十元。秋天即将过去，冬天快要来临时，见我仍穿着单薄的衣裳，学校又给我定做了一套棉衣。

选择专业

报考时，北大中文系只设新闻和文学两个专业。我报的是新闻专业，我猜想，新华书店工作的性质应该和新闻比较接近。我幻想将来做一名新闻记者，用我的笔描绘形形色色的绚丽多彩的世界，但是这个愿望没有实现。因为入学之后，教育部临时决定要在北大开设语言专业。这个专业原先没有招生，只好从报考新闻专业和文学专业的学生中，各抽调一部分来充实这个专业。当时大家对语言专业有偏见，有的同学听说要叫他去语言专业，便吃不下饭，睡不着觉，哭闹着坚决不去。被录取的新生中，有的入学前就已经是小有名气的作家，如刘绍棠，在入学前就发表过《青枝绿叶》《红花》等作品。其中《青枝绿叶》还入选了高中语文课本；还有的是在报纸上发表过有影响报道的记者，他们更不愿意选择语言专业。

为了打消大家的顾虑，改变对语言专业的偏见，系里组织了好几场“推介会”。包括王力先生等几位著名教授，亲自到场说明语言专业开设的宗旨和培养目标以及要开设的课程等，鼓励大家积极报名到语言专业。我认为，自己入学前在新华书店做的是卖书工作，不论是文学方面还是新闻方面都没有什么基础，更没有特长，既然语言专业需要,那我就响应。于是第一个自愿报语言专业。这一选择，决定了我一生的学术方向。

分入语言专业的共有四十个同学，分为两个班。教课的都是名教授,有的课我很喜欢听,但也有的课似懂非懂，甚至完全听不懂。

北大上课和中学有很大的不同。一是上课没有固定的教室。上一节课在文史楼，下一节就可能在哲学楼。中间只有不到十分钟。那时都没有自行车，只得背上书包赶紧跑。二是上课没有课本，有的课有油印的讲义，有的课连讲义也没有，听讲时只能尽量记笔记，下课后同学之间对笔记，互相补充。三是宿舍里没有复习功课的地方，必须到图书馆去自习，而图书馆的座位有限。吃了晚饭后，必须抢先去占座位。

我们的学习情绪非常高涨，很快就适应新的学习生活。系里为语言专业开的课程很多，有的是基础课，文学专业的同学也要听。讲课的都是著名学者，有的是大师级教授。他们的讲授，至今仍给我留下深刻的印象。其中最突出的有高名凯先生讲授的《普通语言学》和王力先生讲授的《汉语史》。

高名凯先生，一九三六年留学法国，在巴黎大学攻读语言学，获博士学位。一九五二年院系调整后，任北京大学中文系教授、语言学教研室主任。他讲的《普通语言学》深入浅出，很快就吸引了我。“语言是一种社会现象，语言依存于社会，又是随着人类社会的发展而发展”，“语言是全民的，没有阶级性；在阶级社会里，语言也是一视同仁地为各个阶级服务的”，“语言是一种特殊的社会现象，是作为人们的交际工具来替社会服务的，它既不是上层建筑，更不是基础”……所有这些，都是过去闻所未闻，使我大开眼界，对语言的性质有了新的理解，对语言学开始产生了浓厚的兴趣。

王力先生早就是闻名中外的语言学家，原来担任中山大学教授兼语言系主任，就在我们入学的时候，中山大学的语言系并入北大的中文系，王力先生任中文系汉语教研室主任。他讲授的汉语史分为三个部分：一是语音部分，讲汉语从上古到现代的语音发展演变历史；二是语法部分，讲汉语词法和句法的历史演变；三是词汇部分，对汉语词汇的发展作了精要的讲解。这使我对汉语的历史和现状有了比较清晰的认识，打下汉语语言学的坚实基础。

王力先生的讲课有一个特点，就是讲得比较慢，我们好记笔记。讲的过程，往往还插上一句："这是一段。"每次讲课后，还发给油印的讲义，便于我们复习。这些讲义修改后，以《汉语史稿》为书名，由科学出版社于一九五七年出版。王先生这种把讲课和研究结合起来的做法，给我留下深刻的印象。

但是，也有一些听不大懂，或者只是一知半解。例如魏建功先生讲的《古代汉语》和吕叔湘先生讲的《马氏文通》。

魏建功先生曾任北京大学副校长和中文系主任，一九五五年被聘为中国科学院哲学社会科学部委员，相当于现在的院士。他从事语言文字的教学和研究工作近五十年，在音韵学、文字学、训诂学等方面均有很高造诣。他还兼任新华辞书社社长，是《新华字典》的实际主编。他讲的《古代汉语》过于高深，加上他是江苏海安人，方言口音较重，虽然我很认真听，但总是听不懂。

吕叔湘先生那时不是北大教授，而是中国科学院语言研究所的研究员，也是中国科学院哲学社会科学部委员。他对《马氏文通》有深入的研究,系里聘请他来开专题课。《马氏文通》本来就不大好懂，我过去没有读过，尽管吕先生讲的是标准的普通话，我还是听得似懂非懂。

除了语言方面的专业课外，系里还给我们开了多门文学方面的基础课。最重要的是文艺理论和中国文学史。

文艺理论课由兼任文艺教研室主任的系主任杨晦先生讲授。他主张“只讲自己最有心得的东西”，所以常常尽情发挥，讲得眉飞色舞，有许多独到的见解。

中国文学史分为四段。第一段，由游国恩先生讲先秦两汉文学。游先生是闻一多先生都尊重的楚辞专家，对古书非常熟悉,常常大段地背诵古文。如“帝高阳之苗裔兮，朕皇考曰伯庸”、“路漫漫其修远兮，吾将上下而求索”等。当时他在课堂上朗诵的《离骚》名句，至今似乎仍然回响在耳际。第二段，从魏晋到五代，由林庚先生主讲。林先生还是个诗人，讲课注重艺术分析，一首唐诗就可讲两节课。他讲解“建安风骨”，朗诵曹植的“高台多悲风，朝日照北林……”那飘逸的英姿，至今记忆犹深。第三段是宋元明清文学，由浦江清先生讲宋代，吴小如先生讲元明清。第四段是现代文学，由王瑶、乐黛云先生讲授。这门课，使我们了解中国文学的发展历史，受益匪浅。

在北大不仅学到了许多专业知识，还领略了自由辩论的学术风气。印象最深刻的是一九五五年举行的“五四科学讨论会”。在会上，高名凯先生和王力先生展开了公开辩论。高名凯先生认为：汉语的实词虽然具有不同的词类功能，但划分不出词类，没有词类的分别。而王力先生则认为词有定类，汉语的实词是可以分类的。这场讨论当时并没有得出结论，但我从中深深感到对同一个学术问题，可以有不同的，甚至对立的观点。语言研究应当尊重语言事实，应当提倡百家争鸣。这对我一生的语言研究产生重要的影响。

遭到怀疑

入学之后的第二学期，我辞去了学生会的工作，回到班里被选为班长。我积极性很高，全心全意地完成班长所应当承担的事情，不久就赢得大家的信任。当时，学校里开展“身体好、学习好、工作好”的“三好”活动。我在这几个方面的表现都比较突出，在全校开展的“三好”学生的评比中，我被班里的同学一致推选为候选人。

正在这时，由胡风问题引起的肃反运动在北大展开。批斗会一个接一个地开。东操场上每天晚上都放映反特、反内奸的故事片。于是大家都提高了警惕，要深挖暗藏的反革命分子。

在这种政治氛围下，在一次复议“三好”学生的推荐会议上，有人对我表示怀疑。理由是：我出身地主家庭、哥哥逃到台湾，社会关系非常复杂，却处处表现得都很积极，这里边恐有问题。发言的人越来越激动，竟影射我很可能是一个伪装积极的暗藏反革命分子。只是拿不出证据，才不敢真的给我扣上这顶帽子。不过从此之后，许多人开始对我存有戒心，有些平时相处不错的同学也疏远了我。“三好”候选人当然也就没有我的份，我的满腔热情被泼了一盆冷水。

偏偏在这时，我在校体育代表队训练时出了事。我平时练长跑靠的是耐力和毅力，其实灵巧动作很不行，一次训练跳高，代表队的成员一个个都跳过去了，就我连跳三次都跳不过去。后来我横下一条心，使劲地一跳。虽然跳过了，可是落在沙坑里再也站不起来了，被人抬到校医院的住院部。医生检查结果是右腿膝盖的筋受伤。俗话说，伤筋动骨一百天。住院的开头几天，我几乎躺着不能动。住院期间，班里的同学来看望过我，但我总觉得他们已不像过去那样热情了。我好像听到了一些风言风语，说我住院是为了逃避肃反斗争，一定心里有鬼。

我躺在病床上，翻来覆去地想，感到像我这样出身不好、社会关系复杂的人，即使表现得再积极也不会有人理解，只能招来更多的怀疑。

这时我似乎才觉悟到，自己在政治上先天不足。过去我处处听党的话，想走一条又红又专的道路，希望自己在未专之前先“红”起来。事实证明,此路不通。我想来想去，觉得自己得改变道路,要先去“专”,先“专”了自然会“红”。

在病床上，整整躺了半个多月，回到班里，虽然还继续当班长，但已经不像过去那样热心了，开始把精力转到学习和更多的体育锻炼上。

在学习上，我集中全部精力，每门课都争先进，都要拿到五分（当时学习苏联五分制，五分是最高分)。

在体育锻炼上，经过一段过渡性的调整，我又投入长跑训练。在一次北大与公安部的对抗赛中，我参加了一千五百米赛跑，竟然跑出了四分五六秒的好成绩，获得了第二名。后来又代表北大参加了北京市高校运动会，参加五千米赛跑。同学们把得分的希望寄托在我身上，我也决心跑出好成绩来。一声炮响，冲出了起跑线，开头我感到很轻松，一直跑在前面，但对手们也不甘示弱，奋力拼搏。我感到这是一场力量和意志的争夺，咬紧牙关保住领先地位。关键时刻快要到来，我使出全身的力气，眼看胜利在望。但正是在这个时候我的腿伤发作了，剧烈的疼痛刺激着全身，双腿不由自主地放慢了速度，我眼巴巴地看着跑在我后面的人一个个地冲了过去。我勉强地支撑到达终点。为了维持一个运动员的本色，我拼命地忍住，不让掉出眼泪，不让身子倒下去。当教练问我为什么没有冲刺时，我只是摇摇头，什么也没说。

从此之后，我的长跑成绩再也没有进展，我要求退出校代表队，虽然我还在继续锻炼但已经不是校代表队的成员，而只是为了兴趣和健康。这时我不单练长跑，还打篮球、打排球，冬天练习滑冰、夏天练习游泳。兴趣越来越广泛。一到星期天，运动场上是少不了我的。凭着我的体力，可以连续打两场篮球赛都不觉得累。

游泳是我在夏天的主要运动，六月初水还有点冷就下了水。游泳的地点是颐和园的昆明湖，距离北大不远。每天下午上完课就跑步去，开始只在划定的游泳区游泳，后来不满足那块小地方，就冲出游泳区，几乎游遍整个昆明湖的每一个角落。有一天，游泳场快收场了，突然狂风大作，暴雨倾盆，昆明湖水掀起了层层波涛，水面被雨滴打得冒起了碗口粗的水泡；密集的雨柱叫人看不清前面的方向。但我并不心慌，凭着纯熟的蛙泳动作，从容地向岸边游去。正当我进入游泳池区，发现前头有个黑点在水面挣扎，我赶快加紧划了几下，伸手攥住黑点，原来是个姑娘的头发。顺手把她拉到游泳池边的木柱，我见她扶住木柱在喘气，她用感激的目光注视着我。这时狂风暴雨已经过去，阳光透过云彩照射到水面上。我上岸穿好衣服，用一千五百米的速度跑回北大，我心里明白，要是慢了，就赶不上吃晚饭了。

这一段时间里，我不再要求“红”，不再在人前表现自己，放手去做自己所喜欢做的事情，觉得无比痛快！

“反右”斗争

正当我沉醉于这种逍遥自在的生活的时候，一场惊心动魄的整风运动和“反右”斗争在悄然酝酿着。

一九五七初开展的整风运动，要求每个人都要发言，帮助党组织整好风。轮到我发言时,我讲了自己在“三反”运动中所受到的委屈：一九五四年十月，我被温州新华书店录用不久，被派到泰顺县筹备新华书店。整个书店，上下全由我一个人打点。一九五一年开展的“三反”运动，说我贪污两千四百万（币改后合两千四百元），要我交代这些钱的来龙去脉。我竭力否认，挨了多次批斗。我谈了这段经历后，没有忘记强调：“三反”运动是正确的，健康的，成绩是主要的。所以，我的发言没有受到批评。

五月十九日，大饭厅的东墙上贴出一张题目叫做“是时候了”的大字报，作者是张宏勋和沈泽宜，是和我同一年级的文学专业班的两个同学，大字报是用诗的形式写的，含两个部分，其中第一部分写的是：

是时候了，
年轻人
放开嗓子唱！
把我们的痛苦
和爱情
一齐都泻到纸上！
不要背地里不平，
背地里愤慨，
背地里忧伤。
心中的甜、酸、苦、辣
都抖出来
见一见天光。
让批评和指责
急雨般落到头上，
新生的草木

从不怕太阳光照耀!
我的诗
是一支火炬。
烧毁一切
人世的藩篱,
它的光芒无法遮拦,
因为它的火种
来自——“五四”!!!

第二部分，调子更高，最后写道：

我含着愤怒的泪,
向我辈呼唤:
歌唱真理的弟兄们
快将火炬举起
火葬阳光下的一切黑暗!!!

这首诗起了极大的煽动作用，校园里议论纷纷，气氛却一天比一天紧张，大字报也越来越多，出现了许多自发的大大小小的辩论会。有时大家正在吃饭，有人就站在凳子上发表演说，听众立时就围拢来，不同意的也拿了一个板凳站在上面讲他的意见。印象最深的是这年五月二十三日林希翎的演讲。

林希翎是人民大学的学生。她在大饭厅前临时搭建起来的讲台上,滔滔不绝地发表演说。一开头就为胡风翻案,说“胡风的意见书基本上是正确的”,责问“胡风是对中央递意见书,怎能说这个意见书就是反革命的纲领呢?为什么向中央提意见就是反革命呢?”她直言不讳地批评了毛泽东,说:“毛主席的话又不是金科玉律,为什么不能反对呢?”她一个人霸占了讲台,讲的时间很长。在讲的过程中,有的听众鼓掌,有的听众轰她,还有的高喊:不要煽动!她讲完之后,有三四十人围住她,要她继续讲。她讲了没有几句,就有人当场反驳她的意见。

对于“是时候了”这首诗,对于林希翎的演讲,我心里有着不同的意见,更看不惯林希翎那种自以为是、否定一切的傲慢姿态。但我没有表达出来,始终表示沉默。

当然,不论是张宏勋和沈泽宜,还是林希翎,后来都成了大右派。在他们的鼓动下,我们班里也有同学贴出大字报。有一张大字报的标题是《讨阿谀分子和喜奉承者檄文》,写这张大字报的同学,后来也被打成右派。我对这些还是漠不关心,我对政治已经不热心了,被认为是典型的“中间派”,我也乐得以中间派自居。

不过有两件事情，使我与这场运动脱离不了干系。

有一天我在外语系的墙报上看到一张画，画的是一个“积极分子”只有眼睛鼻子却没有嘴，我觉得此画很俏皮，回到班里告诉了一位叫郑华雄的同学，他居然照我说的也画了一张贴在我们班里的墙报上。后来这张画被认为是“右”派画，郑华雄为此受到团内警告处分。我当然也就免不了要检查，但我因为只有这样一个孤立的问题，也就没人追究。

另一件比较严重。

一九五七年的暑假过后,新学期一开始就进行“反右”补课，结果把一个跟我很要好的同学闫长治划成了“右派”。这个同学和我一样酷爱体育活动，我们两人性格相投，经常形影不离，亲如兄弟。他举行婚礼时，班里不少同学已知道他有“右”的言论疏远了他，但我仍然以友情为重去祝贺。没有想到婚礼举行过后没几天，他就被宣布为“右派”,要大家揭发他的“罪行”。首当其冲的自然是我，有一次主持会议的人就专门指定我是主要揭发人，认为我和他最接近，一定掌握了他的许多不为人知的右派“罪行”，指定要我揭发。这可难为了我，揭发吧，实在是没有什么上纲上线的东西；不揭发吧，主持会议的人和积极分子们都把眼睛盯着我，斗争会的对象似乎变成了我。我说什么也不能违背自己的良心，我不能凭空捏造。这就让他们大失所望。从这时开始，我被认为和右派分子划不清界限，由中间派变成中间偏右了。

热衷方言

在反右派斗争及其前后，我疏远了政治，把兴趣集中在方言调查和研究上。

我对方言调查和研究的兴趣，是从二年级开始的。这一年系里开设由袁家骅先生主讲的《汉语方言学》课程。

袁家骅先生早年留学牛津大学默顿学院，学习古英语、古日耳曼语和印欧语比较语言学，获得硕士学位。后又两次赴英学习和研究。回国后，转向少数民族语言的调查研究。一九五五年，结束广西的壮语调查工作后，回到北大进入中文系语言学教研室，当年就开设了汉语方言学课程。

袁先生讲课时，风度儒雅，总是面带笑容，给人以亲和感。讲课前，印发了讲义，讲课中常讲一些民间故事，把本来有些枯燥的方言学变得生动活泼，引人入胜。当时我担任班长，为联系“质疑答疑”，与任课教授接触较多。当我访问袁先生时，感到他很平易近人。他亲切地问我是哪里人，会说什么方言。当他知道我的母语是闽语（通行在浙江南部的闽南话），又在温州学习工作多年，会说浙南吴语——温州话，说我有学好方言学的条件，鼓励我好好学习方言学。临走时，还把我送到门口。此后，我就常常去他家拜访，他希望我能用国际音标把我的母语记录下来。他说，掌握记音能力很重要，希望我能通过记录母语的语音，提高记音能力。我尝试了几次，都入不了门，只好拿上所记的零碎资料到先生家里请教，先生放下手头的工作，让我当发音人，他亲自记录我母语的语音。我在袁先生指导下，整理出我母语的语音系统，包括声韵调，连读变调和文白异读等。这使我恍然大悟，原来我从小会说的话居然有这样整齐的规律。

袁先生把我的母语称为“浙南闽语”。接着，我又遵照先生的教导，把母语的语音和普通话语音进行比较，和中古音进行比较，找出对应规律。并在此基础上又记录了词汇和民间故事，描写了语法特点，把我学到的一些语言学知识，充分地运用到对母语的调查研究上。随着调查研究的深入，我的兴趣越来越浓厚，除了上课和必须参加的活动外，一切可以利用的时间都花在方言上。反右斗争时，学校停课，我正好利用这个时间搞方言调查，写成了近二十万字的《浙南闽语的调查报告》。

除了调查自己的母语外，还调查其他方言。我利用寒暑假调查了北京市郊的通县、怀柔、密云、顺义、大兴、房山等地的方言。一九五七年的暑假，正当北大的反右斗争如火如荼地进行的时候，我应浙江省教育厅的邀请，调查了从杭州到温州沿途富阳、桐庐、建德、兰溪、金华、武义、永康、缙云、丽水、青田等共十八个县市的方言。我用中国科学院语言研究所的《方言调查简表》调查，只调查语音，每个点有两三天时间就完成了。调查材料交给浙江省教育厅后，每个点给五块钱共九十元的报酬。在调查瑞安方言时，还在书摊上发现文字改革委员会寻找已久然而没有找到的清末温州语言文字学者陈虬所著的《瓯文新字七音铎》，买来后献给文字改革委员会，他们给了我五十元的奖励。这些对我这个当时十分穷困的学子，无异是雪中送炭。

从浙江回到北大后，我利用一切可以利用的时间，修改我的《浙南闽语的调查报告》，并将其中的两个比较突出的问题整理成两篇文章，寄给语言学界最权威的刊物《中国语文》。没有想到这两篇文章，都很快发表了。一篇题为《浙南闽语里形容词程度的表示方法》,发表在《中国语文》一九五七年第十二期；一篇题为《浙南闽语里的“仔”“子”和䋎》,发表在《中国语文》一九五八年第五期。

在这之前，我也曾运用所学到的语言学知识，在一九五六至一九五七年的《中国语文》上发表过五则“语文短评”和五篇“书刊评介”，还在《文字改革》一九五八年第三期上发表过题为《对于废除汉字改用拼音字的商榷》的文章。但这些都不是正式学术论文。只有关于浙南闽语的这两篇论文的发表，我才感到自己似乎已经迈进了语言学的门槛，从此，我把方言调查和研究确定为自己的学术主攻方向。

红专辩论

反右斗争之后，接着开展“红”“专”辩论。辩论的主题是：先“专”后“红”，还是先“红”后“专”。提倡的是又“红”又“专”，批判的是只“专”不“红”。

我在反右斗争中是中间偏右，对政治不闻不问，一心扑在方言的调查和研究上，是明摆着的只“专”不“红”，自然会成了批判对象。我也有自知之明，自愿充当“麻雀”让大家“解剖”。

大家批判我，政治运动不参加，专心搞学术研究，在刊物上发表文章，赚稿费，这是典型的资产阶级名利思想。

大家还批判我一心一意走资产阶级教授的道路。这指的是我和袁家骅先生家里的关系。

由于对方言的浓厚兴趣，加上对袁先生人品的崇拜，我成为他家的常客，时间长了就几乎变成一家人。袁师母把他家的银行存折给了我，逢年过节都是我当他家的采购员。有一回，袁师母病倒，她家有一个保姆，是从农村来的，不大会伺候，袁先生就让我搬到他们家里去住，帮着照顾师母。师母病好了，正好临近春节，师母教我包饺子，就让我在他们家过了一个年。

袁先生没有儿子，只有两个女儿，一个比我大几岁，已从北京工业大学毕业，参加了工作；小的比我小几岁，正在清华大学上学。所以，也就把我当作儿子一样看待。我没有家，也就把他家当成自己的家。

袁先生当时是二级教授。在那个时候，凡是教授都被看成是资产阶级的。我与袁先生亲如父子，便自然被批判为走资产阶级教授道路。

除此之外，还有一件事，使我的处境雪上加霜。

反右之后，北大召开了第四次代表大会，每一个班选一个代表。我当时已经不是班长,改为副班长。没有想到，班里的同学竟选我当代表，参加了学代会。更出人意外的是，大会主席还特邀我在大会上发言。本来这是改变自己形象的极好机会，我本应该利用这个机会，正面阐述毛泽东的教育方针，说明反右斗争、红专辩论运动对知识分子思想改造的意义，可是，不知为什么，是出于标新立异，还是鬼迷心窍？在大会发言中我居然怀疑起毛泽东的教育方针来，我说毛主席的教育方针是说要培养有知识的劳动者，我上学之前就已经是个有知识的劳动者，上学还有什么意义呢？我这篇发言后来也登在校刊上，但外面加上一个线框放在一角，显然是作为反面材料处理的。

不过，幸好这些都是作为人民内部矛盾来处理，没有招来更大的祸害。

红专辩论之后，便是大搞科研，主要内容是一“破”一“立”。搞科研，这正好符合我的兴趣，我也很想借此机会，改变一下只“专”不“红”的形象。

所谓“破”就是搞学术批判。批判语言学界所谓的“资产阶级方向”，重点是批判王力先生为代表的资产阶级学术思想。王力先生是一级教授，学术界的名望最高，成了资产阶级反动学术权威的典型。这时我已经由前一段的批判对象，变成了批判的动力，成了批判资产阶级学术思想的“生力军”。一般同学只写一篇批判文章就不错了，而我一人就写了三篇。

真是初生牛犊不怕虎，刚学了一点儿语言学知识，就自以为了不起，现在想来，真是幼稚得十分可笑。但当时确实热情饱满，任意发挥。我在《批判汉语方言研究中的资产阶级方向》一文中，只强调方言研究要为推广普通话服务，否则就是“资产阶级方向”，把著名学者罗常培先生重印《厦门音系》，说成是“资产阶级方言学家企图把方言研究重新引向资产阶级方向的标志”；在《批判王力先生在语法体系问题上的唯心主义观点》一文中，抓住王力先生撰写的《语法体系和语法教学》一文中的片言只语，上纲上线，作为“唯心主义观点”加以讨伐；在另一篇与一位同班同学合作的《反对粗制滥造的写作态度——评王力〈广州话浅说〉和〈广东人怎样学习普通话〉》一文中，把王先生所写的这两本普及方言知识，帮助广东人学习普通话的著作，硬说成是资产阶级语言学家“攫取高名和厚利”的行为。这三篇文章后来都收在书名为“语言学的研究和批判”的集子里面，由高等教育出版社正式出版，产生了极其消极的影响。

一九八六年五月三日王力先生去世之后，我以《语文研究》编辑部的名义在北京召开了一个座谈会，邀请在京的同班同学进行座谈。我在座谈会上说：

一九五七年“反右”以后，开始批判“资产阶级学术权威”，王先生首当其冲。当时我十分幼稚，在“左”的影响下，当学生的也违心地写文章批判起老师来。后来，我心里一直非常难受。粉碎“四人帮”后，我几次进京拜见王先生，都想作自我批评，没有想到王先生总是那么平和通达，宽厚待人，使我感到再提当年的事是多余的了。

所谓“立”，就是组织撰写一部回顾《马氏文通》出版以来六十年中国语言学的发展历程的著作。参加的人中，有好几位是即将毕业的研究生。我不知天高地厚，一人揽下方言和少数民族语言两个部分。当时年轻气盛，不知疲倦，夜以继日，日夜奋战，往往是过了半夜三更还不知休息，学校免费供应夜宵，吃饱又继续“攻关”。一本几十万字的著作很快就完成。不过，这本书后来没有出版，只在内部印了一个“简本”进行交流，没有扩大影响。

重堕情网

上北大之前，我在温州新华书店经历过一次失败的初恋。这深深刺痛了我，使我进入北大之后不敢轻易再谈恋爱，由此有两次失去机会。

一次是入学不久，一位同年级的女生向我示好。她是福建人，原来是一名海军战士。有一天，她突然招呼我，让我品尝她家乡寄来的美食，又让我陪她去颐和园昆明湖游泳。此后便来往密切，后来在反右斗争中，我是中间派，她是左派，观点不同，也就悄然分手了。

另一次是跟气象系的一位女同学接近了一段。那是我在体育代表队练习跳高腿部受伤住院治疗出院之后，代表队安排我进行恢复性锻炼，锻炼的搭档就是这位女同学。她对我照顾有加，不仅配合我锻炼，还关心我的生活。吃饭的时候，常常和我在一起，见我饭量大，常把饭菜让给我。可我总是鼓不起热情，对她有些冷淡，后来也就慢慢疏远了。

直到大学三年级，我才逐渐摆脱了失恋的阴影。有一天我突然接到了一封信。信是用俄文写的，看了落款才知道是陶梨梨写的。她说到北京以后两年多了没有和我见面，想在一个星期天来看望我。我中学时学的是英文，上大学后才学俄文，这时刚入了一点门。我高兴地也用俄文给她回了信，欢迎她来北大看看。

我对陶梨梨是有过美好的印象的。回想那年我们入学结伴同行赴京时，在上海为洪水所阻，只得在上海住下来。上海的迎新单位把我们安排在上海外国语学院暂住。我们两人合租了一辆黄包车，她显得很大方，把不好意思的我，拉坐在她的身边，从车站到达住地。我们早就听说上海繁华，但由于害怕出事，整天小心谨慎地不敢出来游逛，只是吃饭时到附近的饭滩光顾一下。就这样在上海整整停留了一个星期。这也算是共了一点患难吧。当时从上海到北京，火车要走两天两夜，我们当然坐的是硬席，由于带的钱已经不多，吃得很节约，累了乏了我们互相靠着在一起打盹。她的大方和真诚从此留在我的脑海中。到了北京分手后，因为各自忙于自己的事情，没有互通信息，似乎遗忘了一样。

我们一见面，就都十分热情。她是第一次来北大，和她那基本上是新建的外语学院相比，北大的校园显得更古老更有诗意，不知是北大的校园吸引了她，还是我们投机的谈话吸引了她，使她留连忘返，一直到天黑了，她才想起应该回去。从这以后她经常到我这里来，我有时候也到她那里去，我们交谈的范围更加广泛了，谈论的话题也更加深入了。我们谈论人生的哲学，探讨学业的前景。“语言学是一门看起来枯燥却是非常有吸引力的学问。”我喜欢这样来评价自己的专业。她说俄语也是一门语言学，是国别语言学。这种相通的专业进一步把我们联系在一起。她还多次谈起她的家庭情况和她的个人生活。她说她在温州的时候，有个男朋友曾经追求过她，他是一所中学的校长，“反右”中成了右派，已经不来往了。还说在学校里有不少人追求她，但她不愿意。她把她最心爱的照片送给我，把她最爱唱的歌悄悄地唱给我听。她的歌声又甜又美，她的美貌越加动人。我开始领悟到，我们之间的关系已经超出单纯的友谊。

我已经习惯于在天黑时送她回学校，我有两条飞毛腿，送她到学校后，可以跑步回来不误睡觉，我发觉我很愿意和她在一起，我们约好一起逛公园，一起去看天文馆。我每次去她那里去，似乎听到她宿舍里的女同学在悄悄议论我，而我宿舍里的伙伴也已经拿她来开我的玩笑。不管怎么说，我确已不知不觉地堕入情网。可是我心里还是觉得有点不踏实，我担心会像在温州新华书店那样重尝爱情的苦果。特别是当我想起，她总是婉拒我主动表示的亲密动作，连我有意无意地碰了她一下手，她都急于缩回去，更谈不上搂抱接吻了。这使我不能不怀疑她对我究竟有几分真情实意。于是我觉得需要试探她一下。

我们约好一个星期天在北京动物园见面。见面时像以前那样的愉快，谈话像以前那样的投机，但说来说去，总是没有涉及爱情的表达。其实动物园对我们来说已经并不新鲜，这里的动物我们看过不止一次了，到这里来只是因为这里比较宁静，可以说些知心话。

我们边走边谈，来到摄影部的门口。我说，我们还没有在一起照过相，今天在一起照个好吗？这是我考虑了很久才说出的一句话，我把她愿不愿意和我在一起照相看成是她对我有无真情实意的试金石。她犹豫了一下，接着说：以后再照吧，今天没有做好照相的准备。我也就不勉强。我们在一个非常僻静的地方坐下来,看不到周围有人，也就感到没有人能看到我们。我感觉到该是到了把我事先准备好的话说出来的时候了，但这时我的嘴却显得非常笨拙，几次想开口，又吞了回去。可是时间一分一秒地过去了，我终于鼓起勇气说，毕业分配快到了，班里的党支部知道我们两人好，问我毕业分配时，要不要有所照顾。她似乎是已猜到我说这话的用意，没有多思考就说：我们来往确实比较亲密，不过还是朋友，不要和毕业分配联系起来。我听了这句话，头上像被泼了一瓢冷水，心似乎都凉了，坐在那里发呆。过了一会儿，她又补充说，我们的友谊还是有发展前途的。接着,她又说了几句让我宽慰的话。但我都听不大进去，我希望的是坦诚而直率的表白，而不是含糊其辞的模棱两可。我们终于在闷闷不乐中分手。后来我们又见了一两次面，快到毕业分配的时候，她把她母亲的通讯地址告诉我，相约分配到新址后，给她母亲写信，互相了解通讯地址，以便继续通讯联系。

毕业分配

一九五八年的夏天，我们终于等来了毕业分配。当时

一九五八年北大中文系五八级语言专门化毕业同学合照，第二排中间是我。

政治气氛很浓，大家心里都明白，反右斗争中的表现是这次分配的主要依据。

在分配之前，我和大家一样，写了保证书：保证服从分配，到祖国最需要的地方去。分配方案里有新疆、内蒙古等地。我想的是离北京越远越好，便主动报名去新疆。

袁师母舍不得我离开北京，当着我的面要求袁先生跟系里打招呼让我留在北大，或者跟他熟悉的中科院少数民族语言所联系，让他们要我。我自知自己作为反右斗争的中间偏右人物，没有希望留在北京，更不可能留在北大，便对师母说：我单身一人，没有什么牵挂，想到最偏远的地方去锻炼，已经报名去新疆。

当时我们语言专业这个班，去新疆的名额只有一个。报名的除我之外，还有一个叫佘光清的同学。在我的心目中，他很有才华，个子消瘦，散乱的头发下戴着一副黑边眼镜，他不仅学习成绩好，能写非常流畅的文章，而且有非常令人羡慕的口才，他发起言来总是滔滔不绝，有理有据，即使你不大同意他的观点，也不能不叹服他的表述能力，开头我对他还有些嫉妒，后来我们竟成为非常要好的朋友。我们相约好不管谁分配去新疆，到新疆后都要设法把未能去新疆的调到新疆去。最后党组织选中了他，而派我去山西。

山西当时是文化比较落后的地区，不知为什么，山西有名的两座高校——山西大学和山西师范学院都不要北大的毕业生。我们在太原等候了一个月，有的分配在山西省教育厅，有的分配在山西人民出版社，有的分配到中学教书，而那位被打成右派的同学则分配到阳泉市一个偏僻山村的小学当教师。我被分配到太原城北约八十公里的忻县师专。

忻县（今改称忻州）是忻县专区（忻州市）所在地，城里保存着一座完好的城墙，城不大，只有从南到北一条街，街道看起来很冷落，有一些不起眼的商店，整个市区只有这么一条不用十分钟就能走到头的街道。学校在城西的小山坡上，最初是一座书院，忻县旧时叫秀容，这座书院就叫做秀容书院。解放后改为忻州师范学校。忻县师专占用了它的部分校舍，设语文 、数学 、理化三个科。语文科招了两个班共有八十来个学员，原来都是初中教员，学制一年。教员只有两人，除了一位从中学调来的老教师外，就是我。我们两人一老一小，包下了两个班的全部课程，我除了讲语言学方面的课程外，还讲文学方面的课程。反正我在大学里也学了不少文学方面的课程，现买现卖，还能勉强应付。校长介绍说：忻县是晋北重镇，是地区的政治、经济、文化中心。对此，当时还不大理解，但是站在巍峨的城墙上，确实感到这里有一番非凡的北国风光。城门楼上高高悬挂着的“晋北锁钥”四个大字，显示着这座古城在交通和军事上的重要地位。我怀着复杂的心情在这座学校住了下来，这里的惯例都是宿舍兼办公室，我和那位老教师共占一间房，门口挂着语文教研室的牌子，那位老教师附近有家，因此这间房子就成了我的宿舍。房间里光线很暗，设备也很简单，只有一张床 、一把椅子、一张桌子。这些我都不在乎。不习惯的还是饮食，这里每顿饭不变花样，天天顿顿是一个菜叫做烩菜，由白菜 、山药蛋和粉条烩成，改善生活时加上几片肉叫做肉烩菜，主食是玉米面窝窝头。就是这样简单的饭菜每天只能吃两顿，上午先空着肚子上两节课，到九点钟吃上午饭，下午三点钟吃下午饭，然后一直顶到第二天上午九点钟。肚子经常饿得咕咕叫，特别是到了晚上九、十点钟的时候，更是饿得难以忍受，看书看不下去，睡觉又睡不着。有一天晚上在校园里转悠，忽然听到一阵欢笑声，原来是师范学校的几位女老师在一起用小饭盒煮枣吃。这才启发了我，原来这里气候冷，十月份就开始烤火，每个屋子都有火炉，红枣又是这里的特产，不用两角钱就能买一斤，晚上煮红枣既能充饥，又有营养。这样一来，日子也就比较好过。

我虽然没有接受过师范教育，但我并不担心讲课，我在北大上学时就曾经在职工夜校讲过课，学生的反映也很不错。讲课主要不是靠教育学上讲的那些方法，靠的主要是有没有真实的专业知识。我初出茅庐，认真负责，时刻与学生打成一片，教学效果自然备受称赞，心里也就很高兴。

最使我感到欣慰的是陶梨梨并没有食言，她果然按时给我来信，每个星期至少有一封，总是那么准时。信的内容不过是互相通报工作和生活情况，算不上什么情书，但重要的是通了信。我记得在北京分手前她说的，我们的友谊还有“发展”的前景。我期待这种“发展”,也许这种“发展”会带来新的希望。正是怀着这种希望，开始了我的新生活。

晋北艰难年代

一九五八年九月初，我被分配到忻县师范专科学校(今忻州师范学院前身)。一年之后，忻县师范专科学校与大同师范专科学校合并为晋北师范专科学校。一九六二年夏，晋北师范专科学校下马，改为神头中学，我分配到晋北教师干部学校。一九六三年三月调到山西省教育学院，在晋北经历了四年半的艰难时光。

走又“红”又“专”道路

不管条件多么简陋，忻县师范专科学校名义上总属于高等学校。能作为高等学校的一名教师，我还是感到有些自豪。我接受了在北大只“专”不“红”的教训，决心要走又“红”又“专”的道路。

怎么才能走又“红”又“专”的道路呢？当时我对“红”

和“专”是这样理解的：

所谓“红”，就是要响应党的号召，积极投入当时开展的政治运动。那时，跟我们有关的政治运动主要有两个：一个是大炼钢铁运动，一个是大搞教育革命运动。

大炼钢铁运动刚开始，校长郭万胜一动员，我就积极投入。我们的主要工作是到山上采运供炼钢铁的矿石。我拉着小平车，同学生一起奔跑在山路上。那时我还坚持练习长跑，拉起小平车跑动起来轻松自如，比学生还跑得快。郭万胜校长是一九三六年参加革命的老干部，在学校师生中拥有很高的威信。我却认为他在大炼钢铁运动中，思想还是有些保守，发动群众不够充分，便给他贴了大字报。他表示虚心接受，还鼓励我再给他提意见。我觉得他和蔼可亲，平易近人，从此很喜欢接近他。

在教育革命运动中，我更是大显身手。我写了一张又一张的大字报，对学校应当以教学为主，教育应当和生产劳动相结合，教师应当在教学过程中起主导作用等问题，发表了我的看法，受到校领导重视。

我还积极参与揭露批判教师队伍中的一些消极现象。忻县师范学校有个语文教师，散布一些不满教育革命的言论，受到批判。我也积极写大字报，对他连讽带刺，许多人夸我文笔好，说我的大字报看了特别过瘾。

所谓“专”，就是搞好自己承担的教学任务。

忻县师范专科学校共设三个学科：语文、数学、理化。语文科的学员最多，有八十多人，分成两个班，学制一年。他们原来都是初中教师，有的比我年纪还大。担任专业课的老师只有两个，除我之外，还有一个是从中学提升起来的老教师，他姓谭，大家尊称他为谭老师。我们两人包教了全部专业课程。我除教古代汉语、现代汉语两门属于语言学的课程外，还教文艺理论。我认真备课，经常深入学生宿舍，和学员交谈，了解他们的情况，还给每个学员建立教学档案。档案里有基本情况，原来的文化知识基础，历次测验的成绩和谈话的纪录等。这可以说是我的一个小创举。我在教学中还引导学生调查自己的方言，收集方言谚语歇后语等资料，用以和普通话进行对比。这种教学方法很受学生欢迎。

这样，既“红”又“专”，果然见效，不断受到学校领导的表扬。

艰苦岁月的磨炼

在忻县师范专科学校只教学了一年，上级决定忻县师范专科学校与大同师范专科学校合并，改名为晋北师范专科学校，校址设在朔县神头。

朔县神头是一个镇，距离朔县县城大约有五公里。这里的镇和我老家温州的镇不能相比，只有几家小商店，还有一座初级中学。晋北师范专科学校的校址离神头还有一里多路程。这里前不靠村，后不靠店。原计划忻县地区专署和大同地区专署合并为晋北地区专署，合并后的晋北专署的地址就选在这里，师专是先行了一步。可后来计划又改变了，两个地区不合并，还是照原来不变。这样晋北师专，就孤零零地设在这里。

晋北师专的校舍只有一座教学楼，另有几处作为教师和学生宿舍的平房。四周没有什么别的建筑，绿化还没有来得及搞，光秃秃的没有一棵树木。冬天一到，西北风呼啸，飞沙走石，弥漫天空，伸手不见五指，真是《胡笳十八拍》中所描写的“疾风千里兮扬尘沙”。

这样恶劣的自然条件，再加上困难时期粮食紧张，连粗粮也吃不饱，常用“瓜菜带”充饥，许多教师不安心在这里工作。但我没有退缩，我把艰苦的环境看成是对自己的磨炼。

晋北师专也设语文、数理、生化（生物化学）三个科，每个科设一个教研组。我被任命为语文教研组组长，组里有许多优秀的教师，有一位教现代文学的青年教师叫张锡辰，喜欢写诗，曾在《人民日报》上发表过诗作。有一位叫陈汝计的教古代文学的教师，原来是山西大学的学生会主席，很有才学，不想后来“文革”中经不起批斗，自杀死了。另有一位也教现代文学的老师叫何汉耀，他刚从山西大学中文系毕业，很有朝气，提出许多改革教学的设想，后来成为山西省教育厅普教处处长。教研组里共有十几位老师，我在工作上支持和鼓励他们，让他们充分发挥自己的才能；在生活上尽量照顾他们。当时的住房，有阴面有阳面，阴面不见阳光，冬天迎着西北风，生上炉火也不暖和；阳面对着阳光，比阴面要暖和得多。我把阳面让给他们，自己住在阴面。有一个冬天的晚上，西北风劲吹，烟筒倒灌，室内烟雾弥漫，好在我被惊醒，赶快打开门窗。同事们都说我命长，要是醒不来，肯定会煤气中毒，小命不保。

躲过这一劫，我吸取了教训，把烟筒整治好，还是坚持住在阴面。

总的来说，教研组的老师们相处是和谐的，但也开展了批评和自我批评。批评的对象主要有两个：一个是邬圣均，也是教文艺理论的老师，他口才好，但常偷懒，不认真备课。学校常检查老师的备课教案，检查到他时，总是拿不出教案。学生听了他的课，开头反应不错，后来他讲不出新意，学生慢慢不满意了。我们对他进行了批评，他表面上接受，可是不久又犯了老毛病，于是又批评他。还有一个教古代汉语的教师，叫李文光，是上海人，从复旦大学中文系毕业后分配到这里，他很不适应这里的气候，公然说“这里是个鬼地方”，常用“北风卷地白草折，胡天八月即飞雪”、“一川碎石大如斗，随风满地石乱走”等描写塞北寒冷荒凉的古诗句来发泄自己的不满，因此很不安心教学，闹着想调走。我们开了好几次会来帮助他，效果都不明显，后来还是调走了。

教学改革的尝试

一九五九年六月，山西省委召开教育工作会议。会议的中心是提高教育质量，加强教学改革。我积极响应会议的号召，努力改革我承担的“现代汉语”教学。

我的指导思想是高举毛泽东思想的伟大旗帜，对教学内容和教学方法进行大刀阔斧的改革。在教学内容方面，大破旧体系，首先系统讲解毛泽东关于语言的理论。从三个方面进行讲解：一是毛泽东论语言学习的重要性和艰苦性；二是毛泽东关于“要向人民群众学习语言”、“要从外国语言中吸收我们所需要的成份”、“学习古人语言中有生命的东西”等论述；三是毛泽东对运用语言的要求。通过讲解得到了以下效果：

一、使同学认清了语言的社会本质，树立起辩证唯物主义的观点；

二、使同学树立起学习语言的坚定决心，深刻体会毛泽东说的“我们的同志都非学习语言不可”、“语言这东西不是随便可以学好的，非下苦功不可”等论断。

三、使同学树立起对群众语言的正确观点，领会毛泽东所说的“人民的语汇是很丰富的，生动活泼的，表现实际生活的”的深刻含义，下决心向人民群众学习语言

在教学内容上，我还试行用以汉语拼音方案和普通话语音为纲进行语音教学，打破语法教学惯例，试行用拼音字母教语法。在使用例句方面，不采用《红楼梦》《水浒传》《西游记》等古典白话小说里的用例，换上毛泽东和国家其他领导同志的作品里的用例，以及《红旗》《人民日报》等报刊的用例。

在教学方法上，也进行了大胆改革，如改变“单纯从理论到实际”的做法，采用“从理论到实际”和“从实际到理论”相结合的方法，即先从分析具体的语言事实出发，引导学生从中归纳出规律，然后又用这个规律去检验语言事实。又如密切联系当地的方言进行教学，把调查整理出

来的忻县、定襄、繁峙、五台等地的方音系统画成图表，挂在黑板上，和北京音系进行比较。

当时我还针对师专两年制的特点，重编了教材，在山西省内各师范专科学校进行交流。教材的深度和广度要达到四年制师范学院和综合大学本科的水平，但教学时数大大缩减，这就要突出重点，合理安排。

这些做法，现在看来，虽然不是完全错误，但在相当的程度上受了当时“左”的思潮的影响。不过，那时领导还是认可的。我撰写的《改革现代汉语教学的几点体会》一文，刊登在中共晋北地委文教部主办的《晋北文教》第十三期（一九六〇年五月）上，在晋北地区产生了一定的影响。

参加三级“群英会”

一九六一年，山西省领导根据全国的统一部署，决定召开县、地、省三级文教战线“群英会”。当时，晋北师专的教职工接近一百人，参加县、地两级“群英会”的名额较多，而参加省级“群英会”的名额只有一个，因此，竞争相当激烈。在评定参加省级“群英会”的人选时，大家意见纷纷。我的主要竞争对手是数理教研组组长张学基。他专业基础扎实，教学效果好，为人谦虚谨慎，兢兢业业，人缘好。有许多人赞成让他代表全校职工参加省级“群英会”。但是也有不少人赞成我，认为我是教学改革的“旗手”，更能代表全校职工。经过全校职工几上几下的反复讨论，最后校领导拍板，决定让我参加省级“群英会”。这实在出乎我的意料。我觉得自己虽然在教学改革方面做出了一些成绩，但潜力还没有完全发挥出来。

我先后参加了在朔县县城举行的朔县文教战线“群英会”和在忻县县城举行的雁北地区文教战线“群英会”后，于一九六一年秋参加了在太原举行的全省文教战线“群英会”，我感到无比荣幸。

在太原参加全省文教战线“群英会”期间，兼任晋北地区代表团团长的中共晋北地区文教部长跟我谈了话，鼓励我积极投身教学改革。谈话时，我发现他办公桌上放着参加全国文教战线“群英会”的候选名单，其中有我的名字。不知为什么，后来正式名单中没有我。我并不以此为憾。我觉得能参加县地省三级“群英会”已经够满足了。我回顾在晋北这段时间的工作，深深体会到走又红又专道路的重要性。正是坚持了又红又专的道路，在忻县师专短短的一年中，取得了校领导特别是校长郭万胜的信任。忻县师专与大同师专合并为晋北师专后，我继续坚持了这条

晋北地区参加山西省文教群英会的代表，前排中间是我。摄于一九六〇年五月一日。

道路，在语文教研组组长的岗位上做出比较突出的成绩，在教学实践中高举毛泽东思想红旗，进行了引人注目的改革。我自以为，能够参加三级“群英会”，证明我虽然家庭出身不好，社会关系复杂，仍然有实现又红又专的可能。从此，提高我的信心，继续沿着又红又专的道路走下去。

苦甜相连的婚恋

一九五八年八月，北大中文系毕业分配到忻县师专之后，我立即把通讯地址告诉陶梨梨的母亲，跟分配到江西工学院的陶梨梨取得了联系。开头我们保持着正常通信。但没有多久情况就发生了变化，她不给我来信了。我不止一次给她去信，甚至寄了挂号信，都没有收到她的回信。于是我开始绝望了。我想，她的工作单位是正规的大学，而我的工作单位是一个在中级师范学校基础上“戴帽”的师专，她一定是看不起我了。我又想，她那么漂亮，那么活跃，必定追求的人很多，其中必有比我优秀的，她是另有中意的人了。当时我已经是二十七岁的老青年了，再次失恋的痛苦深深地折磨着我，我在无限迷茫之中度过那个漫长的寒假。

可是天无绝人之路，我发现有一位女同事不断地用奇异的目光注视着我。她是山西大学化学系的三年级学生，来忻县师范学校实习的。我们同在一个团支部活动，由认识而慢慢熟悉起来。她喜欢打乒乓球，而我早有这方面的爱好。乒乓球把她和我联系在一起。有一次我得了重感冒，发高烧躺在床上，她主动来照顾我。见我被子破了，就拆洗了缝补起来。于是，我很感激她。失恋的我，正处于感情的饥渴状态，很容易对她产生了爱意。她不像陶梨梨那样的刻板，连拉她的手都躲着不让拉。她却很大方，我拥抱她，甚至吻她，她都没有拒绝，于是我们很快陷入了爱情的漩涡。当时，忻县师范和忻县师专的校址合在一起，设在位于忻县旧城西面一个山坡上的“秀容书院”里。旁边有个挨着城墙的凉亭。城墙环绕县城，虽然不大完整，但还没有完全毁坏。我们时常在课余之后的夜幕中，手拉手迈步在城墙上，享受着有生以来从未有过的与异性的拥抱和接吻的甜蜜。她的名字叫陈秀娟。

正当我和陈秀娟热恋之时，突然接到了陶梨梨的来信。她见我没有给她回信，又接二连三地来信。我禁不住她的催促，回信责问她为什么那么长时间不给我来信。她不解释，只是说我不该怀疑她，不该不相信她。她还言之凿凿地说，她已经做好准备，给我买了戒指，要在暑假期间来忻县与我结婚。并说此事已经得到她母亲同意，并向她的亲友宣布，不能更改。还说，她已经与南昌大学联系好，结婚之后，调我去南昌大学中文系……。这些出乎我意料之外的表白，使我陷入深深的为难之中。

我与陶梨梨相识已有数年，我曾经是那样深深地爱着她。可她总是不肯表态，不论是口头的语言，还是肢体的语言，从未表示过，让我一直琢磨不透她的心思。但我确实喜欢她，和秀娟相比，她在许多方面都高出一筹。一是论人才，她高高的个子，有一个人见人爱的漂亮的脸庞；二是论专业，秀娟学的是化学，跟我的专业不搭界，而陶梨梨学的是俄语，跟我的专业很相近；三是家庭情况更不能相比，秀娟家里刚被补划为地主，一家人被赶出原来的住处，挤在生产队原来的羊圈里，而陶梨梨的父亲是工商业者，家境富裕得多。要论这些，我当然会毫不犹豫地选择陶梨梨。可是，这样就会严重伤害陈秀娟。我与她虽然认识时间不长，但她对我一片真情。我已经拥抱过她，吻过她，如果抛弃她，对她是多么大的伤害！于是，我反复想来想去，拿不定主意，心灵上的苦痛缠绕着我，使我吃不下饭，睡不着觉。事关终身大事，应该怎样处理才得当，以后才不会后悔，我没有主意。在无可适从的情况下，我找了党支部书记，向他诉说了我生活中遇到的这个难题。他同情我的遭遇，只是希望我不要离开忻县师专。他无法也不能说服我，我依然陷入痛苦之中而不能自拔。

但是鱼与熊掌不能兼而得之，不能不作出最终的选择。我觉得做人最重要的是讲诚信。“人而无信,不知其可”么！我与陈秀娟虽然相处时间不长，但她为人朴实，感情真挚，我们既然有了亲密的接触，表明已经以身相许。而我跟陶梨梨虽然相识很久，但从未有过亲密的举动，没有过亲密的接触。就凭这一点，也仅仅是这一点，我不能抛弃陈秀娟。于是我下定决心给陶梨梨写信，说明我不能接受她来忻县，更不能与她结婚，因为我已经有了新的恋爱对象。我拒绝她的理由有两个：一是她长期对我们的关系不表态；二是她不该有一段时间平白无故地不来信。陶梨梨收到我的信后，很不以为然，她再三说明她是无辜的，劝我回心转意。但我意已决，不再动摇。无可奈何之下，她放弃了暑假期间来忻县与我结婚的计划，神情沮丧地回到温州老家。她母亲见她情绪异常，知道了我和梨梨之间的关系出现了裂痕，便给我写了一封长长的信，希望我们能重新和好。我也给她回了一封长信，说明了情况。在信的末尾写道：梨梨是个非常优秀的女子，我曾经是那样如痴如迷地爱过她，可是阴差阳错，使我不能延续和发展我们的关系，我相信她会找到比我更加优秀的男子，祝她幸福！她母亲见我态度坚决，也就不再勉强我。

我和陶梨梨的关系，以及她要来忻县跟我结婚这些事，我都没有跟秀娟提起。有一天，她问我有没有女朋友，我才把事情的真相告诉她，她才吃了定心丸。

又过了一个多学期，陶梨梨给我来信，说她已经找到新的男朋友，是浙江大学物理系的一位教师。他身高一米八，而我连一米七都不到，看来比我英俊得多。这使我的一颗悬着的心终于落了地，才敢考虑我和秀娟的婚事。有一天晚上，校长郭万胜来到我的宿舍，提醒我年纪不小了，该办婚事了。那时秀娟已经从山西大学毕业，成为忻县师范的正式教师，而我已经调到晋北师专。我连忙给她打电话，征求她的意见，她当即表示同意。不久，到了一九六〇年的暑期，她回到太原家里，告诉父母要办婚事，顺便给我买了一套新衣，然后来到晋北师专，把我的旧被拆洗了，又做了一条新被。趁学校改善生活的那一天，顺便举行了简单的婚礼。

女儿朔雁的诞生

为了便于互相照顾，学校把秀娟从忻县师范调来，安排在生化科当教师。于是我们得以生活在一起。正处国家困难时期，物资匮乏，买什么都要凭“票”。由于营养缺乏，

一九六〇年在晋北师专结婚。

秀娟的身体不是很好，直至一九六一年冬才怀上身孕。第二年九月生下大女儿。快生产时，我把她送到朔县人民医院。医院的设备很简陋，不过生产很顺利，我陪伴在她身边照顾。产后才三天，她就急于跨出房门，晾晒尿布，结果受风发烧，好在很快就治好。产后住院不过一个星期，她就要出院。从朔县县城到晋北师专所在地神头，没有便捷交通工具，我借了一辆小平车，用厚被把她和女儿包裹好，放在小平车里，由我拉着走。路程有好几里，中间要经过一条河，河水刚漫过膝盖。我放慢脚步，小心翼翼地拉着平车渡河。小平车在不平的河床上颠簸着，好几次有颠覆的危险。好在驾驭小平车，我还算得上是个能手，终于平安地渡过河。这时突然雷电交加,一场暴雨顷刻将至。我担心淋雨，加快步伐，握紧小平车的把手，向学校直奔而去。刚进房门，大雨就倾盆而下。我惊吓得冒出一身冷汗，要是在途中碰上这场大雨，后果不可设想。

那时买不到奶粉，要是奶水不够就不好办了。令人欣慰的是，母乳非常充沛，满足喂养。秀娟让我给女儿起个名字。我想，女儿生在朔县，朔县地处雁门关之北，就叫做“朔雁”吧。秀娟也同意，说这个名字起得有意义。

女儿长到三个月，秀娟就想带女儿回太原。晋北师专距离最近的火车站也有几里路。记得那一天，刚下过一场大雪，我把女儿裹在怀里，一手拉着秀娟，踩着厚厚的积雪，一步一步向火车站走去。走进车厢，我把女儿从怀里抱出来，她竟然格格笑出声来。我把女儿交给秀娟，下了车厢，眼看列车呼啸着向太原方向驶去。

无所事事的一年

一九六二年暑假，国家面临越来越大的困难，晋北师专只好下马，改建为神头中学。原来的教师，自愿调走的可以调走，大部分都留在神头中学继续当教师。组织上特别照顾我，把我安排在晋北教师干部学校。分别时，原来语文教研组的老师在一起开了一个座谈会。会上，大家情绪低落,弥漫着依依惜别之情。大家回忆晋北师专的经历，为晋北培养了一批人才，就这样匆匆下马，实不甘心，却又无可奈何，今后的道路如何，仍很渺茫。我在座谈会上发了言，感谢几年来大家对自己工作上的支持，祝大家好运。

晋北教师干部学校，其实是一个有名无实的挂名单位。没有具体地址，我和秀娟还是住在原来地方。晋北地区专署设在大同。专署教育局通知我到各县考察。我来到最北边靠近河北省的天镇。这里有一座中学叫“天镇中学”。在这里我碰见的一位原来在晋北师专任教的语文教师。老同事见面，格外亲热。在这里我还见着北大同年级的文学专业的同学何立智。老校友见面，更是无话不谈。他告诉我别后的一些情况。

原来一九五八年毕业后，他和我们语言专业的几个同学一起分配来山西。我们都分配走了，他才分配到大同，又再次分配到天镇中学。他说，他初到天镇，就想到贾岛的诗《渡桑干》:“客舍并州数十霜，归心日夜忆咸阳。无端又渡桑干水，却望并州是故乡。”从并州（太原旧称）渡过桑干河,来到天镇,正是他所经过的路线。如果把“咸阳”改为“江南”就是写他的了。他的家乡在湖北蒲圻县，跟我一样是南方人。他还告诉我，我的同班同学谢自立上北大之前，就是这个县的共青团干部。我们越谈越亲切，原本都是“北大人”。

天镇中学校领导把我看成是“钦差大臣”，要我作报告、作“指示”。我自知是个“教书匠”，不敢做报告，更不敢有什么“指示”，只同意跟部分教师开个座谈会，了解一些情况，回去好向专署教育局的领导汇报。

就这样，无所事事地过了半年多，直至一九六三年三月接到山西省教育学院的调令，才离开朔县神头。那时，大家都很清贫，没有什么家当，只是有一木箱书。神头中学派了一辆马车，把我们一家三口送到火车站，就这样，告别了晋北，告别了在一起度过几年艰难生活的同事们。

下放运城

一九六三年三月，我调入山西省教育学院后，只教了一个学期的书,就被派往农村参加“三清”“四清”工作队，接着就是“文化大革命”。经历“文化大革命”的山西省教育学院，实行“斗、批、散”，包括藏书等财产都并入设在临汾的山西师范大学。人员根据“工宣队”进驻后的表现分成几类安排:第一类,调入“工宣队”的派出单位——太原机械厂；第二类，调入山西师范大学；第三类，下放县级中学或县级机关锻炼；第四类，下放农村当农民；第五类，遣散回家。我属于第四类，下放到运城县。我和爱人陈秀娟带着三个女儿和全部家产来到运城县北相公社曹允大队落户，开始了长达八年的下放生活。

茅屋为家

运城县在山西省的南端，盛产棉麦，是山西省比较富裕的地区。记得是一九七〇年七月三十日，我一家五口在运城县的招待所住了一夜，第二天曹允大队派了一辆马车把我们接到村里。村里没有空余的住房，把我们一家安置在生产队养猪场旁边的茅屋里。这本来是麦收时生产队做饭的地方，当时麦收已过，正好空着。

茅屋是用麦秸盖的，里外两间。外间有个门，两扇房门之间有半寸宽的门缝，在外面用树枝就能拨开门闩；里间有个小窗户，用几根木条支着，糊上一张塑料布权当玻璃。两间房都没有顶棚，上面悬挂着一条条随时可以掉下来的灰尘，下面是凹凸不平的泥地。一下雨，天上的水往下漏，地上的水往里灌，家里成了一个小水池。在门口不远处挖了一个小坑，就是厕所。

看来是不能再简陋的了。但我并不嫌弃，就把这里作为安身之处。我爱人和孩子一路跟随着我，看我没有不愉快的表情，也就一声不吭地住了下来。生产队长见我爱人带着三个孩子下地不便，安排她在养猪场当饲养员。我则白天跟着社员一块儿下地干活，晚上参加生产队的活动。生产队长有些文化，我们很快成为朋友。当时生产队种了很多甜瓜，社员吃不了，就派了两组人去卖。一组两个人，一人拉着装满甜瓜的小平车，一人收钱。他们认为下放干部可靠，就让我负责收钱。跟我配对的社员，原来是个工人,“六二压”(一九六二年压缩编制)的时候回来当农民,我们很谈得来。他拉着车,我跟在后面,到附近村庄叫卖。“快来买瓜啦,又甜又脆的香瓜!”他叫喊得很自然。我可还是有知识分子的架子,就是张不开嘴,似乎沿街叫卖有斯文扫地之感。我们早出晚归,终于把一车瓜卖完,晚上向生产队交钱,我们这一组总是比另一组交得多。

就这样,我和我的爱人,从脑力劳动者转变为体力劳动者。虽然觉得有些累,生活有些清苦,但比起下放之前,在“学习班”挨批挨斗的日子,不知要好多少倍。

在“学习班”里,我无端被扣上“打着红旗反红旗的反革命分子”的帽子。那是因为在批斗时,我善于用毛泽东语录对付他们。有一次批斗,叫我交代问题。我交代了以后,他们不说我已交代清楚,就要我交代下一个问题。我就说,最高指示:饭要一口一口吃,工厂要一个一个盖。交代问题也得一个一个交代。这个问题没有交代清楚,不能交代下一个问题。这样,他们显得很尴尬,批斗会进行不下去。于是他们就说:“打着红旗反红旗,是阶级斗争的新动向。”

在“学习班”里,也参加体力劳动,不过那不是自愿的,和犯人一样,被迫在监督之下劳动。有一次,挖地道,正要下去,地道塌了,要是早几分钟下去就没命了,庆幸逃过一难。

在“学习班”里，没有人身自由。十几个人挤在一间小房里，晚上开着灯，不让好好睡觉，连上厕所也得向人报告。

而现在，情况完全改变了，没有人再监视我了，可以自由自在了。我第一次体会到什么叫“自由”,体会到“自由”的可贵。早晨迎着太阳下地，晚上顶着月亮归来，尽情享受着大自然赐予的新鲜空气。“结庐在人境，而无车马喧”“晨兴理荒秽，带月荷锄归”，陶渊明的这些田园诗句，过去也曾经吟诵过，但从来没有像这个时候那样引起强烈的共鸣。凭着长跑运动员的身体底子，我觉得自己能够适应艰苦的农业生产和农村生活，愿意和新结交的农民朋友作伴，务农终生。

工作队员

可是，人算不如天算，没有多久，上面就通知我参加农业学大寨工作队，这样我就不得不离开我刚有点熟悉的生产队。

参加农村工作队，对我来说，已经不是第一次。我曾经以“三清”“四清”工作队队员的身份，先后进驻晋南地区的洪洞、晋东南地区的潞城等地的生产大队。不过那时的纪律很严,强调与贫下中农实行“三同”(同吃、同住、同劳动)。而这一次参加的农业学大寨工作队，情况有所不同，不再强调“三同”。我参加了好几个工作队，进驻了好几个生产大队，印象比较深的，是参加安邑的农业学大寨工作队。

安邑历史悠久，是战国时期魏国早期的都城，秦汉时期是河东郡和安邑县的治所。现代的安邑已经衰落，是一个商铺不多的小镇。工作队只有三个队员，没有什么具体任务。平时东看看，西走走，倒也自在。领队的是山西省轻工业厅的一个下放干部。因为同是下放干部，就有很多共同的语言。他有个爱好，就是下象棋。他棋艺不错，在小镇上找不到对手。我过去下过象棋，不过多时不下有些手生。他不顾我愿意不愿意，硬要我跟他下一盘。他出手虽狠，可是我一看，就知道他下的是歪招，我虽然不是高手，但看过棋谱。一番较量，竟然败在我的手下。他有些不服气，但以为找到了对手，于是我们常常以对弈为乐。

有一天，上面给安邑分配一台缝纫机的指标。他想来想去，不知道如何处理这个指标。后来，他灵机一动，说把这个指标给了我。我爱人早就想买一台缝纫机，苦于没有机会。真是“踏破铁鞋无处寻，得来全不费工夫”。买

下放运城期间参加农业学大寨工作队，前排中间队长，右一是我。

了这台缝纫机之后，我爱人非常高兴，一直陪伴在身边，我也非常珍惜。二〇〇七年她去世时，别的东西都扔了，唯独这台缝纫机留着，它成了宝贵的纪念品。

山西是有名的干旱地区，运城县也缺水，唯独安邑有丰富的水源。这里不仅有一条河，还有一个小型的水库。为了纪念毛泽东横渡长江，水库组织了一次横渡。游泳本是我最喜欢的一项运动，早在北大念书时，就常到颐和园里的昆明湖畅游。来到山西之后，不论是晋北还是太原，都没有游泳的条件。没有想到在安邑，竟有游泳的机会。横渡那一天，我跃跃欲试。大家见我是工作队的，让我领先，我也不推辞，水库不大，很快就游到对岸。

更加难得的是，水库和河里还养着很多鱼，主要是鲤鱼。我是出生在温州的典型的南方人，对鲜鱼天生有特殊的爱好。有一回，水库主管部门捕捞了很多鲤鱼，邀请我们工作队去品尝。我已经很久没有吃上鲜鱼了，尽管烹调不够精细，吃起来还是感到十分鲜美。吃完之后，我又向主管水库的领导要了几条，想带到住在曹允大队茅屋里的爱人和孩子们品尝。安邑距离曹允有五十多里路。那时正是盛夏，气温高达三十五度。我冒着烈日，骑着自行车，赶到家时，鱼已经变质，臭得不能吃了。

最小的官

我在农业学大寨工作队里有一项任务，就是写汇报材料。北相公社领导发现我是“笔杆子”，决定调我到公社办公室写材料。公社旁边有个露天剧场，西南角有三间瓦房，原来是供演员化妆用的。我一家几口就从曹允大队搬到这里居住。我爱人在附近的一座小学教书，一家人又团聚在一起。

在公社办公室，我充分发挥“笔杆子”的作用。夏收农忙季节，我深入生产大队和生产队，了解情况，及时撰写报道。运城县政府的“简报”，几乎每期都有北相公社的消息。我还以公社负责人的名义撰写文章，有一篇题为《经济领域的阶级斗争不能忽视》，发表在一九七三年十一月十四日的《运城地区报》上，署名“运城北相公社党委书记赵文忠”。

当时时兴“割资本主义尾巴”，公社常在露天剧场召开批判大会。有的村民私自卖了一头小羊，或者拿上自家养的母鸡生的鸡蛋出售，还有的采摘棉花时夹带一些拿回家，都成了批判对象。每次批判会，我都作了详细报道。

公社领导看到我很卖力气，想给我安个职务，就任命我为办公室副主任。我想，这大概是全国行政系统最小的

“官”。公社本来就是最基层的行政单位，论级别是个科级。公社的办公室应当算是个“股级”。我的职务属于这个“股级”，而且还是个副的。应该没有比这个“官”再小的了。可是，不管怎么样，“公鸡头上的一块肉——大小是个冠（官）”。公社的里里外外，都尊称我为“温主任”。在我们国家里，“主任”似乎有大有小，大的有国家级或省级，小的就像我这个副股级。不管怎么样，我没有拒绝这个称呼，有时还沾沾自喜。我过去当过教师，人们称呼我为“温老师”，现在我居然有了官职，有了“主任”(称呼时往往省去“副”）这个称号，我感到十分满足。

为了不辜负这个称号，我更加努力地工作。我时常下到公社所属的各生产大队、生产队调查研究，向社员宣传党的政策。当时农村干部很少不抽烟喝酒的，我学他们的样子，抽起烟，喝起酒，以为这样才能和他们打成一片。

终于入党

当时北相公社有十几个干部，他们都是共产党员，唯独我不是，而我的表现又是这么突出，他们感到很难理解。特别是一九七二年，上级有个政策，要给下放干部安排工作，让我到运城的一所著名中学——康杰中学当老师，而我却留恋公社，不愿意离开公社。这使大家很受感动。公社领导认为，虽然我家庭出身不好，社会关系复杂，但我的表现证明已经达到党员标准。公社党委书记赵文忠拍着胸脯说："我是三代贫农出身，不怕有人说我立场不稳，我当介绍人。"公社分管组织的党委副书记焦兴隆也表示愿意当我的入党介绍人，于是，调来我的档案，审查之后，认为虽然问题不少，但都清楚。原来"文革"时，对立面曾经派人到我的老家调查了我的家庭情况和社会关系，证明材料俱全，无需再调查。于是，公社党组织决定吸收我入党。

一九七三年十一月十五日，公社机关党支部召开党员会议，讨论并通过了我的入党申请，公社党委随即批准。按当时规定，公社党委批准之后，就能成为正式党员，但我的情况比较特殊，需要报请县委批准。那时正好运城县委有个副书记来北相公社蹲点，他很看重我。估计县委讨论时，他的意见起了作用。县委很快批准我入党，当时没有候补期，一批准就成为正式党员。

终于入了党，这是影响我一生的大事。从一九五三年在温州新华书店加入共青团之后，我就开始申请入党。但由于家庭出身不好和社会关系复杂，每次都以失败而告终。

在北京大学中文系念书期间，为了争取入党，我曾经在各方面都积极地表现自己，结果却招来可能是伪装积极的暗藏反革命分子的怀疑。后来我走上只“专”不“红”的道路，在反“右”斗争中成了中间偏右派，与入党无缘。

“文化大革命”初期，我在晋东南地区潞城县崇道工作团搞“四清”，为了争取入党，积极响应毛泽东号召，高举“革命造反”大旗，带头给工作团领导贴大字报，成为响当当的“造反派”；回到山西省教育学院之后，我和我的爱人两人组成“反到底”战斗队，继续执行毛主席的革命路线。没有想到，对立面掌了权之后，险遭迫害，好在两条腿跑得快，躲到雁北地区山阴县我妹妹家里，才逃过一难。“工宣队”进驻后，我成为批斗对象，入党的愿望成为泡影。

没有想到，我居然能在下放期间实现了入党的志愿。这对我具有特别重要的意义，它证明我已经彻底背叛了地主阶级。从此，我可以放下家庭包袱，轻装前进了！

入党之后，我的积极性更加高涨，我紧跟当时的形势，撰写了大量的通讯报道。一九七四年十二月六日《山西日报》第二版，以整版的篇幅发表了我撰写的题为《历史是奴隶们创造的——运城县北相公社部分干部、社员座谈纪要》的长篇报道；一九七五年五月六日《山西日报》第二版，又以整版的篇幅发表了我撰写的题为《学习无产阶级专政理论，深入批判资本主义——运城县北相公社三级干部学习无产阶级专政理论座谈纪要》的长篇报道；一九七六年三月二十四日的《山西日报》第二版，同样以整版的篇幅发表了我以“运城县北相公社大批判组”名义撰写的题为《要看到资产阶级就在共产党内》的长篇大论。此外，我以运城县北相公社理论组和通讯组名义撰写的通讯和文章，还先后发表在一九七六年五月十五日的《光明日报》和一九七六年六月六日的《人民日报》上。这些报道和文章，在运城以至整个晋南地区产生了广泛的影响，我也感到没有辜负组织上对自己的期望。

当然，现在看来，这些报道和文章都明显受了当时“左”的思潮的影响，没有什么意义了。

横遭诬陷

但是，前进的道路总是不平坦的。正当我挥洒笔杆、声名远扬的时候，有一双眼睛暗中注视着我。他是公社新调来的党委副书记。他原来是个小学教员，后来调入党政部门。他对我的表现心生嫉妒。

当时，北相公社有个妇女主任，她叫徐前进，年近三十，毕业于山西大学数学系。她的老家在临猗县，刚离婚不久，有一个孩子放在娘家由父母照看。她天生有农村妇女的朴实，干起工作来又很泼辣，公社的干部都喜欢她，我也是这样。

我在山西省教育学院有个同事，名叫俞久洪。我们是乒乓球友。在“文革”中又是同一战壕的“战友”，从一开始“造反”，就在一起，后来彼此支持，在最 困难时期，患难与共。他已经三十多岁了还没有成家。他和我一样，家庭出身不好，政治运动一来，就受冲击，于是想找家庭出身好、政治条件好的女性作为对象。我看徐前进出身贫下中农，又是共产党员，正符合他的要求。便想给他们说合。徐前进怕自己结过婚有孩子，担心俞久洪不同意。我跟俞久洪联系，说明徐前进的情况，他却很满意，对她已经结过婚有孩子并不在意。他们见面之后就建立了恋爱关系，不久结了婚。后来，俞久洪考取南开大学的研究生，毕业后留校当教师，徐前进也随即调到南开大学，在保卫部门工作。

在给徐前进介绍俞久洪的过程中，我跟她接触较多。当时，天津市宝坻县小靳庄以唱样板戏和搞赛诗会闻名，公社组织一个五人考察组前往参观，由这位新来的副书记带领，我和徐前进都参加了这个考察组。在来回旅途和参观过程中，我和徐前进比较谈得来，这也引起了这位副书记的不满。有一天晚上，我在徐前进的宿舍，谈论她与俞久洪的事情，比较晚才离开，他就污蔑我跟徐前进搞不正当男女关系，要我做检讨。

这时，公社原来的党委书记赵文忠已经调走，新来的党委书记叫陈梦红。我向他诉说了自己的委屈。我的爱人主持正义，挺身而出，也向他反映，说我一向作风正派，近来也没有异常表现。徐前进更是急得像热锅上蚂蚁，哭着向他说明情况。陈梦红书记实事求是,把事情压了下来，这样我才得以继续在北相公社工作。

理论干事

一九七六年夏天，陈梦红书记调到运城县委担任宣传部长。他通过组织把我调到县委宣传部当“理论干事”。县委领导对我非常重视，在当时住房比较紧张的情况下，给我安排住处，让我住在原来县法院院长一家住过的房子。在北相公社工作期间,我爱人又生了一个儿子。这样，我们一家六口又从北相公社搬到县城居住。我爱人被安排在运城师范当化学教师。

县委宣传部的工作不同于公社，不常下生产大队或生产队，更多的是坐办公室。我的工作主要有三项：

一是撰写理论文章。

先后以“中共运城县委员会”“中共运城县委宣传部理论办”等名义，撰写了题为《批判“四人帮”形而上学的锐利武器——学习〈论十大关系〉》《坚决维护无产阶级革命权威——学习〈论权威〉的体会》等文章，分别发表在《山西日报》和《运城地区报》上。我还撰写了许多揭批“四人帮”的文章，用县委和县委宣传部领导个人的名义发表。

二是参加撰写理论著作。

当时，山西人民出版社的一位资深理论编辑，来运城地区组织编写一本论述社会主义革命的书。运城地委宣传部组成了一个四人编写组，其中有我。我负责撰写这本书的头两章。这位编辑看了很满意，要我负责全书的统稿，于是我成为这本书实际上的主编。写成之后，因为形势发生了变化，没有出版。

三是当理论教员，给学员讲课。

粉碎“四人帮”之后，县委为了深入揭批“四人帮”谬论，在解（hài）州关帝庙举办培训班，让我去讲课。

解州离运城县城不远，是三国名将关羽的家乡，这里的关帝庙比起海内外数以万计的关帝庙来，始建最早、规

下放运城期间曾在运城县委宣传部当干事，宣传部全体合影，后排左三是部长陈梦红，左四是我。

模最大、保存最全，被誉为“武庙之冠”。庙内有结义园、春秋楼等建筑。春秋楼又名麟经阁，是庙内最高建筑，高达二十三点四米，里面有“三绝”：关帝夜读春秋塑像、八卦藻井、木刻《春秋》全文，是关帝庙的精华。但当时，没有游客来参观，里面空荡荡的。庙里有很多空房，用作培训班绰绰有余。参加培训的是县级机关和县属各公社的部分干部。我当过老师，那时讲的是属于自己专业的汉语课，讲理论课是大姑娘坐轿——头一回，不免有些胆怯。不过学员都知道我是“笔杆子”，抱着好奇心专注着听讲。

看来，我的工作还是卓有成效，运城地委宣传部多次要调我，运城县委就是不放。

在运城县委宣传部工作有个好处，就是看电影不用花钱。电影院离我家住处不远，我的爱人和孩子们多时没有机会看电影，这时刚好得到补偿。粉碎“四人帮”之后，古装戏开禁，我们常有机会欣赏蒲剧。

重回太原

一九七八年上半年，山西省委党校副校长王守贤来晋南地区物色理论人才。运城地委向他推荐了三个干部，其中就有我。他回省里后以省委组织部的名义下令调动我们

一九七八年七月从运城调回太原时全家合影。

三个人，并声称这是硬调，任何人不能阻拦，于是我又回到太原。那时，国务院有个文件，要求教师归队。我觉得自己并不是所谓“理论人才”，不适合在党校工作。正好山西大学中文系表示要调我，于是我向王守贤副校长提出请求，把我的调动工作关系转到山西大学，他明确表示不同意。我还是不甘心，继续向上级反映，拿着调令不到省委党校报到。

事有蹊跷，有一天在党校食堂吃午饭时，碰见正在筹备恢复山西省社会科学研究所（今山西省社会科学院前身）的张国祥同志。看来，他很了解我的情况，建议我到山西省社会科学研究所筹建语言研究室。他并答应通过省教育厅把我爱人也调回太原。这真的出乎我的意料，立即满口表示同意。王守贤副校长兼任山西省社会科学研究所所长，因此也没有意见。这样，我就到筹建中的山西省社会科学研究所报到。

回想一九六三年三月，我从下马的晋北师专调入山西省教育学院，经历“三清”“四清”，“文革”下放，整整十五年做的都是与我所从事的语言专业无关的事情。不想天回地转，十五年后我又回到已经陌生了然而仍然热爱着的语言专业。这时是一九七八年的七月，我已经四十七岁。

张国祥同志很快兑现了承诺，通过教育厅把我爱人调到刚刚恢复的山西省教育学院。于是，我到运城把她和四个孩子接到太原。山西省教育学院给了两间房子，把家安顿下来，我也就没有后顾之忧，全心全意投入工作，掀开了人生新的一页。

下编

成立山西省语言学会

终于回到了语言专业，这使我无比兴奋，我觉得自己应该担负起振兴山西省语言学的重任。第一步是筹建山西省语言学会。

组织队伍

要成立山西省语言学会，首先得把分散在全省各地的语言学人才组织起来。

全省语言学人才比较集中的是山西大学和山西师范学院（今山西师范大学前身）中文系。我首先访问山西大学中文系，见到孟维智先生，他一九五八年毕业于东北师范大学中文系语言学研究生班，时任山西大学中文系副主任，是山西省语言学界的代表人物。他说，他曾经想成立山西省语言学会，苦于找不到门径，对我的想法，表示十分支持。我还拜访了山西大学中文系资深教授于靖嘉，拜访了田希诚、宋秀令等在方言和语法研究方面作出成绩的老师。接着，我访问了山西师范学院中文系，见到语言学教研组组长吕枕甲和毕业于中山大学中文系的潘家懿。他们也都很支持成立山西省语言学会。

我还访问了分散在各机关、各地区的语言学同行，包括：

山西人民出版社文教编辑室负责人张凤瑞女士，她毕业于北京师范大学中文系，是著名训诂学家陆宗达先生的学生；

山西省教育厅季恒铨先生，他是我北大时的同班同学；

山西省教育厅吴建生女士，她毕业于山西师范大学中文系，在推广普通话和山西方言研究方面作出成绩；

太原师范专科学校马寅生，他在古汉语研究和教学方面作出贡献；

晋北师院江荫禔、太谷中学杨述祖、晋华纺织厂赵秉璇、晋中党校李守秀，他们在山西方言调查研究和推广普通话方面成绩突出。

我还以山西省社会科学研究所的名义，给全省各师范专科学校、师范学校和重点中学发函，要求他们推荐语言学方面的人才。

在尽可能广泛接触之后，召集大家座谈成立学会的相关事项，包括酝酿学会章程和理事会成员，理事长、副理事长及秘书长人选等。

我的工作得到山西省社会科学研究所和省委宣传部领导的支持。

召开成立大会

一九七八年十月十日召开了山西省语言学会成立大会。省委宣传部副部长刘贯文和省社会科学研究所所长王守贤、副所长张国祥等领导莅临会议。为了赶在开会时宣布学会理事会的组成名单，省委宣传部领导于十月九日晚连夜开会，作出“关于成立山西省语言学会的批复”，并以“晋宣发（一九七八）三十一号”文件通知省社会科学研究所。“批复”称：

经研究，同意成立山西省语言学会，由孟维智、温端政、于靖嘉、吕枕甲、张凤瑞同志任理事；孟维智同志任理事长，温端政同志任副理事长兼秘书长。

最令人感动的是，中国社会科学院语言研究所党组书记熊正辉、副所长陈章太带着吕叔湘先生的贺信专程从北京前来祝贺。吕先生的贺信全文如下：

山西省语言学会召开成立大会：我谨代表中国社会科学院语言研究所致以热烈的祝贺。学会是一种群众性的学术团体，它按学科、按专业把分散在不同地方、不同单位的科学工作者组织在一起，讨论问题，交流成果，了解情况，商量协作，比固定的教学机构、科研机构灵活，常常能发挥这些机构难以发挥的作用。现在全国范围的语言学会还没有成立，先成立地区性的学会，对于成立全国性的学会可以起推动作用。我们国家大，全国性的大规模的集会不容易常常举行，地区性的活动就容易多了，一年可以开几次会，也可以出版通讯性的刊物。在社会科学诸学科中，语言学科目前是比较落在后面的。我们有很多工作要做，其中相当重要的一项就是扩大我们的队伍，提高我们的水平。在这方面，语言学会能发挥巨大的作用，比如举办短期讲习会就是一种很好的方式。总之，我们对于山西省语言学会寄予很大的希望，祝愿它取得伟大的胜利。（一九七八年十月四日）

山西省语言学会成立之前，我们曾收到沈慧云女士的来信。她是北京大学中文系语言专业一九六二级的学生，一九六七年毕业后分配到山西晋城的一个工厂当技术员，她希望专业归队，要求调入省社会科学研究所。我让她参加山西省语言学会成立大会，会后通过组织把她调来，这样语言研究室就有了两个研究人员。

参加举办全省中学生语文竞赛

山西省语言学会成立之后的第一件活动就是参加举办一九七八年全省中学生语文竞赛。竞赛由山西省教育局牵头，参加举办的还有山西省高教局、共青团山西省委、山西省社会科学研究所。竞赛分两试进行，一考语文基础知识，二考命题作文。考题由语言学会出，由我们主持评卷。我和会长孟维智商量，他负责出语文基础知识考题，我负责出作文考题。我出的作文题是《当我在学习中遇到困难的时候》。这个题目要求学生结合自己的切身体会来写。竞赛中出现了一批较好的作文，我们选了二十来篇汇集成册，印刷后向全省中学发行，结果销路很好，赚了一些钱。

尝到甜头后，我们又印刷了会员张理明编写的小册子《病句评改》在省内推销。我记得《中国语文》曾经连载过王力先生的《中国语言学史》，便求他赐稿，准备发行赚钱。正要发排的时候，上级通知语言学会不能出书，经王先生同意，把书稿转给山西人民出版社，于一九八一年八月出版。王先生还在序里提及山西省语言学会。

由于推销书赚了一些钱，学会活动就有了经费。可突然有一天，研究所领导来查我们的账。当时我和沈慧云的分工是，她管账我管钱。她很仔细，每笔收入和支出都记得清清楚楚，连银行存款的利息都没漏记。查来查去，一点儿问题也没有。后来知道,所领导是接到举报才来查的。没有想到的是，这个举报人居然是最了解我们的理事长某某人。

为了加强会员之间的联系和交流，由山西省语言学会和山西省社会科学院语言研究室合编《语言学通讯》，不定期刊出。这为后来创办《语文研究》打下基础。

创办《语文研究》

山西省语言学会成立后，面临的首要任务是如何振兴山西省语言学。我觉得前提得有一个阵地，于是想到要办一个刊物。到底要办什么样的刊物，在理事扩大会上讨论这个问题时，意见不大一致。多数人倾向于于办一个知识性的刊物。理由是，山西省语言学长期以来处于落后状态，不宜好高骛远，要先做普及工作。可是，办知识性的刊物，文章要短，要照顾方方面面，编辑工作量很大。当时，具体承担学会日常工作的是山西省社会科学研究所语言研究室，而这个室只有我和沈慧云女士两人。我们还有科研任务，根本没有这样的精力。因此就另想办一个学术性的刊物，认为学术性的刊物发表的是专家的文章，不用大的修改，比较省事。

试刊成功

方向确定之后，决定试刊。刊名叫什么？当时，提出好几个候选刊名，如：语言学辑刊，语言学论丛，语言学研究，等等。最后我拍板定为《语文研究》，于是开始组稿。我和沈慧云专程去了北京，先到北大，王力先生把他在第五次全国普通话教学成绩观摩会上所作的学术报告，整理成题为《推广普通话的三个问题》的文章，交给我们；徐通锵和叶蜚声把他们合作的《历史比较法和〈切韵〉音系的研究》，侯学超和胡双宝先生分别把他们最新的研究成果《对层次不同的同形结构的几点认识》和《有关汉语拼音文字的几个问题》，交给我们。接着到中国社科院语言所，陈章太、贺巍、侯精一、于根元等先生都把他们的新作提供给我们。

一九八〇年一月十八日，著名语言学家张志公先生应山西省语言学会的邀请，作了题为《语法研究和语法教学》的学术报告。他同意整理后让我们发表。

山西本省作者也不甘落后。孟维智撰写了《汉字起源问题浅议》一文，省教育厅的辛亮和季恒铨合写了《谈谈我省小学语文教学三十年》一文。我除了撰写《关于“歇后语”的名称问题》一文外，还以“靳雨”为笔名撰写了

《从全省语文竞赛谈中学语文教学的几个问题》一文。

这样，《语文研究》的创刊号（含一百六十个页码）于一九八〇年六月十五日顺利出刊，我不揣冒昧，题写了刊名。中国社科院语言所主办的《中国语文》一九八〇年第三期（五月十日出版）封底刊登了创刊号的目录，并加以下说明：

《语文研究》为山西省语言学会会刊，由山西省语言学会编辑，山西省社会科学研究所主办。着重发表语言文字的研究成果，并适当刊登语文知识和语文教学方面的文章。主要对象是语文工作者、大学文科师生、中小学语文教师以及语文爱好者。暂不定期。第一辑约二十万字，每本收工本费（包括邮费、包装费）九角。订阅者将书款汇到山西省社会科学研究所资料室。

这个广告使《语文研究》创刊号在全国语言学界产生了影响。读者纷纷来信购买。试印的三千本很快就卖完了。一天，我拿上样刊向省委宣传部汇报，接待的是刘贯文副部长。他看了目录上有王力等先生的文章，翻了翻内容，连声说："不错！不错！"我就问他，《语文研究》可以继续办下去吗？他二话没说，拿起笔来批了几个字，交给办公室主任罗广德。这样，《语文研究》就成为正式刊物，可以公开发行了。

征求意见

《语文研究》成为正式刊物后，确定为半年刊，每期一百六十页码，由山西省社会科学研究所主办，所领导让我担任主编。我们专程赴京，请王力先生题写了刊名，并继续组稿，于一九八一年六月出版了第二辑。这一辑刊登了著名语言学家李荣先生的重要文章，题目是《关于语言研究的几个问题》。这是作者根据他一九八一年一月五日在山西省语言学会和山西大学中文系联合举办的讲演会上的讲稿整理而成的。还刊登了吴宗济的《实验语音学与语言学》、日本学者望月十八吉的《关于汉语谓语的一个问题》，以及陆俭明、李思敬、曹先擢、吉常宏、陆丙甫、于根元等中青年语言学者的文章；还有：徐通锵和叶蜚声合写的《内部拟测法和汉语上古音系的研究》；郭锡良、唐作藩、何九盈、蒋绍愚合写的《词义分析举例》。此外，还刊登了由五位本省作者撰写的文章。这一辑发行时，给部分读者附去“征求意见书”，包括以下内容：

一、您对本刊总的评价或印象如何？

二、您认为哪些文章较好？哪些文章质量不高或有问题？您希望多发表些什么文章？

三、您希望《语文研究》应有什么样的特色，希望目前在哪些问题上展开讨论？

四、您对本刊的封面、编排形式、印刷、发行等方面有什么意见？

五、其他。

“征求意见书”很快反馈回来，发表意见的有大中小学教师，还有学生和工人。山东大学文史哲研究所副教授吉常宏写道：“作为一个省能办起这样一个刊物，十分令人钦佩，这说明有关领导有胆识，广大语言工作者事业心强。贵刊已受到南北语言学界的重视，给人的印象很好。”他提出：“中国的语言学不够发达，须注意普及工作，每期除组织有分量的专业论文外，还应注意组织一些生动活泼、知识性强、趣味性浓的语文小品，争取更多的读者，避免与《中国语文》雷同。”复旦大学中文系研究生钱乃荣写道：“你刊既有山西地方特色，又顾及全国，特别是对我国第二大方言区的吴语发表有质量的论文，十分难得。你刊唯论文质量为重，办得很有生气，像上海这样国际性大城市却办不出一份这样的杂志。”他希望能发表一些有见解的语言理论方面的文章，建议选择论文不要有什么框框，如地方性、照顾权威等，只要是好文章就登。一位署名“杨光杰”的云南省安宁县澂江村小学教师写道：“贵刊内容全面、丰富，既重视专题研究，又注意语文基础知识的普及，资料性很强，对中小学语文教学具有相当高的参考价值，很适合中小学教师业务进修学习。”他希望多发表一些语言学家关于现代汉语语音、文字、词汇和语法分析方面的研究成果，以及文字改革方面的新动向。北京昌平红冶钢厂一车间工人王学功写道：“我认为，李荣《关于语言研究的几个问题》一文,徐通锵、叶蜚声《内部拟测法和汉语上古音系的研究》一文，李思敬《汉语音韵史文献上的儿化音纪录考》一文是水平较高的论文。”他希望多发表古韵研究、普通语音学、汉语音韵学等方面的文章。还有很多读者希望改变发行方式，最好由邮局发行。

我们诚恳地接受广大读者的意见，努力在提高刊物质量上下功夫。同时与太原市邮局联系，请他们发行。邮局有个规定，半年刊他们不发行，至少是季刊。于是，从一九八三年开始改为季刊，每期六十四个页码。邮局还有一个规定，省级期刊发行量不到一万份，按一万份收取发行费；中央级期刊则按实际发行数收费。这影响到《语文研究》的生存,时任语文出版社社长的吕叔湘先生知道后，对总编辑李行健说："《语文研究》是个好刊物，要保住。"于是他们致函太原市邮局，证明《语文研究》由语文出版社出版，这样才享受发行费优惠。从一九八四年第三期开始，《语文研究》封四版权栏写明出版单位为语文出版社。

从一九八五年开始，《语文研究》由中国国际图书贸易总公司向国外发行，从而走上世界五大洲。

总结回顾

一九八五年，《语文研究》迎来创刊五周年，我们约请徐通锵先生帮助总结经验教训。他撰写了题为《语言研究的发展和五年来的〈语文研究〉》的文章，发表在《中国语文》一九八五年第六期。《语文研究》一九八六年第一期，摘要转载了这篇文章，同时发表了我以"本刊编辑部"的名义撰写的《五年来的〈语文研究〉和今后的设想》一文。

徐通锵先生的文章，从语言研究发展的角度，对创刊五年来《语文研究》所发表的文章进行综合性的评述，从中考察了一些带倾向性的问题，借此说明《语文研究》在推进我国语言研究发展方面的积极作用。同时指出存在的问题。文章写道：

《语文研究》中的文章，就总体来看，是好的或比较好的，但也有一些质量不高。有的文章只根据书面文献资料，而不与现实的方言材料相结合，因而得出的结论难以成立；有些文章篇幅不短，但内容不多；有些只发一些空洞的议论或介绍一点别人的说法，缺乏实际的研究；有些对所述的内容作者自己似乎还没有弄清楚，因此人们看了几遍还不知所云；个别文章的基本内容过去已经发表过，只是在原来的基础上作了一点补充，并无新意，甚至连用例也多是旧的，等等。这些都给《语文研究》的质量带来一些消极的影响。希望编者能根据读者的意见，严格地把好稿子的质量关，以进一步提高《语文研究》的质量。

文章还指出，语言研究已向着综合性、多向性的方向发展。这种趋向集中到一点，就是对追求语言结构的纯一性、同质性的结构语言学的分析模式的修正和补正。《语文研究》顺应这种发展趋势取得了可喜的成绩，希望今后能进一步推进这一趋势的发展。

由我执笔的“本刊编辑部”文章《五年来的〈语文研究〉和今后的设想》，首先向发表了徐通锵先生文章的《中国语文》编辑部表示感谢，接着写道：

几年来《语文研究》走过的道路有顺利的一面，也有艰难曲折的一面。我们有一个深切的感受，就是办好语言学刊物难，办起来坚持下去更难。这是因为语言学刊物要求有较强的编辑力量和较好的印刷条件，而我们在这两个方面都存在很大的差距。这种差距反映在质量上，就是我们刊物上所出现的这样和那样的问题。徐通锵同志的文章指出了这些问题，并提出了宝贵的改进意见。我们欢迎关心本刊的作者和读者继续提出批评和建议，帮助我们进一步办好《语文研究》。

一九九〇年，《语文研究》迎来创刊十周年，这一年的《语文研究》第四期发表了五篇纪念文章：

一、进一步加强山西方言研究——纪念《语文研究》创刊十周年（徐通锵）

二、简评《语文研究》创刊十年来的方言文章（钱曾怡）

三、《语文研究》十年来语法论文观感（邵敬敏）

四、语文研究与编、评漫议（史有为）

五、我和《语文研究》（胡双宝）

本期还摘编了部分语言学者的贺函。其中山东大学中文系殷焕先教授写道：

《语文研究》自创刊以来，克勤克俭，兢兢业业，忠诚于语言事业，忠诚于文明建设，尤其堪称道者，超然于

“入主出奴”,超然于“彼是此非”,一一归于“求真”,因而,忠实地反映了我国语言学之时代精神；因而，忠实地反映了我国语言学之时代面貌。

哈尔滨建设职工大学校长、副教授尹世超写道：

在我所接触的语言学工作者中，不论专攻古代汉语、近代汉语或现代汉语的，也不论研究语音、文字、词汇、语法、修辞或其他语言学分支的，无不将《语文研究》视为密友知音，并从中得到教益和启迪。自己在教学和科研中，总不离开它。十年间，我从中获取了许多颇有价值的学术信息，增长了知识，学到了方法，了解了动态，开阔了眼界。《语文研究》是我真正的良师益友。

这些肺腑之言，极大地鼓舞和鞭策着我。

为了纪念《语文研究》创刊十周年，编辑部还邀请山西省部分读者和作者进行座谈，《语文研究》一九九〇年第三期发表了座谈会纪要。

《语文研究》创刊十年来的努力，为它的发展打下了基础。一九九二年，由北京高校图书馆期刊工作研究会和北京大学图书馆联合研制、经中国图书馆学会鉴定、由北京大学出版社出版的《中文核心期刊要目总览》，把《语文研究》定为"语言学/汉语类"核心期刊，名列前茅。一九九四年七月，中国语文报刊协会在北京召开首届全国优秀语文报刊评审会，《语文研究》受到表扬，并列入获奖名单。后来又被评为山西省一级期刊和华北优秀期刊。

一九九五年，为纪念创刊十五周年，许多作者撰写了纪念文章，编辑部编辑了《语文新论》论文集，由山西教育出版社于一九九六年六月出版。论文集选收了三十五篇文章，其中包括我撰写的《顺应语言研究新趋势，推进现代语言学的发展——纪念〈语文研究〉创刊十五周年》。

克服困难

一九八八年开始，纸张和印刷费接连涨价，而主办单位山西省社会科学院的资助款还是停留在原来的一万两千元不变。这给《语文研究》的生存造成严重的威胁。为了克服困难，我们采取了以下措施：

一、减少篇幅，提高定价。从一九八九年开始，每期由六十四个页码，改为四十八个页码，定价由零点五元提高到一元。

二、争取资助单位。经山西省教育委员会主任宋玉岫（原山西省社科院副院长）协调，把山西省教育学院作为协办单位，每年由该校支付两期印刷费。

三、不再给作者发稿费。

采取这些措施，困难有所缓解，于是一九九三年开始又恢复了每期六十四个页码，定价提升到一点五元。可是纸张和印刷费还在继续上涨，特别是山西省教育学院不再协办之后，经济上再次遇到困难。印刷厂不时上门讨债，我们穷于应付。只好采取了另一个措施,就是找高等学校协办。

经潘家懿先生介绍，一九九四年第一期开始把汕头大学文学院列为协办单位。潘家懿先生原是山西师范大学中文系教授，多年来我们为振兴山西省语言学而紧密合作，后来调入汕头大学。一九九九年，又经他介绍，改让韶关大学协办。他们给我们一些资助，在文章达到同等水平的前提下，优先发表他们的一些文章。

韶关大学校长林立芳是一位语言学者，他非常重视和我们的协作。他曾带领科研处长等来太原和我们商谈协作事宜。一九九九年十一月，我携爱人参加了在桂林召开的全国汉语方言学会第十届年会。会议结束后，他让与会的李树俨和庄初升把我和爱人接到他们学校访问。李树俨原是宁夏大学的教授，后来调入韶关大学，我们一见如故。庄初升那时还是青年教师。

韶关大学是座新建的学校，校舍好像一座花园，宽敞而舒适。林立芳校长设宴招待，还请我做学术报告，报告完了，听讲的学生提问十分踊跃，跟我在山西有些高校做学术报告时的情况很不一样，给人的感觉是，南方高校的学生思想比较活跃。

韶关人有个习惯，每日三餐之后还要吃夜宵。我和我的爱人，在中文系的老师陪同下，吃了这家有特色的饭店做的饭菜，又吃了另一家有特色的饭店做的饭菜。毕竟是在北方生活惯了，好吃的饭菜吃多了，肚子感到承受不了。

反击诬陷

一九九三年年底，我到了退休年龄，由副所长沈慧云接替当所长。分管期刊的副院长建议让我继续当《语文研究》主编，但院长不同意，他同意《语文研究》设立编辑委员会，由我任主任，由沈慧云女士兼任《语文研究》主编。

一九九八年十二月十五日，山西省社科院分管刊物的副院长把山西省新闻出版局（九八）晋新出报刊函字第〇一六号信批转给《语文研究》。信函全文如下：

山西省社会科学院：

我局于近日收到有关《语文研究》期刊的举报信。为了弄清事实真相，以便作出正确的处理，现将举报信复印件寄至贵院。望你院组织人员尽快查证举报信中反映的问题，并将查证情况书面报告我局。

此致

礼

山西省新闻出版局（章）

一九九八年十二月十一日

我们读了所附的举报信（复印件），感到非常气愤。它内容荒谬，语言刻薄，欲置《语文研究》于死地。

举报信宣称：

一、多头挂靠，异地办刊，版面交易，管理混乱，《语文研究》成为“四不管”的独立王国。

二、滥用编权，罗织文章，诽谤他人，发泄私愤，在省内外造成非常恶劣的影响。

三、以我划线，以派划线，拉拢关系，排斥异己，《语文研究》成了有名的“帮派刊物”。

具体内容，竭尽歪曲、捏造事实之能事。我们一看，就知道是郭某写的。他于一九八三年毕业于山西大学中文系，分配到孝义县政府工作。我见他有初步的语言学基础，便建议山西省社科所领导把它调入语言室。开始安排在《语文研究》编辑部，后来让他作为我的助手，协助我完成“六五”国家重点项目“山西省各县（市）方言志”。一九九〇年十月，中国社科院语言所主办的《方言》杂志编辑部致函《太原市志通讯》编辑部，揭露了他以笔名“晋荣”在该刊上发表的《太原方言民俗词语》一文抄袭温端政在《方言》上发表的《太原方言词汇》一文的行为。郭某不承认抄袭，反而做了许多伤害山西省语言学会和有损山西省语言学界团结的行为，激起了广大语言学者的愤怒，一致要求《语文研究》公开揭露他的抄袭行为。一九九三年五月十日，郭某以温端政和《语文研究》编辑部侵犯其著作权和名誉权为由向太原市中级人民法院提起民事诉讼。太原市中级人民法院于一九九七年十二月二十日作出一审判决，判决郭某抄袭成立，责令他向温端政和《语文研究》编辑部赔情道歉，并赔偿人民币一万元。郭某不服，向山西省高级人民法院提起上诉。负责本案的审判长向我方索贿未成，竟判我方败诉，要我方向郭某赔情道歉。我方不服，向最高人民检察院提起申诉。最高人民检察院于二〇〇〇年九月八日向最高人民法院提起抗诉。山西高院于二〇〇二年十一月二十五日裁定另组合议庭再审，并于二〇〇五年五月十九日作出民事调解书。在调解书中，郭某承认“在温端政不知的情况下”，“使用”温端政文章的部分内容,“对此郭某表示感谢”,并同意赔偿“使用费”一千元。

郭某这封举报信就是他在二审胜诉时写的。

山西省社会科学院领导收到山西省新闻出版局转来的举报信后，十分重视，成立了调查小组。《语文研究》编辑部向院领导呈递了“汇报材料”，对举报信中提出的问题作出明确解答，对郭某的诬陷予以反击。一九九九年二月二日，山西省社会科学院撰写了“关于《语文研究》一些情况的调查给省新闻出版局的函”(以下简称“信函”),向山西省新闻出版局报告调查结果，对举报信中所反映的问题一一予以澄清。如：

关于“多头挂靠，异地办刊”的问题，信函指出,《语文研究》在版权页上写“语文出版社出版”是为了取得邮局发行费的优惠，当时的政策是允许的；还指出：

山西省教育学院、汕头大学文学院只是《语文研究》的协办单位，每年提供一定的办刊经费，并不参加编辑部工作，主办单位还是山西省社会科学院，编辑部仍设在山西省社会科学院。与上海现代语言学研究会只是业务上的联系，他们可以同一般作者一样提供稿件，但审稿权、采用权仍在我院下属单位的编辑部。

关于“版面交易”问题，信函写道：

经调查，没有发现《语文研究》收过版面费。举报信说：“去年山西大学中文系副教授郝全梅向《语文研究》投稿。编辑部开口就要八百元‘版面费’”。这与事实不符，郝全梅副教授坚决否认有此事。

关于“核心期刊”和评奖问题，信函写道：

经查，《语文研究》分别在一九九二、一九九六两次被中国图书馆学会鉴定的《中文核心期刊要目总览》确认为语言学/汉语类核心期刊，在一九九四年首届全国优秀语文报刊评比中受到表扬，列入获奖名单，都是事实。举报信所说“《语文研究》号称是‘汉语类核心期刊’，其实在中国语文报刊协会举办的评刊活动中排名最后（第二十二名，见《语言教学与研究》一九九四年四月），这与其‘核心’地位显然不符”，是不正确的。

关于“滥用编权，罗织文章，诽谤他人，发泄私愤”问题，信函简述了温端政和《语文研究》编辑部与郭某的著作权、名誉权纠纷后，指出："此事目前尚未完结，一旦有了最后结论，原告和被告都应服从。"

信函最后写道：

根据以上调查，举报信所反映的一些事情，和该刊的实际情况有较大的出入。我们认为，《语文研究》是一份比较严肃、办刊质量较高、为我国新时期语言文字建设做出一定贡献的期刊。在当前学术期刊生存较为困难的情况下，是一份需要支持和帮助的期刊。

山西省新闻出版局采纳了山西省社会科学院的上述调查结论，这就彻底粉碎了郭某对《语文研究》的诬陷。

方言调查研究（上）

山西省语言学会于一九七八年十月初成立之后，又成立了山西省方言学会，两会都把山西方言的调查研究作为发展山西省语言学的主攻方向。

我们之所以这样做，有两个主要原因：一是山西方言比较复杂，在汉语诸方言，特别是北方方言中具有特色；二是从上世纪五十年代推广普通话以来，山西形成了一支方言调查研究的队伍。此外，我本人在北大中文系念书时就热衷方言，毕业后分配到晋北师专也不忘方言调查，对山西方言有初步认识，认为山西方言有调查研究价值。

建议方言入志

当时，山西省地方志的编纂走在全国前列，这给我们的方言调查研究创造了有利条件。一个偶然的机会，我发现山西省志编纂委员会发布的山西省志的编纂提纲中没有方言方面的内容，我们即以“关于新编山西省志中增加山西方言志的建议”为题撰写了一个报告，以山西省社会科学研究所的名义，于一九八〇年七月二十四日呈报给山西省志编委会。报告称：

方言是民族共同语的分支，是全民语言的地方变体。山西方言是在长期的历史发展中形成的，有许多重要的特点，在汉语诸方言中，占有特殊的地位，历来为国内外的语言学家所重视。编纂山西省方言志，不仅对于推广普通话、研究汉语史、建立具有民族特色的普通语言学有着重要的意义，而且对于研究山西地方史、研究山西人民的风俗习惯以及调查研究山西地名等，都是不可缺少的。

报告建议：“编纂我省的新志时，也要把方言志作为其中的一个重要组成部分。”报告还提出编纂山西省方言志的初步设想，拟定了山西省方言志的编写提纲：

第一编　山西方言概况

第一章　导言

第一节　山西方言的历史发展及其在汉语诸方言中的地位

第二节　山西方言分区概述

第三节　音标符号说明

第二章　山西方言的基本特点

第一节　山西方言音系特点

第二节　山西方言词汇特点

第三节　山西方言语法特点

第三章　山西方言标音举例

第一节　民歌　儿歌

第二节　谚语　谜语　歇后语

第三节　故事

第四节　语法例句

第四章　山西方言地图

第二编　山西省廿一个代表点方音字汇对照表

包括廿一个代表点的三千个常用字，用国际音标注音。

廿一个代表点为：太原、汾阳、左权、阳泉、离石、祁县、临汾（市）、霍县、运城、永济、新绛、大同（市）、浑源、宁武、忻县、代县、兴县、长治（市）、晋城、沁县、陵川。

第三编　山西省廿一个代表点方言词汇对照表

包括廿一个代表点一千个左右常用词，用国际音标注音。

这个报告很快得到山西省志编纂委员会领导的批准。于是，我们又起草了“关于编纂山西方言志几个具体问题的意见”，以山西省社会科学研究所的名义，于这年九月六日呈报给山西省志编委会。

一九八一年七月二十五日至八月一日，中国地方志协会成立大会暨首届地方史志学术讨论会在太原举行，会议邀请我参加。我在会上宣读了题为《关于编写方言志的几个问题》的论文。文章分三个部分：第一部分，论述编写方言志的意义，认为方言志是地方志的重要组成部分；第二部分，提出新编方言志的体例和内容安排；第三部分，提出有关方言志编写工作的几点建议。论文宣读后引起比较强烈的反响。经会议推荐，《中国地方志通讯》一九八三年第二期发表了这篇文章，后又收入中国地方史志协会编的《中国地方史志论丛》(中华书局，一九八四年)。会议期间，我把此前山西师大潘家懿撰写的《交城方言》、晋中党校李守秀撰写的《榆次方言》、雁北师院江荫禔撰写的《朔县方言》进行包装后展出。这引起了参会的县市地方志编委会负责人的兴趣，他们纷纷向我表示，要求我们组织人员帮助他们编写方言志。

试编两本简志

确定了编写山西省方言志的方向后，遇到一个问题：是先编写全省性的，后编写各县市的，还是先编写各县市的，再在此基础上编写全省性的。带着这个问题，我于一九八一年夏天专程去北京到中国社科院语言研究所，向著名方言学家李荣先生请教。李先生的回答很干脆：先编县市的。

这一年十月，在成都举行中国语言学会首届年会。会议期间，我向侯精一先生报告了山西方言志编写的设想，约请他撰写《平遥方言志》。侯先生是山西平遥人，他关心山西方言调查研究，很爽快地答应了。从成都回来后，我应怀仁县地方志编纂委员会的邀请，去怀仁调查方言，撰写《怀仁方言志》。

一九八二年六月，《语文研究》编辑部以“山西省方言简志丛刊”的名义出版了侯精一编著的《平遥方言简志》。温端政撰写的《怀仁方言简志》也油印出来。七月二日至四日，山西省社会科学研究所在太原召开了山西省方言志编写研讨会。中国社科院语言研究所所长李荣、中国社科院语言研究所方言研究室副主任贺巍、《中国语文》副主编侯精一、北京大学中文系现代汉语教研室副主任胡双宝等应邀参加了会议。山西省地方志编纂委员会办公室副主任郭忠、山西人民出版社文教编辑室主任潘俊桐也应邀参加了会议。会议由山西省社会科学研究所所长王守贤主持，李荣先生为会议作了学术报告。会后撰写了“纪要”，要点如下：

会议认为，方言是全民语言的地方变体，它作为某一地区的人民共同使用的交际工具，在长期发展过程中形成了自己的特点。方言志是地方志的传统内容，历来受到编纂者的关注。山西方言在北方方言里是比较复杂的，很有记录和研究的必要。编好山西省方言志，有助于汉语现状和历史的研究；对于在山西推广普通话，提高群众语文水平，加强社会主义精神文明建设更具有现实意义。同时，对民族学、历史学、社会学、民俗学等学科的研究，也能提供有益的资料。山西省地方志编纂委员会已经决定把方言志列为新编省志的组成部分，不少市、县地方志编纂委员会也很重视方言志的编写，纷纷要求我们提供帮助。我们方言工作者，要把协助地方志编纂委员会编写好方言志作为自己义不容辞的责任。

会议认为，山西省方言志包括山西方言通志和各市、县的方言志。目前，我们要先集中精力编好各市、县的方言志，特别是其中具有较大代表性的市、县的方言志，以便为编写全省方言通志打好基础。

会议以侯精一编写的《平遥方言简志》和温端政编写的《怀仁方言简志》为样子，着重讨论了简志的内容和体例，取得了以下共同认识。

一、方言志作为地方志的一个组成部分，所占的篇幅不能过多；但方言本身是一个有组织、有条理的系统，要完整地记录这个系统，篇幅太少了也不行。

二、有些市、县方言内部存在着分歧。简志一般以记录市区或县城所在地的话为主，发音人要选择五十岁以上的口齿清楚、有一定文化的土生土长的当地人。

三、简志要把科学性和资料性放在首位，力求准确地、完整地提供反映当地方言特点的可靠资料；同时要注意通俗性和实用性，使简志能吸引更多读者，更好地为四化建设服务。为了便于综合比较，各简志在体例上要有相对的统一性。

纪要还叙述了简志的内容。

会后，山西省地方志编纂委员会和山西省社会科学研究所给各市县地方志编纂委员会发出联合通知，把“纪要”作为附件。

承担国家重点项目

一九八三年三月二十一日至二十五日，全国语言学科规划会议在太原召开。我们作为会议的东道主，竭尽全力为会议服务。会址选在太原条件最好的宾馆——晋祠宾馆。规划小组组长李荣、副组长朱德熙，成员周祖谟、余敏、胡裕树、熊正辉、陈韶廉和语言学界的专家学者四十三人参加了会议。著名语言学家王力、吕叔湘和山西省社会科学研究所所长王守贤，作为特邀成员出席会议。山西省语言学会会长孟维智和我作为会议的正式代表出席了会议。

这次会议确定“语言学学科‘六五’期间全国重点研究项目”共有十一项，其中包括“山西全省县（市）志中的方言志”，并写明主持人是“山西省社会科学研究所温端政”。这完全出乎我们的意料之外，是我们做梦都不可能想到的。全国有那么多拥有语言学高级人才的高等学校，像北京大学、北京师范大学、南开大学、四川大学、武汉大学、厦门大学等等，都没有机会承担，而我们这个只有两个科研人员的小小研究室，居然有机会承担，这实在是难以想象。当时，我都不相信这是真的。

可是，我们就是这么幸运。在会上我们签订了《中华人民共和国哲学社会科学重点研究项目议定书（一八八一至一九八五)》，规定一九八五年前试编十种方言志。我们随即成立了山西省方言志编纂委员会，由温端政、田希诚（山西大学中文系副教授）、陈庆延（山西省教育学院中文系讲师）、潘家懿（山西师院中文系讲师）、张凤瑞（山西人民出版社文教编辑室负责人）等五人组成，由温端政任主编。

全国语言学科规划会议结束之后，我们趁李荣先生和熊正辉同志还在太原，于三月二十九、三十日召开了第二次方言志编写研讨会。与会人员汇报了第一次研讨会以来工作进展情况，讨论了工作中遇到的问题。李荣先生和熊正辉同志应邀参加了会议，并作了学术报告。

全面推进方言志编写

全国语言学科规划会议闭幕之后，我们组织省内外方言学者投入方言志的编写。到一九八四年年底，“议定书”规定的十种方言志已提前一年完成，并以“山西省方言志丛刊”的名义，由《语文研究》增刊出版。它们是：

《怀仁方言志》(温端政，一九八三年七月二十五日出版)

《太谷方言志》(杨述祖，一九八三年八月二十五日

一九八三年三月二十一至二十五日，全国语言学学科规划会议在太原召开，前排右八王力先生，右九吕叔湘先生，左五李荣先生，左四朱德熙先生，右一是我。

出版)

《晋城方言志》(沈慧云，一九八三年十月二十五日出版)

《陵川方言志》(金梦茵，一九八三年十二月二十日出版)

《洪洞方言志》(乔全生，一九八三年十二月三十日出版)

《寿阳方言志》(赵秉璇，一九八四年一月出版)

《襄垣方言志》(陈润兰等，一九八四年四月二十五日出版)

《祁县方言志)(杨述祖等，一九八四年五月二十五日出版)

《文水方言志》(胡双宝，一九八四年十月二十五日出版)

《万荣方言志》(吴建生，一九八四年十二月二十日出版)

在方言志编写工作取得重大进展的情况下，于一九八四年十月十三、十四日召开了第三次方言志编写研讨会。时任中国社会科学院语言研究所副所长的侯精一、语文出版社副社长的李行健，以及北京大学中文系讲师胡双宝等应邀出席会议。这次会议着重讨论如何提高方言志编写质量的问题。决定修改编写提纲：

一、增加内容，把“语法特点”作为专章。同时扩大收词量，必收词条增加到二十七类，共八百三十五条。总篇幅由原来的六万字左右，增加到十万字左右。

二、进一步统一体例，确定“共性”部分。如“语法特点”部分,“圪”的用法和重叠式都要写;标音举例部分，“九九歌”和“半头砖”故事都要记。

三、统一附加符号。

根据修改后的编写提纲，侯精一撰写了《长治方言志》，我撰写了《忻州方言志》，于一九八五年四月由语文出版社同时出版，正式定名为“山西省方言志丛书”，由温端政任主编。李荣先生撰写了总序，指出：“山西方言在我国北方方言里是比较复杂的。对研究语言的人来说，山西的方言跟山西的煤炭一样，是无穷无尽的宝藏，亟待开发。”

山西县市方言志的出版，在国内外产生了影响。一九八四年十二月，法国东亚语言研究中心出版的《Cahiers de Linguistique Asie Orientale》发表了语言学者Laurent Sagart（沙加尔）撰写的题为《评山西省出版的第一批方言志》的专题评论，认为这些方言志的出版“填补了一项重要的空白”，“标志着山西省语言研究特别是方言研究的一大进步”(这篇文章，后来由作者增写部分内容，由晋希文译成汉语在《语文研究》一九八七年第二期发表)。一九八五年十一月,香港中国语文学会出版的《语文建设通讯》第十八期发表评介文章，认为“这套丛书的出版，促进汉语方言的研究”。

筹办排版车间

各县（市）方言志陆续撰写出来，出版成了一个不能不解决的问题。

最初，山西人民出版社同意出版，并表示每出一本补助一千元。这本来是一个很好的机会。可是正在这时，我在北大的同班同学李行健由天津师院调到语文出版社任副社长。那时语文出版社资金有些困难。他知道我们有一笔出版资金，就对我说，让我把这笔资金给他们，他们以后免费给我们出版方言志。我觉得这个主意很好,就同意了。一九八五年四月，他们果然出版了《长治方言志》和《忻州方言志》，除了平装本，还出精装本，并且发了稿费。可是，不久，李行健出国讲学，接替的社长不认账。后来虽然出版了大同、临汾、和顺、原平、孝义、文水等方言志，但都是我们排好版打成纸型由他们印刷的，每本不仅不给稿费，还要我们缴纳成本费。

这时，山西高校联合出版社副总编文琴和我们联系，说他们社同意出版我们的方言志，只要我们支付必要的出版费用。他们缺乏审阅方言志的责任编辑，刚调入语言所的吴建生同志承担此项工作。这样，山西高校联合出版社共出版了二十一种方言志。

方言志符号多，特别是国际音标，一般印刷厂没有。当时还没有计算机，要靠人工用铅字排版，这大大限制了方言志的出版。正在这时，山西省人民政府批准资助“山西全省县（市）的方言志”项目五万元。山西省社会科学院领导同意我们把这笔钱用于筹办方言排版车间，以解决方言志排版难的问题。开头，我把筹办方言排版车间看得很简单，以为买一台铸字机，买一套铜模，雇几个工人，就能解决问题。实际上困难很多。要不断增添许多原来没有想到的设备，所谓“麻雀虽小，五脏齐全”，缺一样也不能运转。

一九八七年七月开始筹备，克服了种种困难，终于排出了《孝义方言志》和《临汾方言志》。为了总结经验，提高排版技术，于一九八八年二月二十六日召开了排版技术鉴定会。中国社会科学院语言研究所李荣和侯精一、熊正辉、张振兴、贾彩珠、李瑞岚等，以及语文出版社李行健、田树生、田庆基，应邀参加了鉴定会。北京大学出版社胡双宝，山西大学中文系田希诚，山西师大中文系潘家懿等也参加了鉴定会。大家认为排版技术已经达到基本要求，但还有待于继续提高。

排版车间筹办过程中，最为头痛的是工人问题。排版车间是我们自己筹办的，没有经过有关部门批准，所招的只能是临时工。招来后往往是培训一段能工作了，很快就要调走。要想留住有了排版技术的工人，就得把临时工变成正式工，这就必须把排版车间变成企业。经申请，太原市计划委员会于一九八八年十一月十四日以“并计工字(八八)第六十五号”文件，批准同意组建“山西省社会科学院语言印刷厂”，确定“企业经济性质为集体所有制，实行独立核算，自负盈亏，隶属山西省社会科学院语言研究所领导，企业人员编制自定；生产经营范围：主营方言志印刷，兼营印刷品”。

根据太原市计划委员会的批件，我们向太原市工商行政管理局申请登记注册。由于印刷厂是“特种行业”，手续很多，要经过公安局、环保局(因铸字有空气污染)。好容易完成批准手续后，太原市工商行政管理局于一九八九年十月十四日核准登记注册。由于资金来源主要是国家拨给，根据新的规定，改为全民所有制。

领取了“企业法人营业执照”后，太原市劳动局同意将“语言印刷厂”的工人定编为二十五人，工资总额七千五百元列入太原市劳动工资计划。但最为关键的是申请全民所有制的招工指标，他们说我们的语言印刷厂是省级单位却不予批准。为此，我们与山西省劳动局和太原市劳动局反复交涉，申请招工指标十人，但他们推来推去，最终还是没有解决，这给我们的管理特别是稳定工人造成很大困难。

筹办排版车间过程，遇到的另一个问题是多次失盗。其中最严重的有三次，仅铅字损失就达一千九百零九点七元。后经派出所破案，发现是临近的两个小学生所为，罚款一千元，派出所给了我们五百元。

其他意料之外的问题，也时有发生。如有一个星期六晚上工人下班忘记关了水龙头。半夜里突然来水。第二天早晨我到车间一看，一片汪洋。赶快叫来我的女儿一起排水，抢救了一上午，终于挽救了车间。

为了彻底解决方言志出版难的问题，山西省社会科学院领导曾向山西省委反映，要求成立方言出版社。一九八七年四月九日《中共山西省委常委会纪要（第二十四号)》原则同意成立。这一年的十二月二十五日，我起草了“关于成立方言出版社的请示报告”，经刘贯文院长批示同意，以山西省社会科学院“晋社科字〔一九八七〕第八十七号”文件呈报给山西省出版局，可山西省出版局压了下来。

尽管困难多多，我们还是挺过来了。把有条件出版的方言志都排出来，打成纸型。截至一九九六年五月，共出版了四十一种方言志（见 167-169 页表），其中二十八种是排版车间排的版。

召开总结表彰会议

为了总结经验，激励大家进一步深入开展山西方言的调查研究，“山西全省县（市）的方言志”课题组于一九八九年元月七日下午在太原召开了总结表彰会议。

应邀参加会议的领导和来宾有：

吴达才（中共山西省委常委、副省长）

郑行顺（中共山西省委宣传部副部长）

刘贯文（山西省社联主席）

杜　明（山西省社联副主席）

宋玉岫（山西省教委主任）

刘伟毅（山西省地方志编委会办公室副主任）

吴德春（山西省社科院院长）

张海瀛（山西省社科院副院长）

宋秀令（山西省语言学会会长）

曹先擢（国家语言文字工作委员会副主任）

熊正辉（中国社科院语言研究所研究员、全国语言学科规划组成员）

贺 巍（中国社科院语言研究所副所长）

张振兴（中国社科院语言研究所方言研究室主任）

胡双宝（北京大学出版社编辑室主任）

徐文熠（语文出版社编辑室主任）

经课题组评审，获优秀成果奖的方言志有：

《太谷方言志》（杨述祖）、《晋城方言志》（沈慧云）、《洪洞方言志》（乔全生）、《襄垣方言志》（陈润兰等）、《寿阳方言志》（赵秉璇）、《大同方言志》（马文忠等）、《孝义方言志》（郭建荣）、《原平方言志》（金梦茵）、《沁县方言志》（张振铎）、《新绛方言志》（朱耀龙）、《朔县方言志》（江荫褆）、《介体方言志》（张益梅）、《吉县方言志》（蔡权）《运城方言志》（吕枕甲）、《清徐方言志》（潘耀武）、《山阴方言志》（杨增武）、《长子方言志》（高炯）、《定襄方言志》（陈茂山）、《临猗方言志》（张延华）、《榆次方言志》（李守秀）、《左权方言志》（王希哲）、《武乡方言志》（史素芬）、《永济方言志》（吴建生等）、《夏县方言志》（赵宏因）、《临县方言志》（李小平）。在山西省外工作的同志和评审组成员田希诚、潘家懿等同志所编著的方言志，未参加这次评奖。

会议收到中国社会科学院科研局、国家社会科学基金会和国内外语言学界的同行发来的贺信贺电三十多份，其中有来自法国、美国、日本、加拿大等国以及香港地区的著名学者的贺信、贺电。

序号	书名	作者	名义	出版单位	出版日期
一	平遥方言简志	侯精一	山西省方言简志丛刊	《语文研究》编辑部	一九八二年六月
二	怀仁方言志	温端政	山西省方言志丛刊	《语文研究》编辑部	一九八三年七月
三	太谷方言志	杨述祖	山西省方言志丛刊	《语文研究》编辑部	一九八三年八月
四	晋城方言志	沈慧云	山西省方言志丛刊	《语文研究》编辑部	一九八三年十月
五	陵川方言志	金梦茵	山西省方言志丛刊	《语文研究》编辑部	一九八三年十二月
六	洪洞方言志	乔全生	山西省方言志丛刊	《语文研究》编辑部	一九八三年十二月
七	寿阳方言志	赵秉璇	山西省方言志丛刊	《语文研究》编辑部	一九八四年一月
八	襄垣方言志	陈润兰 李唯实	山西省方言志丛刊	《语文研究》编辑部	一九八四年四月
九	祁县方言志	杨述祖 王艾录	山西省方言志丛刊	《语文研究》编辑部	一九八四年五月

一〇	文水方言志	胡双宝	山西省方言志丛刊	《语文研究》编辑部	一九八四年十月
一一	万荣方言志	吴建生	山西省方言志丛刊	《语文研究》编辑部	一九八四年十月
一二	长治方言志	侯精一	山西省方言志丛书	语文出版社	一九八五年四月
一三	忻州方言志	温端政	山西省方言志丛书	语文出版社	一九八五年四月
一四	大同方言志	马文忠 梁述中	山西省方言志丛书	语文出版社	一九八六年十二月
一五	原平方言志	金梦茵	山西省方言志丛书	语文出版社	一九八九年七月
一六	孝义方言志	郭建荣	山西省方言志丛书	语文出版社	一九八九年九月
一七	和顺方言志	田希诚	山西省方言志丛书	语文出版社	一九九〇年五月
一八	临汾方言志	潘家懿	山西省方言志丛书	语文出版社	一九八〇年五月
一九	文水方言志（修订本）	胡双宝	山西省方言志丛书	语文出版社	一九八〇年五月
二〇	吉县方言志	蔡　权	山西省方言志丛书	山西高校联合出版社	一九九〇年一月
二一	汾西方言志	乔全生	山西省方言志丛书	山西高校联合出版社	一九九〇年一月
二二	沁县方言志	张振铎	山西省方言志丛书	山西高校联合出版社	一九九〇年三月
二三	山阴方言志	杨增武	山西省方言志丛书	山西高校联合出版社	一九九〇年四月
二四	新绛方言志	朱耀龙	山西省方言志丛书	山西高校联合出版社	一九九〇年五月
二五	武乡方言志	史素芬 李　奇	山西省方言志丛书	山西高校联合出版社	一九九〇年五月

二六	永济方言志	吴建生 李改样	山西省方言志丛书	山西高校联合出版社	一九九〇年六月
二七	天镇方言志	谢自立	山西省方言志丛书	山西高校联合出版社	一九九〇年九月
二八	清徐方言志	潘耀武	山西省方言志丛书	山西高校联合出版社	一九九〇年十二月
二九	介休方言志	张益梅	山西省方言志丛书	山西高校联合出版社	一九九一年四月
三〇	临县方言志	李小平	山西省方言志丛书	山西高校联合出版社	一九九一年四月
三一	运城方言志	吕枕甲	山西省方言志丛书	山西高校联合出版社	一九九一年八月
三二	屯留方言志	张振铎 刘　毅	山西省方言志丛书	山西高校联合出版社	一九九一年八月
三三	阳曲方言志	孟庆海	山西省方言志丛书	社会科学文献出版社	一九九一年八月
三四	朔县方言志	江荫禔	山西省方言志丛书	山西高校联合出版社	一九九一年九月
三五	盂县方言志	宋欣桥	山西省方言志丛书	山西高校联合出版社	一九九一年九月
三六	左权方言志	王希哲	山西省方言志丛书	山西高校联合出版社	一九九一年十月
三七	广灵方言志	马文忠	山西省方言志丛书	山西高校联合出版社	一九九四年八月
三八	蒲县方言志	蔡　权	山西省方言志丛书	山西高校联合出版社	一九九四年十二月
三九	长子方言志	高　炯	山西省方言志丛书	山西高校联合出版社	一九九五年十二月
四〇	定襄方言志	陈茂山	山西省方言志丛书	山西高校联合出版社	一九九五年十二月
四一	灵丘方言志	江荫禔 李静梅	山西省方言志丛书	山西高校联合出版社	一九九六年五月

方言调查研究（下）

合作主持“七五”重点项目

经全国哲学社会科学“七五”规划会议论证通过,《山西省方言通志》被列为“七五”期间哲学社会科学的国家重点项目。项目的主持人为侯精一和我。

侯精一先生是我国著名语言学家，曾任《中国语文》主编、中国语言学会会长，有机会和他合作是我的莫大荣幸。

一九八六年十一月十二日，我们联合撰写了《关于“七五”国家重点项目“山西省方言通志”的说明》。“说明”含五个部分：一、认识；二、内容；三、步骤；四、措施；五、经费。“内容”部分提出:《山西省方言通志》拟分六卷。第一卷为总志，其余各卷为分志。总志包括四个分册：第一册是山西方言概述，主要讲山西方言的分区，语音、词汇、语法特点等；第二、三、四分册分别是山西方言二十个代表点字音、词汇和语法例句 对照。第二卷为并州片方言志，第三卷为五台、云中片方言志，第四卷为吕梁片方言志，第五卷为上党片方言志，第六卷为汾河片方言志。各卷也包括四个分册：第一分册是本片方言概述，第二、三、四分册分别是本片所属方言点的字音、词汇和语法例句对照。各卷字数控制在一百万至一百五十万，总字数为六百万至九百万。

一九八七年三月二十三、二十四日，《山西省方言通志》课题组在太原市召开第一次会议。会议的主要内容是：一、传达全国哲学社会科学“七五”规划会议的有关精神，论证设置本课题的意义，分析完成本课题的条件；二、研究本课题的内容和形式，以及调查、编写中应注意的若干问题；三、论证各分卷负责人的资格和职责，明确编写要求，制订编写计划。会议决定出版总志一卷、分片志五卷。侯精一先生和我联合主持了这次会议，山西省社会科学院院长刘贯文、副院长张海瀛到会并讲了话。

一九八八年二月二十七日，《山西省方言通志》课题组在太原召开了第二次工作会议。参加会议的除侯精一和我外，还有田希诚（山西大学中文系教授，上党片负责人）、潘家懿（山西师大中文系教授，河东片负贵人）、胡双宝(北京大学出版社副编审、吕梁片负责人)，以及沈慧云（山西省社会科学院语言研究所副研究员)、吴建生(山西省社会科学院语言研究所助理研究员)等。中国社会科学院语言所研究员熊正辉、语言文字应用研究所研究员李行健应邀出席会议。会议首先回顾检查了第一次工作会议以来的工作情况，认为在基础性调查方面又取得新的进展。全省一百零六个方言点中，已经写出调查报告的有四十一个点。

会议决定出版《山西方言研究》(论文集)作为《山西省方言通志》的阶段性研究成果。考虑到经费不足，决定对《山西省方言通志》的内容进行调整。原计划《通志》出六卷，其中总志一卷，分片志五卷。现紧缩为只出上下卷。上卷为总志，下卷为各方言片的分志。

一九九〇年三月二十九日，《山西省方言通志》课题组在太原召开了第三次工作会议。会议讨论了山西方言各区的名称，建议把并州片、吕梁片、上党片、汾河片、五台片、云中片、广灵片，分别改称为:中区、西区、东南区、南区、北一区、北二区、北三区。

会议确定以下四十二个点为语音、词汇对照代表点：

中区:太原、清徐、太谷、祁县、平遥、文水、孝义、平定、和顺，共九个点；

西区:离石、临县、汾阳、岚县、静乐、隰县、石楼，共七个点；

东南区：长治、黎城、长子、沁县、晋城、陵川、阳城、高平，共八个点；

南区:临汾、霍县、汾西、闻喜、新绛、运城、吉县、万荣、永济，共九个点；

北一区:忻州、五台、代县、河曲、朔县，共五个点;

北二区：大同、天镇、山阴，共三个点；

北三区：广灵一个点。

会议的另一项重要内容是讨论《山西省方言通志》编写提纲和分工。

由于课题组全体成员精诚合作，进展非常顺利。本课题的阶段性成果《山西方言研究》(论文集）于一九八九年十一月由山西人民出版社正式出版。论文集共收三十八篇，侯精一撰写了“前言”，山西省社科院语言所排版车间排版。本课题的最终成果《山西方言调查研究报告》，由侯精一和我联合主编，于一九九三年七月由山西高校联合出版社出版。该书编写提纲由侯精一先生拟定，我执笔“前言”。全书一百二十多万字，分上下两卷。上卷是对山西全省方言的描写，主要内容包括：山西方言概说，山西方言语音（包括历史音韵)、词汇、语法的特点，山西方言的文白异读，四十二个代表点的字音和词汇对照，语法例句和长篇语料，还有山西方言地图五十幅。下卷讨论全省方言分区的标准，按中区、西区、东南区、北区、南区、东北区分区进行描写，说明各区的语音和词汇情况，并列出各区方言点的音系和声、韵、调表，还有方言地图三十一幅。另附山西地名的特殊读音和山西方言研究论文目录。

参编两部忻州方言词典

忻州成为地级市之前，是由忻县提升而成的县级市。一九五八年，我从北大中文系毕业后就分配到忻县，因此对忻州方言情有独钟。一九八三年，我接受忻州市地方志编委会的约请，协助他们编写方言志。他们指派原忻州二中的语文教师张书祥作为我的主要发音人。张书祥老师是地道的忻州人，社会经历丰富，又有一定语文基础，是个很理想的发音合作人。在他的配合和帮助下，顺利地完成了《忻州方言志》,并作为“山西省方言志丛书”中的一种，于一九八五年四月由语文出版社出版。

在调查过程中，我们发现忻州方言的俗语非常丰富，让张书祥和他的一些朋友深入忻州市所属的村镇调查，收集了大量资料。根据这些资料，我和他合作编写了《忻州俗语志》，于一九八六年二月由语文出版社出版。该书共收忻州通行的俗语二千七百二十五条,包括三字格习（惯）用语、四字格成语、农谚社会谚和歇后语。

《忻州方言志》和《忻州俗语志》相继出版之后，我向时任忻州师范专科学校中文系主任的刘泽先生提出建议：成立方言研究室，组织编写《忻州方言词典》。还向他推荐在前播明初级中学任教的张光明。张光明高中毕业后经进修获得大专学历，原来没有方言调查的基础，但对方言调查有浓厚的兴趣。他是地道的忻州人，我和张书祥编写《忻州俗语志》时，他一直跟着见习，并协助做一些标音和注释工作。我觉得他有培养前途，建议把他从前播明初级中学调入忻州师范专科学校中文系，充实方言研究室。刘泽先生接受了我的建议，很快成立了方言研究室，并把张光明调来安排在方言研究室。还聘请张书祥以及当地热心方言调查的段天虎等人参加方言研究室的工作。

方言研究室成立之后，组成了《忻州方言词典》编写组，聘请我任主编，其他人分头收集方言材料。大家积极性很高,于一九八八年年底编成《忻州方言词典》的初稿。

一九八九年，时任语文出版社总编辑的田树生先生来太原出差时，我给他看了《忻州方言词典》初稿。他是我在北大上学时的同班同学，对《忻州方言词典》初稿给予较高的评价，同意由他们出版。当时，地点方言词典还不多见，为了确保质量，决定先把一部分词条发表出来征求意见。《语文研究》一九八九年第二、三、四期和一九九〇年第二期连载了《忻州方言词典》编写组提供的《忻州方言“圪”头词语汇释》(一至四)。李荣先生看了后，觉得很好,建议我们继续连载。《语文研究》一九九一年第一、二期接着连载完。忻州方言“圪”头词的丰富性，引起了学界的重视。

记得是一九九一年的春天，中国社会科学院语言研究所在北京郊区的怀柔县开了一个座谈会，主要内容是论证编纂《现代汉语方言大词典》。会议由该所所长李荣先生主持。参加会议的，除了该所的熊正辉、张振兴等外，还有来自全国各地的十来位方言学者。其中有复旦大学的许宝华、广西师范大学的刘村汉、山东大学的钱曾怡、南京师范学院的叶祥苓等。我也有幸参加了这次会议。

《现代汉语方言大词典》是列入国家第八个五年计划的重点课题，同时列入新闻出版总署一九九〇至二〇〇〇年重点出版项目。计划分两步走，第一步是调查四十个地点方言，编写四十本分地方言词典，作为分卷本。第二步，在分卷本的基础上，编纂综合性的《现代汉语方言大词典》。这次会议主要讨论分卷本的编写，确定编写的方言点和负责人。在会上，我建议山西省在晋北、晋中、晋南各选定一个代表点：晋北以忻州为代表点，由温端政和张光明负责；晋中以太原为代表点，由温端政和山西省教育学院的沈明负责；晋南以万荣为代表点，由吴建生负责。这个建议经会议讨论获得通过。后来，沈明考上中国社会科学院语言研究所招收的博士，就把《太原方言词典》的编写任务带走，温端政不再参加。吴建生在编写《万荣方言词典》的过程中吸收山西师范大学中文系的赵宏因老师参加。

会议结束会，我暗暗高兴，以为原来编写的《忻州方言词典》初稿找到了出路。没有想到，李荣先生看了初稿后，认为不能用，要按照《现代汉语方言大词典》的总体设计重新编写。

我们只好另起炉灶，由我撰写“引论”部分，由张光明起草“正文”部分和“意类索引”，我负责审订定稿。书稿完成后，经《现代汉语方言大词典》主编李荣先生和副主编熊正辉、张振兴先生审核，又作了一些修改，于一九九五年十二月由江苏教育出版社出版。

到一九九八年年底，分卷本全部完成，后来增加了一种，共四十一种。一九九九年四月五日，在北京人民大会堂举行了《现代汉语方言大词典》分卷本出版座谈会，我也应邀参加了这次会议。

我和钱曾怡、叶祥苓先生同住在北京妇女宾馆，散步时叶祥苓不小心踩翻了马路上的井盖，掉到井里。好在他坚持打网球，手脚灵活，没有受大伤。

一九九九年九月二十六日，在太原召开太原、忻州、万荣分卷本出版暨山西方言研究座谈会。来自全国的四十多位学者以及江苏教育出版社的同志参加了会议。全国汉语方言学会会长、《现代汉语方言大词典》副主编熊正辉致开幕词，我致闭幕词。(详见《语文研究》一九九九年第四期有关报导)

《忻州方言词典》作为《现代汉语方言大词典》分卷本的一种出版之后，我惦念着原来的《忻州方言词典》初稿的出版问题。这时，刘泽先生已经调离忻州师范学院中文系，到太原师范学院担任副校长；田树生先生也从语文出版社总编辑的岗位退了下来，因此，初稿就被搁置起来。直至一九九九年春节，时任忻州市副市长的杨增武先生来访，才出现了转机。

杨增武，山西山阴县人，上世纪八十年代初就读山西大学中文系现代汉语研究生，他对方言调查研究颇有兴趣，我建议他先调查他的母语——山阴方言。后来他写成《山阴方言的人称代词和指示代词》一文，我觉得很不错，发表在《语文研究》一九八二年第二辑。他从山西大学中文系研究生毕业后，有意来我们研究室工作。我向领导建议把他调来。领导研究时，误以为“现代汉语”不是“语言学”，没有同意调入。他毕业后留在山西大学党委办公室工作。后来改行从政。我趁他来拜访，提起当年编写的《忻州方言词典》，说初稿还搁置在那里，是否可以再修订一下，由忻州市政府出钱资助出版，由他担任主编。他当即表示同意。果然，在他的运作下，忻州市政府拨了七万元。张光明的积极性立即被调动起来。于是，重新设计了全书的框架，制订了新的编写体例，继续补充了新的方言资料，全书的面貌为之一新。我与上海辞书出版社联系，由于有资金赞助，他们表示同意出版。经协商，在忻州排版、出片后在上海印制。语词编辑室负责人周伟良亲来考察，我陪同他去忻州，杨增武接待并宴请他。周伟良考察了印刷厂的排版，表示满意。由于收条较多，经商议分为上下两编。上编收一般词语，包括方言词和方言成语、惯用语，共一万七千三百五十九条，下编收谚语三千三百四十二条、歇后语一千三百零七条，全书一百四十七万多字，书名改为《忻州方言俗语大词典》，我为本书撰写了“前言”。忻州印刷厂克服了排版上的困难，上海辞书出版社于二〇〇二年七月正式出版。

《忻州方言俗语大词典》出版后，忻州师范学院和山西省方言学会于二〇〇二年十月十二日联合召开了座谈会。我在题为《与时俱进，开拓忻州方言研究的新领域》的发言中建议忻州师范学院组织编纂“忻州方言语汇系列辞书”。忻州师范学院重视我的建议，成立了“方言研究中心”，由张光明任主任。二〇〇六年十二月，他主编的《忻州歇后语词典》由上海辞书出版社出版。我撰写了序言。他们接着完成了《忻州成语词典》《忻州谚语词典》和《忻州惯用语词典》的编写，二〇一二年四月由上海大学出版社同时出版，我为这三本书写了总序。

参加晋语“分立”讨论

《方言》杂志一九九五年第一期发表了李荣先生《官话方言的分区》一文，给了“晋语”以新的含义：“作为学术名词，‘晋语’跟‘山西方言’应该有区别。‘山西方言’着眼于地理，指山西省境内的方言。我们用‘晋语’着重在语言，指山西省及其毗连地区有入声的方言。”一九八七、一九九〇年出版的《中国语言地图集》体现了这个主张，把晋语区从官话大区分立出来，成为与官话区、吴语区、闽语区、粤语区、客家话区等平行的独立的方言区。从此，晋语“分立”这个汉语方言分区的新主张，在语言学界，特别是方言学界引起热烈的讨论。赞同的大有人在，反对的也不乏其人。

我赞成晋语“分立”主张，并撰写了系列性的长篇来阐述我的观点。

一九九五年七月二十五至二十七日，由中国社会科学院语言研究所、山西省社会科学院、山西大学等单位联合举办的“首届晋方言国际学术研讨会”在太原举行。我和侯精一先生作为会议主持人，分别致开幕词和闭幕词。我在会上宣读了题为《晋语区的形成和晋语入声的特点》的论文。参加这次会议的有许多全国著名的方言学者，有来自台湾、香港的著名学者，还有来自日本的学者。李荣先生以“全国汉语方言学会会长”的名义发来贺信。会后出版了由陈庆延、文琴、沈慧云、乔全生联合主编的论文集，收论文五十一篇，由山西高校联合出版社出版。

一九九七年二月二十四至二十八日，全国汉语方言学会第九届年会在广东汕头举行，我在会上宣读了题为《试论晋语的特点和归属》的论文。在这篇文章里，论证了晋语部分入声音节可分为表义和不表义（没有明确的词汇意义）两个部分，这种“入声音节两分”现象具有系统性、内部一致性和对非晋语具有排他性等特点。提出“晋语是‘部分入声音节两分’的方言”的观点。文章还针对“同样保留入声，江淮官话仍纳入官话系列，晋语却为何升格独立”的质疑，提出“有无入声是划分方言区域的标准，不是确定方言区所属层次的标准”的观点，认为：

在划分方言区域时，为了界限清楚往往采取单一的音韵标准，而在确定方言区的层次时，则要进行综合考虑，除了音韵特点外，还要考虑词汇、语法方面的特点；除了考虑方言自身的特点外，还要考虑地理、人口，以及历史因素。把晋语作为独立的方言区，就是这种综合考虑的结果，并非单凭有入声这一点。

李荣先生看中这篇文章，给我打电话说《方言》要发表。可是《语文研究》已经决定要在一九九七年第二期上发表。这篇文章发表后，引起了一些反响。台湾清华大学语言研究所所长张光宇先生在《东南方言关系综论》(《方言》一九九九年第一期）一文里写道：

“晋语”鹤立鸡群于官话大区之上，与官话方言平起平坐，具备同等资质的江淮官话却归并在官话内，难免引起不同见解。显见“晋语”立区之初虑有未周。这一争论激发了晋语区拥护者深入探讨晋语方言的共同特点，结果发现“入声音节两分”(温端政,一九九七）可以视为“东起太行山，西近贺兰山，北抵阴山，南至汾渭河谷”（刘勋宁，一九九五）这一带晋语方言的共同点。这一发现奠定了晋语的独立地位，至于要把晋语置于哪一层次就变成次要的问题。

一九九八年五月二十八至三十一日，《方言》创刊二十周年学术讨论会在成都举行。我在会上宣读了题为《〈方言〉和晋语研究》的论文。文章分为四个部分：晋语“分立”的理论意义；晋语“分立”的事实基础；晋语“分立”的社会历史背景；晋语“分立”与“晋语研究。文章认为，在晋语分区问题上所体现的划分方言区的标准和确定方言区层次的标准，是全部汉语方言分区的核心问题；认为晋语中心地区及其邻近地带具有丰富的文白异读和在某种程度上对内具有一致性、对外具有排他性的“入声音节两分”等特点，可以作为晋语“分立”的语言事实基础。文章指出，晋语“分立”的理论和实践，极大地推动了晋语研究；深入研究晋语的特点，进一步研究晋语形成的历史，继续进行晋语和晋文化的研究，开展晋语与官话和其他非官话方言的比较研究等，是当前和今后一个时期晋语研究面临的重要课题。

一九九九年十一月五至八日，在广西桂林举行全国汉语方言学会第十届年会。我在会上宣读了题为《晋语“分立”与汉语方言分区问题》的论文。文章指出:“晋语‘分立’是汉语方言分区进入新阶段的一个重要标志”,“提出了确定汉语方言分区标准的新思路”。文章认为，要从根本上解决汉语方言分区的标准问题，必须明确以下几种关系：

一、划界标准和划分层次标准的关系；

二、语言标准和社会历史标准的关系；

三、区别性特征和综合性特点的关系；

四、方言现状的结构特点和历史演变的关系。

这篇文章发表在《语文研究》二〇〇〇年第一期。

二〇〇二年九月二十一至二十三日，由山西省社会科学院主办的晋语学术讨论会在太原举行，院长张成德致开幕词,副院长张晓瑜主持会议。中国语言学会会长侯精一、全国汉语方言学会会长熊正辉、《方言》常务主编张振兴等在开幕式上讲了话。出席会议的著名语言学家有来自香港的丁邦新、郑锦全教授，还有北京大学教授徐通锵、中国社科院语言所研究员贺巍等。我在会上宣读了题为《论方言的特点和特征——兼论用“综合判断法”观察晋语的归属》的论文。文章认为，特征和特点具有不同的含义和性质：“特征”侧重于反映人或事物表象的区别性，特点侧重于反映人或事物内在素质的特殊性。就某一个方言区来说，特征侧重于同周边方言的区别，特点则侧重于同其他方言包括同北京话的比较。区别方言的特征和特点，有助于汉语方言的分区，有助于全面认识方言的词汇系统，有助于完善汉语方言研究的理论体系。文章针对汉语方言分区中方言区的划界、“方言岛”的类型归属，以及方言区的层次归属，特别是晋语的归属等问题，提出“特征判断法”“特点判断法”和“综合判断法”，主张用“综合判断法”来观察晋语的归属问题。

以上五篇文章都在万字以上，是我研究晋语的心得和体会。

当山西省公安厅顾问

正当山西方言调查研究搞得热火朝天的时候，山西省公安厅利用调查研究成果在刑事破案方面取得意外效果。

一九八五年，晋南发生了一起疑案，作案人将“黄金”写成“红金”。这表明作案人“黄”“红”读音相混的方言特征。由此，侦察范围缩小到万荣县境内，很快在城关镇把作案嫌疑人陈某抓获。

山西某地农村发生了一起爆炸案，炸死炸伤各一人。罪犯为逃避法律制裁，采用了反侦察的手法，在现场上留

一九八九年八月，应邀在山西省公安厅讲学后与厅领导和听讲学员合影。前排左五是厅长，右四是十处处长，右五是我。

下一封恐吓信，经半年查证没有结果。后来发现信中有“杀上几棵树做棺木”的话。“杀树”意为“砍树”或“伐木”，是安泽县方言词汇的特点。这为侦察指明了方向，过了半个月就破获了这起案件。

一九八六年夏，永济中学一名女生被罪犯诱骗到涑水河边强奸。在作案过程中，罪犯对受害人威胁说：“你再叫喊，我把你扔到涑水河里。”又说：“肯雷（站起来的意思），向南边电灯方向走，就是学校。”“涑水河”“肯雷”是永济东半县人的惯用词（西半县人习惯把“涑水河”说成“运量河”，把“站起来”说成“切雷”），于是判断罪犯是东半县人。不久，就将隐蔽较深的犯罪嫌疑人李某，从永济东半县东社村挖出来。

这些案例使他们认识到方言调查研究对刑事破案的作用。山西省公安厅十处处长王乃积尤其重视，他时常带领公安干警参加我们的调查研究活动和有关会议。他们利用我们的调查研究成果，编写了适用于破案的参考手册；还举办了“5.20 方言培训班”，邀请我和山西大学中文系田希诚、山西省教育学院中文系陈庆延等方言学者讲课。山西省公安厅还聘请我担任顾问，为他们开设的山西方言专题讲座作学术报告。

我们为山西方言调查研究的成果具有应用价值而感到

高兴，积极参加他们举办的活动，为破案提供方言咨询。在山西省公安厅的举荐下，“七五”国家重点项目“山西方言通志”的主要成果《山西方言调查研究报告》获得山西省社会科学研究成果应用奖。

重拾家乡方言

一九八九年秋，正当我忙于完成《山西全省县（市）志中的方言志》和《山西省方言通志》两个国家重点项目时，接到苍南县地方志编委会常务副主编温简裕来信，邀我承担《苍南县志》中方言部分的编写工作。苍南县是从平阳县析出的新县。平阳是我的故乡，因此，从某种意义上来说，苍南也是我的故乡。家乡的需要，我再忙也不能推托，便愉快接受了。这年十一月，我参加了在杭州召开的中国语言学会第五届学术讨论会之后，到苍南进行了实地调查。感到这里的方言比我原来预想的还要复杂，有作比较详细的记录的必要。经与苍南县志办负责人商量，同意编写苍南方言专志。

从苍南回来之后，我抓紧整理调查材料，发现还有不少问题。征得苍南地方志编委会领导同意，一九九〇年五月再次到苍南作进一步调查。路过杭州时，我特地看望了陶梨梨。一九六〇年我结婚之后，就不多与她联系了，经历“文化大革命”运动，更是断绝了音信。一九八九年十一月参加在杭州召开的中国语言学会第五届学术讨论会时,我曾抽空到浙江大学外语系去打听。当年她曾告诉我，她的爱人是浙江大学物理系教师，我以为她很可能调到浙江大学外语系任教。浙江大学外语系的同志告诉我，他们系里没有陶梨梨这个人。正好参会时和我住在同一个房间的刘纶鑫是南昌大学中文系的教师。我拜托他到江西工学院外语系打探陶梨梨的下落。后来他告诉我，陶梨梨调到杭州一家建筑工程研究所。这样，我就与她联系上了，时常通过电话交谈情况,交流思想。这次有机会在杭州见面，感到十分难得。她陪我游了西湖，在家里招待我吃饭，我们度过了愉快的一天。

我到苍南之后，给她写信，约她到苍南看看，顺便了解我是如何调查方言的。她果然应约前来。苍南近海，我们一起游玩了海滩，品尝了海鲜，有了更多的交流机会。我问她，当时为什么有一段时间不给我回信。她说，那时教研室里的一个同事追求她，可能是他截住我的信，使她收不到，她那时当上班主任，加上教学，忙得不可开交，忘了给我写信。这样阴差阳错，误了我们的姻缘。

从苍南回到太原之后，立即根据调查材料撰写成《苍南方言志》，经排版车间排版，由语文出版社于一九九一年三月分精装和平装两种版本出版，费用均由苍南县地方志编委会承担。苍南县县长黄德余和中国语言学会会长侯精一分别为本书作序。侯精一先生的序言认为：《苍南方言志》是一本很有特点的书，它记录了一个地点的五种差别很大的方言：属闽南话的浙南闽语；属吴语的瓯语；属吴语或闽语的蛮话；基本属吴语但又明显比四邻方言接近普通话的金乡话；属客家话或闽南话的畲话。《中国语文》一九九二年第一期刊登了华东师大教授颜逸明的文章，题目是《评〈苍南方言志〉》，对《苍南方言志》作了全面、客观的评介。

一九九三年十月二十二至二十六日，中国语言学会第七届学术年会在北京语言学院举行。我在会上宣读了题为《从浙南闽南话形容词程度表示方式的演变看优势方言对劣势方言的影响》。该文发表在《语文研究》一九九四年第一期。一九九四年五月，我应台湾清华大学语言研究所所长张光宇先生的邀请赴台讲学，在台北举行的声韵学学术讨论会上,宣读了题为《浙南闽语的语音特点》的论文，后发表在《方言》一九九五年第三期。一九九八年，我应台北温州同乡会主办的《温州会刊》主编郑行泉之约，撰写了《温州方言和温州话概说》一文，发表在该刊第十四卷第四、五期合刊（一九九八）上。这些都是我研究家乡方言的新收获。

不过，有两件事情令人遗憾。

一件是没有编成《温州市志》中的方言志。

《苍南方言志》出版之后，在温州地区产生了较大的影响。《温州市志》主编章志诚先生约我主编《温州市志》中的方言志。他是我初中时期的校友，一九五六年七月毕业于浙江师范学院（杭州大学前身）历史科，在辛亥革命史、温州华侨史、地方史志等方面的研究上做出突出成绩。我们是十分要好的朋友，对他的约请当然不能拒绝。在他的主持下，我和温州的方言工作者在一起开了会，讨论了编写提纲，制定了编写计划，并分了工。陶梨梨也在我推荐之下参加了会议。那时，她撰写了好几篇关于温州方言语法方面的文章，先后发表在《温州会刊》上。

温州方言的代表点是温州市区方言。我虽然会说一些温州话，但不地道。过去又没有深入调查研究过温州市区方言。由我当主编不太合适，最合适的当是研究温州方言的权威学者郑张尚芳，可当时他不在温州。我回太原之后，发现参加编写的学者，不够齐心，有的没有完成编写任务。

我鞭长莫及，也就不了了之。

另一件，我推荐陶梨梨编写《温州方言词典》，没有成功。

一九九一年春在怀柔县召开的《现代汉语方言大词典》课题论证会上，确定编写的四十种地点方言词典中有《温州方言词典》，一时找不到合适的人编写，我便推荐陶梨梨。后来，她参加了在南京举行的《现代汉语方言大词典》分卷本第一次编写工作会议，见到李荣先生。李先生了解她的情况后，认为她是土生土长的温州人，会说地道的温州话，表示看好。可是，编写方言词典毕竟专业性很强，我辅导了几次，她还是入不了门，只好放弃，另找他人。

频繁的外事活动

上世纪八十年代，山西方言的调查研究搞得有声有色，吸引了不少外国学者来访。当时来访的外宾，都有上级下达的文件，说明访问时间和主要活动。最先来访的是日本著名语言学家桥本万太郎。我们接到中国社会科学院的文件后，立即跟山西省外事办公室联系，他们非常重视，跟我们共同制定接待计划，还派两辆小车供我们使用。

一九八一年九月二十三日，山西省社会科学研究所、山西省语言学会、山西方言学会联合举办报告会，请他作学术报告。那时，听外国学者作学术报告，都感到很新鲜，来听讲的人竟达四百多人，会场只好临时改在迎泽宾馆的大会议厅。他讲的题目是《西北方言和中古汉语的硬软颚音韵尾——中古汉语的鼻音和塞音韵尾的不同作用》，专业性很强，大家都听大懂，有些失望。会后又举行了小型座谈会，座谈会后他跟参加座谈的山西学者用他的快速照相机合影。他的讲稿原来是用英文写的，由孙以芗、陈庆延和我合译，经他本人审阅后刊登在《语文研究》一九八二年第一辑上。

一九八五年十一月八至十三日，法国科学研究中心东方语言研究所研究人员沙加尔，在中国社会科学院语言究所副所长侯精一的陪同下来太原进行学术访问。沙加尔先生在访问期间，调查了太原方言和太原附近阳曲县东黄水方言，应山西省社会科学院语言研究室的邀请作了题为《关于去声的构拟》的学术报告，还与《山西省方言志丛书》的部分编写人员进行了座谈。

记不清是哪一年的四月，法国高等社会科学院的米歇尔·阿比德（Michele Abud）来访，她是法国亚洲语言研究所李嘉乐教授指导的博士生，主攻汉语音韵学和方言学，在太原进行为期三周的方言调查。我们安排她调查太原附近的晋源方言，由吴建生和山西大学中文系的乔全生进行辅导。

记不清哪年哪月，李嘉乐先生亲自来访，山西省社会科学院副院长陈家骥、张海瀛亲自接待，我陪他参观了山西的一些名胜古迹。也记不清哪年哪月时任中国社会科学院语言究所所长的刘坚先生，陪同意大利的一位语言学家来访，我负责接待。

有趣的是法国高等社会科学院的一位任学术秘书的女语言学家艾乐桐来访。记得那是一九八四年十月，中国社会科学院为她的来访发来文件，文件规定要拜访我。如何拜访呢？山西省社会科学院分管外事的副院长的意见是，让她和我在迎泽宾馆各开一个房间，在那里见面。院长刘贯文知道后认为这样不够隆重，提出让她登门拜访。刘院长嘱咐我爱人，说这是外交任务，还让院里聘请的大师傅帮我家做饭，由副院长宋玉岫作陪，在我家请她吃了一顿丰盛的午餐。饭后，刘院长亲自陪她参观汾酒厂。第二天，他还出面主持会议，请她做学术报告。可能是这次接待起作用，第二年，即一九八五年，法国高等社会科学院就邀请山西省社会科学院组团访问法国。

在接待海外专家方面，最集中的是一九八五年七月六至九日在山西省忻州市召开的全国汉语方言学会第三届年会。有一百六十多位学者参加了这次会议，其中包括六位海外学者，他们是：陈宁萍（美）、罗杰瑞（美）、村上嘉英（日）、中岛幹起（日）、邹嘉彦（香港）、张日升（香港）。会议期间，他们分别作了关于美国、日本、香港地区汉语方言研究情况的报告。李荣先生作了关于绘制汉语方言分区地图的报告。我作了关于山西方言调查的设想和现状的报告。会后组织全体参会人员游览五台山。游了五台山之后。六位海外专家都来太原参观山西省社会科学院，宋玉岫、张海瀛两位副院长和我热情地款待了他们。当时，我们的接待条件很差。忻州市宾馆的客房里都没有卫生间，临时改装了几间有卫生间的客房，让他们住。

在接待海外专家的同时，我也有出国参加会议或访问的机会。

一九八五年八月二十七至二十九日，第十八届国际汉藏语言学和语言学家会议在泰国曼谷召开。出席会议的有二百五十一位学者，其中泰国学者一百六十七位。我国出席的学者共十一位（包括台湾学者五位），其中有国际著名语言学家、北京大学副校长朱德熙先生和台湾"中央研究院"院士周法高先生，我有幸应邀参加了会议。

二十七日上午九时三十分举行开幕式，由泰国皇姐干

一九八五年八月，在第十八届国际汉藏语言学和语言学家会议（泰国，曼谷）上宣读论文。

一九八六年五月，在法国高等社会科学院东方语言学研究所作学术报告。

那耶（HRH Princess Galayani Vadhana）主持，我首次见到皇家的气派。

提交会议的论文有八十多篇。我的论文的题目是《试论山西晋语的入声》，在二十八日上午的会议上宣读。宣读完后回答了与会学者提出的关于山西方言中古舒声促变的原因，以及晋语和山西方言的关系等问题。走下讲台时，美国加州大学教授 Chen，Matthew Y. 立即和我握手，表示祝贺，并说他对山西方言的入声很感兴趣，盼望有机会来山西调查研究方言。美国夏威夷大学语言学博士李振清、台湾历史语言研究所研究员龙宇纯和法国高等社会科学院研究人员 Sagart Laurent 等，都向我索要论文，我只得请会议把我的论文再复印三十多份。这篇论文后来发表在《中国语文》一九八六年第二期。

当时山西出国参加学术会议的人员很少。出国前，政府发给制装费，还发给美元一千二百五十元作为费用。会议闭幕后，组织大家到清麦、普吉等地参观，需五天时间，要花六百五十美元。我没有参加，改在曼谷市内和附近郊区参观一天，提前于九月三十一日回国，共出国六天（原计划十一天）。所带的美元大部分省下来，上缴政府。

一九八六年，大概是五月，应法国高等社会科学院的邀请，山西省社会科学院组团赴法国访问。刘贯文院长任团长，宋玉岫、张海瀛两位副院长是成员。因为这次访问是中国社会科学院语言研究所促成的，所以，我也参加了访问团。访问团还配上一个翻译，共五人。这次访问，在法国的费用都由法方承担，每天每人还发给生活补贴五十法郎。访问期间，先应邀在法国高等社会科学院做学术报告。我在东方语言研究所作报告，题目是《山西晋语的合音词和分音词》。这篇文章后来由该所所长、著名语言学家贝罗贝译成法文，发表在该所主办的《Cahiers de Linguistique Asie Orintale》一九八七年第一期的首篇。译文的题目是：LES CONTRACTIONS ET EXPANSIONS LEXICALES DANS LES DIALECTES JIN DU SHAN XI。这次访问时间共半个月，除了讲学外，其他时间都在法国南部旅游，法国外交部派了专人陪同，还派了专车供使用。我和宋玉岫副院长吃不惯西餐，好在他有先见之明，带了咸菜，我们常在一起吃咸菜。

一九八六年九月十二至十四日，第十九届国际汉藏语言学会议在美国俄亥俄州首府哥伦布举行。我接到邀请，并写好题为《试论山西晋语的文白异读》的论文，也办好了出国手续。华盛顿大学的罗杰瑞教授邀我会前到他们那里作学术报告；康奈尔大学梅祖麟教授邀我会后去他们学校讲学。当时我刚从法国访问回来，觉得以后还会有机会去美国，就放弃了这次美国之行。谁知机不再来，后来再也没有机会访美了。

访问台湾

一九九三年，我和山西师大的潘家懿接到台湾语文学会的邀请去参加他们主办的一个学术会议。当时，山西省去台湾进行学术访问还是首例，手续繁多，办了近半年才办好。临行前一天，我爱人心脏病发作，晕倒在大街上，急忙抢救。只好退了机票，放弃了赴台访问。

一九九四年，我收到台湾清华大学语言研究所所长张光宇教授的邀请，于五月的一天动身去台湾。先到香港，通过旅行社乘飞机到达台湾机场。我哥是台湾退休老兵，还有一个表哥一家人也在台湾。他们两人，还有表兄的儿子、孙子到机场迎接。我哥一九八九年曾回来探亲，我们在老家见过面，这次难得在台湾见面。我表哥是我三姨的儿子，大我几岁，早就移居台湾，他有做鞋的技能，日子过得还可以。见面热烈拥抱，十分高兴。表哥儿子开车到了一家酒店，给我接风。表哥的家离台北还有一些路。我哥住在台北，吃完晚饭后，坐车回去。表哥的家靠近苗栗，住了一天。张光宇先生开车把我接到新竹，先是住在

一九九四年五月三十一日在台湾师范大学国文系讲学。

一九九四年五月在台湾声韵学学术研讨会上宣读论文。

宾馆，后搬到清华大学的招待所。台湾正举行声韵学学术研讨会，我应邀宣读了题为《浙南闽语的语音特点》的论文。还应邀到台湾师范大学讲学，到中正大学与研究生、本科生座谈。参观了台湾的“故宫博物馆”和“中央研究院”历史语言研究所。

台湾接待的规格很高，从香港到台湾的来回机票费由他们支付，还发给三千元（当时三元台币相当于一元人民币）的补贴。在会议上宣读论文、讲学或座谈，都按规定发给津贴。中正大学在嘉义，学校开车来接，也发给交通补助费。

访台时间原定为十天。期满后，我还留在台湾，和我哥住在一起。表哥的儿子开车来，表兄作陪，游玩了阿里山和日月潭，还参观慈湖的蒋介石陵寝。

台北有个温州同乡会，他们非常热情地款待我。同乡会有个理事叫陈继枢（现任会长）是我初中同学，是台湾小有名气的企业家，听说我到台湾访问，特地设宴招待我，作陪的都是温州老乡。那时，作为学者访问台湾的温州人，我还是头一个，同乡会很重视，会长和总干事亲自接待，多次宴请。适逢端午节，浙江省同乡会举办宴会，邀请我和我哥参加，会长是国民党中将，曾当过蒋介石卫队长，拉着我坐在他身边。

我哥在台湾没有成家，住在老兵公寓，里面住着许多从大陆去的单身老兵。我时常和他们聊天。公寓有《中央日报》《联合报》《中国时报》等，可随时阅览。台北公共汽车很多，乘客稀少，我常乘车游览大街小巷，有一天参观了阎锡山的墓。墓的面积还算不小，可很荒凉。中正大学竺家宁教授也住在台北，他约我到他家作客，并开车游览了南湖地区的名胜。在台湾停留了近两个月，和我哥一起回到温州，拜访马骅先生时，向他报告了访台情况，把陈继枢送给我的一件睡衣转送给他。

在方言调查研究方面，还做了一些其他工作。如：主编《山西通志·民俗方言志》(中华书局，一九九七年)中的“方言篇”；参加北京大学中国语言文学系语言学教研室编的《汉语方音字汇》和《汉语方言词汇》中太原点的修订；参加了陈章太、李行健主持的列入国家“八五”重点项目的《普通话基础方言基本词汇集》中太原点的编写，以及参加山西省公安厅举办的语言识别培训班的讲学和技术鉴定，等等。

语典编纂（上）
——二十世纪八十、九十年代出版的语典

在念书期间，我使用过辞书，但没有想过将来会编纂辞书。在北大中文系语言专业开设的课程很多，但没有一门与辞书编纂有关。从事辞书编纂，特别是语典（语汇类工具书）编纂，完全是一九七八年七月调入山西省社会科学研究所之后在实际工作中摸索出来的。

我主编、参与主编或参与编写的语典较多，拟按出版的时间，可分为三个部分：第一部分，二十世纪八十、九十年代的语典编纂；第二部分，新世纪初期（二〇〇〇至二〇一一年）的语典编纂；第三部分：二〇一二年以来的语典编纂。

参编《歇后语词典》

一九五八至一九五九年我在忻县师范专科学校（今忻

州师范学院前身）教学之余调查忻县方言时，就发现忻县话的歇后语特别丰富,这引起了我的兴趣。开始着手收集，积累了数千条，后来又从山西“山药蛋”派的文学作品里收集了一些歇后语。这些资料经过“文革”已经荡然无存。一九七八年七月调到山西省社会科学研究所筹建了语言研究室之后，跟同室沈慧云女士商议，共同重新收集歇后语。

这次收集歇后语，主要是从书面语里收集。那时，山西省社会科学研究所设在山西省委党校的校园里，山西省委党校有个藏书较多的图书馆。我们向图书馆借阅了从明清白话小说《西游记》《红楼梦》《儒林外史》《镜花缘》等到现代小说《暴风骤雨》《保卫延安》《野火春风斗古城》等五百二十多部文艺作品，收集了四千八百九十三条歇后语。后来时任《晋阳学刊》主编的高增德也加了近来，又扩大了收集范围。根据所收集到的资料，我们于一九八〇年初编成了《引注语（歇后语）例释》，并印制成书，分上下两册,在内部征求意见。《语文研究》的创刊号(一九八〇年六月）选登了其中的十二条。

《引注语（歇后语）例释》上下册编好后，我曾经写了一个“前言”，对歇后语的名称、性质、结构、语义、修辞作用以及来源等问题作出说明。“前言”共分为六个部分：

第一部分讲歇后语的名称问题,认为“藏词”、“隐语”、“缩脚语”、“俏皮话”、“谐谑语”,以及“譬解语”等名称都不能反映歇后语的本质特征,提议把“歇后语”改称为“引注语”。

第二部分,根据歇后语内部结构的特征,分析了歇后语与成语、谚语的区别,指出:“有比较才有鉴别。通过跟成语、谚语对比,进一步认清了引注语的性质。可以给它下一个简单的定义:引注语是汉语中由含有引注关系的两个部分组成的俗语。”

第三部分讲歇后语的结构,认为歇后语“在结构上只是相对固定,具有很大的灵活性”。还分析了“引”和“注”的结构,以及“引”“注”之间关系的复杂性。指出:“引”和“注”之间,在意义上,总的来说是被注释和注释的关系,根据注释方式的不同,可以把歇后语分为五种类型:描写性歇后语、判断性歇后语、说明性歇后语、反问性歇后语和感叹性歇后语。

第四部分讲歇后语的语义。认为歇后语的语义,主要靠“注”来表示,即“注”表示整个歇后语的基本意义。接着指出“注”所表示的基本意义有“本义”和“别义”之分,“别义”的产生有两个基本原因:一是“注”里一个或几个词在运用时发生转义;二是“注”里一个或几个字由于在形、音、义上相关而产生假借义。还指出“引”虽然不表示歇后语的基本意义，但表示某种附加意义，即附加于基本意义之上的某些色彩，其中最主要的是形象色彩。据此，作出这样的结论：歇后语的语义，是“引”所表示的附加意义和“注”所表示的基本意义的巧妙的统一。

第五部分讲歇后语的修辞作用，指出“引”在表义上处于辅助的地位，但在表现修辞作用上却处于主要的地位；歇后语之所以能给人以形象生动的感觉，主要原因就在于“引”提供了丰富的形象色彩。

第六部分讲歇后语这种形式的来源，认为歇后语“不仅同风人诗一样，共同来源于‘比兴引喻’，而且同风人诗一样，都是人民群众所创造的”。不过“比兴引喻”本身不是歇后语。它成为歇后语，有一个演变过程：第一，要有一个明确的后语,和“比兴引喻”构成“引子”和“注释”的关系；第二，这种引注关系经过流传，在结构上相对固定。

这个“前言”基本上概括了我当时研究歇后语（引注语）的主要成果，遗憾的是后来正式出版时被删去。

我们把编好的《引注语（歇后语）例释》上下册送到山西人民出版社审阅，希望他们能出版。该社副总编审阅后认为像“阎王爷贴告示——鬼话连篇”一类条目是宣扬迷信;像“大姑娘上轿——头一回”一类条目是宣扬“四旧”，都得统统删去。我们不接受这个意见，通过北大同班同学曹先擢，把书稿投给商务印书馆汉语工具书编辑室。经过近半年的审读，他们答复我们说同意出版。后来他们发现在此之前已经接受北京语言学院施宝义先生等编写的《歇后语例释》书稿，内容跟我们的书稿相似。于是时任商务印书馆汉语工具书编辑室主任郭良夫先生把双方编写人员召集在一起开会商议，决定把两本书合成一本出版，由我担任主编。

回太原之后，我多次尝试把两书合成，但发现相当困难，因为两书作者对歇后语的语义特点认识不同，注释也就不同，不好合并。于是我对郭良夫先生说，请出版施宝义他们的，我们退出。这个请求得到郭先生的理解。

我们从商务印书馆退出后，正好北京出版社愿意接受。他们聘请北京大学的胡双宝先生审稿，定名为《歇后语词典》，于一九八四年二月正式出版，第一次印刷就印了平装本四十四万四千册，精装本十二万册，后来又多次重印。一九九四年改书名为《中国歇后语辞典》，又印了十七万四千四百册。

编写《汉语谚语小词典》

一九八一年，我们应商务印书馆之约撰写了《谚语》一书后，鉴于手头掌握了较多的谚语资料，便利用这些资料编写《汉语谚语小词典》，想跟商务印书馆以前出版的《汉语成语小词典》配套。本书共收谚语一千八百多条，只收见于书面语的社会谚语，只限于《谚语》一书中所阐明的狭义谚语的范围，即都是“以传授知识为目的的俗语”。每条按语目单字注音，每个义项或每个变体都至少举出一个书证。例如：

【打蛇打七寸】dǎ shé dǎ qī cùn 七寸是蛇的要害处。一、比喻办事要抓住关键性的问题。〔例〕我是一片本心，特地来报信。我也只愿得无事，落得“河水不洗船”，但做事也要“～”才妙。(《儒林外史》第十四回）二．比喻打击敌人要击中要害。〔例〕～，不打则已，要打就要狠狠打中敌人要害。(罗旋《南国烽烟》第一部十三）三、比喻办事要注意掌握分寸。〔例〕俗语说得好，打蛇打到七寸里，总得到那个分寸，叫人家拿得出方好。人家拿不出，就是问他多要，也是枉然。(李伯元《活地狱》第二回）

另作“打蛇不离头下三寸”。

【吃人家碗半，被人家使唤】chī rén jia wǎn bàn, bèi rén jia shǐ huàn 指依靠别人生活，只得受制于人。〔例〕单管黄猫黑尾，外合里差，只替人说话。～。(《金瓶梅词活》第五十八回)

又作:①“吃人家的饭,受人家的使唤”。〔例〕张先生，莫怪，我是～。没有办法。(茅盾《手的故事》)②“受人一饭，听人使唤”。〔例〕拿一只小鸟关在笼中，或者站在竿子上，地位好像改变了，其实还只是一样的在给别人做玩意，一饮一啄，都听命于别人。俗语说:“～。”就是这。(鲁迅《南腔北调集·关于妇女解放》)

另作“端了人家的碗，就得服人家管”。

【仇人相见，分外眼明】chóu rén xiāng jiàn, fèn wài yǎn míng 指仇人相见，矛盾激化，更加愤怒。〔例〕史进却是个大虫，那里拦当得住！后面火光乱起，杀开条路，冲将出来，正迎着两个都头并李吉。史进见了大怒,“～”，两个都头见头势不好，转身便走。《水浒全传》第三回)

又作：①“仇人相见，分外眼睁”。〔例〕真君大怒，遂提着两口宝剑,命甘战时荷二人同去助阵。驾一朵祥云,径奔老龙列阵之所。那孽龙见了,自古‘~’,就提那长枪,径来刺着真君。《警世通言》第四十卷)②“仇人相见,分外眼红”。〔例〕当他看出那并不是别人,正是冯老兰的时候,他祖辈几代的仇恨,一下子从心里涌上来,冲红了脖子脸。~。(梁斌《播火记》第一部二十九)

本书初稿完成之后,曾请曹先擢先生审阅,他纠正了原稿中“贵易交,富易妻”释义的错误,指出“易”不是“容易”的意思,而是“更换,改变”的意思,因此这条谚语释义应改为:地位高的人常改易旧交,有钱的人常弃妻另娶。

初稿经修改后交给商务印书馆,郭良夫先生作序。本来一九八六年就可以出书的,因为封面把我的名字误作“温瑞政”,只好全部作废重印,加上还有其他印刷上的问题,推迟到一九八九年七月才出版。第一次印了一万八千册,后来又印刷了几次,但总的印数远比不上《歇后语词典》。

本书的责编是刘玲(后任人民教育出版社辞书编辑室主任)。她告诉我,这是她到商务印书馆责编的第一本书。

主编《中国俗语大辞典》

一、缘起

一九八三年十一月十四日，上海辞书出版社编辑卢润祥来太原约我主持编写《中国俗语大辞典》。这很出我的意料，我们跟上海辞书出版社素无往来，怎么会突然上门约请我们编写这么一部巨著呢？那时语言研究室研究人员只有我和沈慧云两人，还有刚从部队专业的科辅人员巫建英，科研力量十分薄弱；再加上当时我们科研的主攻方向是山西方言调查研究，用来编纂辞书的力量实在太有限。可是又感到这是一个千载难逢的机会，如果拒绝，十分可惜。最终决定，还是接受了再说。

首先找山西大学中文系的孟维智先生寻求合作。可他不仅不同意，还劝我不要承担这个任务。无奈之下，我找到山西省教育学院中文系的陈庆延。他是北大校友，比我晚入学一年，因为是五年制，一九六〇年才毕业。“反右”中他被错划为右派，分配到晋南稷山中学任教。他听说后立即表示支持，还说他认识运城师范专科学校的几位资深教师，可以邀请他们合作，这使我大受鼓舞。这样很快就组成了编写组。

二、探讨什么是“俗语”

巧妇难为无米之炊。要想编一部大型的辞书，没有资料不行。因此头一步就是收集资料。收集资料的头一个难题，是要明确到底什么是俗语。

我查阅了过去出版的工具书，可以借鉴的真正的俗语类工具书并不多。如一九二二年上海广益书局出版的胡朴安等编纂的《俗语典》，虽以“俗语”命名，但所收的不完全是俗语。据统计，该书共收八千三百二十八个条目，其中百分之七十至八十是词，称得上是语的只不过百分之二十至三十。

经过查看几本具有权威性的工具书对“俗语”的解释，我们把俗语的特点归纳为：一、为人民群众所创造，具有群众性；二、流传在群众的口头上，具有鲜明的口语性和通俗性；三、语句简明凝练，约定俗成，具有相对的定型性。

基于此，当时我们把俗语定义为：群众所创造的、并在群众口语中流传、结构相对定型的通俗而简练的语句。

按照这种认识，我们认为：俗语应该包括谚语、歇后语、惯用语和口头上常用的成语，而不应该包括方言词、“俗语词”、来自书面系统的成语和来自名家名篇的格言名言。鉴于“口头上常用的成语”，已大量收入成语词典，为避免重复，不再收。

明确了什么是“俗语”之后，我起草了“《中国俗语大词典》编纂计划”。

三、召开第一、二次编辑部会议

一九八三年十二月十四日召开了第一次编写组工作会议。主要讨论如何收集资料，决定分为三个小组进行：

（一）古代汉语组：负责收集古代经史子集和文言笔记小说里的俗语。

（二）近代汉语组：负责收集宋元明清戏曲和白话小说里的俗语。

（三）现代汉语组：负责收集“五四”以来名家名著里的俗语。

一九八四年二月二十七日召开第二次编写组工作会议，交流收集资料情况，发现存在以下问题：

（一）有的对“俗语”的概念理解得过宽，对俗语和格言、俗语与成语、俗语与歌谣之间的关系认识不明确，在收条上存在“扩大化”的现象，把一些名人的语录、常用的成语、民间的歌谣也作为“俗语”收进来。

（二）有的阅读资料不用心，存在“一目十行”现象，有不少俗语在眼皮下漏掉。

（三）有不少卡片摘引上下文过简，省略过多，不能通过上下文理解语目的意义。

（四）有一些卡片所注的出处不合要求，如写了书名，未写篇名，或写了作者，未写明版本，等等。

针对这些问题，会议提出集中一段时间进行复查工作，采用个人复查，交叉复查和专人复查相结合的办法，以提高收集资料、制作卡片的质量。

艰苦的资料收集工作一直坚持了近三年，到一九八六年阅读古今图书近两千种，摘录书证做成卡片十万多张。经过整理，精简成一万五千条左右作为编写条目的出处和例证。

在这个过程中，我发现王树山和沈慧云是最为得力的。王树山是运城师专的执教古代文学的教师，他古文底子好，又认真负责。征得上海辞书出版社同意，把他们两人列为副主编。

四、转入编写阶段

资料收集工作告一段落后，我起草了《关于〈中国俗语大词典〉编写工作的几点意见》《〈中国俗语大词典〉释文体例》《〈中国俗语大词典〉引书格式》《〈中国俗语大词典〉编写样条》等，于一九八六年八月十五至十六日召开了编写组第三次工作会议，请上海辞书出版社责任编辑卢润祥和曹勇庆莅会指导。

会议讨论修改了上述四个文件，决定成立三个编写组：古代组、近代组、现代组，分别由王树山、陈庆延、沈慧云负责。

我们把编写出来的“一”字开头的条目以“《中国俗语大词典》样条”为题，先后刊载在《语文研究》一九八七年第二、三期上，共刊登了一百四十九条。

五、出版社严格把关

初稿交到上海辞书出版社后，他们采用“三审制”，先是责任编辑卢润祥先生初审，又聘请已经退休的资深编辑王知伊先生复审，再由副总编鲍克怡终审。在审阅过程中，共提出一千二百多个问题。

出版社把我叫去，让我住在他们的招待所，食宿都免费。我的主要任务是处理他们提出的问题，其中大部分是释义方面的问题。我把他们提出的问题进行梳理，逐个进行推敲。发现原稿有误或不准确，出版社改对的，约占百分之五十；原稿基本正确，出版社改错的，约占百分之百分之十五；原稿有误或不准确，出版社也没有改对的，约占百分之三十五。下面举一些例子。

（一）对原稿有误或不准确，出版社改对的。如：

【便宜无好货】

原稿：图便宜就买不到好货。

改稿：指价贱的一定不是好货色。

书证：一帖药至少六百七十块洋钱起码；若是便宜了，

太太一定要闹着说:"便宜无好货，这药是吃了不中用的。"(《官场现形记》四十九回)

【猫儿踏破油瓶盖，一场快活一场空】

原稿：猫儿踏破油瓶盖，本想美美地吃上一些，不料油都流光了，白白高兴了一场。

改稿：猫性不吃油。比喻到手的东西不能享用，空喜欢一场。

书证：这些南军看见个事情不谐，各人奔命，各自逃生，那里又管个什么老星忽剌。恰好的猫儿踏破油瓶盖，一场快活一场空。(《三宝太监西洋记》二十三回)

【常无分别元好钱，贤者愚而愚者贤】

原稿：常：指常衮，唐代宗时宰相。元：指元载。常衮与元载并无区别，只是元载更好敛财，他们做宰相时贤愚颠倒。

改稿：常：指常衮，唐代宗时宰相。元：指元载。常衮为人孤介主观，不能区别官吏好坏，元载则更爱敛财，他们专权时贤愚颠倒，善恶不分。

书证：元载专政，益堕国典，若非良金重宝，趑趄左道，则不得出入于朝廷。及常衮为相，虽贿赂不行，而介僻自专，少于分别，故升降多失其人。由是京师语曰:"常无分别元好钱，贤者愚而愚者贤。"(唐·苏鹗《杜阳杂编》

卷上)

(二)原稿正确或基本正确，出版社改错的，如：

【痴心女子负心汉】

原稿:指在男女相爱中，女子实心眼，往往相思入迷，而男子却多虚情假意，辜负了女方的心意。

改稿：谓痴情真心的女子遇到负义薄情的郎君。

定稿:指在男女相爱中，女子实心眼，往往相思入迷，而男子却多虚情假意，辜负了女方的心意。

书证：小生救了人，反被害了。自古云："痴心女子负心汉。"今日反其事了。(元·王实甫《西厢记》三本四折)

【见苗就有三分收】

原稿：指种庄稼只要抓住秧苗，就会有几分收成。

改稿：种好秧苗，就有了三分收成。指育秧是整个农作的基础，十分重要。

定稿：指种庄稼只要抓住秧苗，就会有几分收成。

书证：再有一个半月就要入伏，节令不饶人。要是担水点种，见苗就有三分收。指望龙王爷办事，那可就没期望了。(《太行风云》五十一)

【欢娱嫌夜短，寂寞恨更长】

原稿：时间常因人不同的心情而感到流逝得慢或流逝得快。

改稿:谓男女情意殷切，彼此相处恨夜晚时间之短暂，一旦分开又恨独处的时间太长。

定稿：指人在欢娱时，感到时间过得快，嫌夜太短，而当孤独寂寞时，则感到时间过得太慢，恨夜太长。

书证：从来说，欢娱嫌夜短，寂寞恨更长。只这等说说笑笑，不觉三鼓。(《儿女英雄传》二十回)

（三）原稿不准确或有误，出版社也没有改对的，如：

【穷命薄如纸】

原稿：形容命运不好。

改稿：形容命运极苦。

定稿：形容穷人的命运不值钱。

书证：则我这穷命薄如纸，您侯门深似海。空着我十年守定清灯睚，我若是半生不彻黄齑债，我稳情取一身跳出红尘外。(元·关汉卿《裴度还带》一折)

【官场如戏场】

原稿：旧谓官场好像演戏一样。

改稿：指官场处世不易，大不如戏场。

定稿:旧谓官场好像戏场一样，真真假假，变化无常。

书证：谚云："官场如戏场。"证以某优之言，良信！其言曰："吾党中，如净、末、外、老生，除休业外，无日不冠戴登场，仪从煊赫，顾盼自喜。可十余年，而无风

尘奔走之苦，患得患失之虑，忧谗畏讥之情。恐官场尚不如也！”(任二北《优语集》卷八)

【千尺有头，百尺有尾】

原稿：指办事要按次序进行。

改稿：指办事要按规则、次序进行。

定稿：指事物不论长短，都有开头和结尾。比喻事情都有个原委。

书证:“千尺有头，百尺有尾。”一来人家变工一春天，我们父子刚参加，好领带人家？二来我两手人，人家三手人，组长能轮到我头上吗？（柳青《种谷记》十五）

经过一个多月的日夜努力，我把他们提出的问题全部处理完毕。校样出来之后，我和王树山、沈慧云、巫建英等一同到上海辞书出版社，住在招待所细心地阅读，又花了一个来月的时间。

皇天不负苦心人。《中国俗语大辞典》终于一九八九年六月正式出版。在整个收集资料和编写过程中，我和责任编辑卢润祥通过三百多封信，传为美谈，有人在《新民晚报》上发表文章介绍此事。

六、邀请吕叔湘先生作序

正当《中国俗语大词典》由收集资料阶段转入编写阶段的时候，吕叔湘先生和夫人应山西省社会科学院的邀请

一九八六年七月，陪同吕叔湘先生师母访问山西大同云冈等地。

来山西访问。一九八六年七月二十一日到太原，二十二日在山西省社会科学院举行的座谈会上，作了题为《语法研究对象》的学术报告（后刊登在《语文研究》一九八六年第四期）。二十六日到了忻州，在忻州市人民政府举办的学术报告会上，讲了关于汉字简化和注音识字等方面的问题。三十日到了大同，在大同市教育局举办的学术报告会上，作了题为《语文工作的过去和现在》的报告。沿途参观了晋祠、五台山、云冈石窟，以及悬空寺等名胜古迹。吕先生尤其赞赏悬空寺，留下了“不是空中楼阁，胜似空中楼阁”的题词。我全程陪同吕先生和师母。在陪同过程中，我向吕先生报告了我们正在编纂《中国俗语大词典》的情况，并请他为本书作序，吕先生欣然同意。为了给他写序提供资料，我于这年的十月二十九日给他写信，汇报了我们收集资料和编写的情况。

一九八六年十一月四日，吕先生给我来信，全文如下：

端政同志：

十月二十九信收到。材料虽已看过，还是不知道如何下笔。序文总是不免有一部分的空话，但总得有一部分搔到痒处，也就是此中甘苦。这是只有编写组的同志才说得出的。所以我想，可否由你或编写组别位同志写几百字甘苦之谈，让我稍加剪裁，敷衍成章。

专此奉复。即颂

编安！

吕叔湘 二〇一一年四月

信后面还附言：

参加工作的有多少人？分隶多少个单位，有无文教界以外的人。怎样与成语词典划界，收不收农谚，等等。

“甘苦之谈”并不需要很多事例，只要举几个经过曲折、有典型意义的，比罗列很多难度不大的例子好。

俗语溯源是很艰难的工作，有何经验教训？释义也有难题。

读了吕先生的信后，因为还处在编写阶段初期，资料还不够完备，没有立即按他信中要求汇报。直至一九八七年五月十九日，才给吕先生回信，汇报了四个方面的情况：

（一）编写的基本情况，包括参加人员，收集资料和编写情况。

（二）对俗语名称、性质的认识和本词典的收条范围。涉及对俗语与成语的划界、收不收农谚的问题。原文如下：

我们把成语分成两类，一类来自书面系统，一类来自口语系统。前者不属于俗语，后者可以归入俗语。清·钱大昕《恒言录》“俗语”条：“俗语多出于释氏语录，如弄巧成拙，庞居士语也；竿木随身、逢场作戏，邓隐峰语也；抛砖引玉，赵州禅师语也……宋儒语录亦多用俗语，如大惊小怪，七颠八倒，胡思乱想，翻来覆去，半上落下……”这种口头上常用的成语数量很多，虽然从理论上来说，可以看成是俗语，但为了避免与现有的成语词典重复，在我们这本《中国俗语大词典》里原则上不收。

俗语和成语也有交叉的时候，如“唇亡齿寒”、“投鼠忌器”等，现在都是成语，为一般成语词典所收，但《左传·僖公五年》有“谚所谓‘辅车相依，唇亡齿寒’者，其虞、虢之谓也”；《汉书·贾谊传》有“里谚曰：‘欲投鼠而忌器。’此善喻也。说明他们原来是俗语，我们决定予以收录。还有像“只许州官放火，不许百姓点灯”“城门失火，殃及鱼池”，本来也是俗语，尽管有的成语词典也收了，我们也要收录。

关于农谚。农谚是谚语的重要组成部分，也是俗语的重要组成部分，但本词典在收集农谚上有许多限制：第一，本词典有一条原则，就是所收条目都必须有书证。大部分农谚没有书证，当然就收不进来。第二，对有书证的农谚我们也进行了具体分析，较有生命力和普遍意义的，我们要收，如《齐民要术·自序》里的“一年之计莫如种谷，十年之计莫如种树”、《齐民要术·杂说》里的“锄头三分泽”等，以及《氾胜之书》里的“子欲富，黄金覆”，我们都予收录。对于那些地方性比较强、科学性也比较差的，如孔平仲《孔氏谈苑》卷二里所列的“芒种雨,百姓苦”、“正旦晴，万物皆不成”，以及杨慎《古今谚》里所列的“五月锋，八月耩”等都不予收录。

(三)关于释义中的“甘苦”举例。我在信中共举了四例。下摘其中一例：

【猪来穷家，狗来富家，猫来孝家】

编写人解释为：猪常跑往穷人家，狗常跑往富人家，猫常跑往孝顺人家：迷信认为猪、狗、猫上门可以预兆人事的祸福。

初审人改为：猪来使家穷，狗来使家富，猫来使家戴孝，所以旧时忌讳猪、猫上门。

对这两种解释我们都不大满意，后来仔细研究了书证：

①明·卢若腾《岛居随笔》卷上：“应求：紫燕来巢，主其家益富;六畜自来，占吉凶。谚云：‘猪来贫，狗来富，猫儿来，开质库。’”

②清·梁章钜《浪迹·续谈》卷八“猫衰犬旺”；江盈科《雪涛谈丛》载其邑谚，有‘猪来穷来，狗来富来，

猫来孝来。故猫、猪二物，皆为人忌，有至必杀之。”

③明·江盈科《雪涛谈丛》：“余邑谚云：‘猪来穷家，狗来富家，猫来孝家。’故猪、猫二物，皆为人忌，有至必杀之。而邑中博士名张宗圣者解曰：‘谚语政不尔，无足忌者。盖穷家篱穿壁破，故猪来，非猪能兆穷也；富家饮馔丰、遗骨多，故狗来，非狗能兆富也；家多鼠虫为耗，故猫来，非猫能兆孝也。’此说甚当。”

推敲了以上几条书证，我们对这条谚语作了如下解释：

孝：“耗”的谐音（孝、耗，古代音近）。猪常到篱穿壁破的穷人家来，狗常到饮食好、弃骨多的富人家来，猫常到有耗子的人家来。这样，猪就和“穷”联系起来，狗就和“富”联系起来，猫就和“耗（孝）联系起来。猪来预兆穷，狗来预兆富，猫来预兆死人。所以旧时忌讳猪、猫来家。

（四）关于溯源问题，我在信中也举了四个例子。其中一例为：

【用贫求富：农不如工，工不如商，刺绣文不如倚市门】

《史记·货殖列传》：“夫用贫求富：农不如工，工不如商，刺绣文不如倚市门，此言末业，贫者之资也。”

《汉书·货殖列传序》：“谚曰：‘以贫求富：农不如工，

工不如商，刺绣文不如倚市门。’此言末业，贫者之资也。”

这个俗语，《汉书·货殖列传序》标明是“谚”，《史记·货殖列传》未标明。我们仍先出《史记》的，以《史记》的为主条。

吕先生一九八七年六月一日给我回信，全文如下：

端政同志：

序写了，寄上。起头我想就着你给我的材料择要敷陈，其事不难。后来试写，越来越像编者的“前言”或“例言”，颇有些越俎代庖之势，只好放弃，另打锣鼓。这一下苦了。说什么话好呢？琢磨来琢磨去，转悠了三天，不得已而请洋人帮忙，这叫做“乞诸其邻而与之”。如有人骂我崇洋，我也只好认了。

专此。即颂

研安！

吕叔湘　八七．六．一

吕先生的信附来两份“序”。一份是有修改痕迹的初稿，一份是誊清的定稿。我们把誊清的定稿打印出来，请吕先生审核，吕先生于这年六月十九日来信，全文如下：

端政同志：

收到打印稿，你们太费心了。

打印稿第二页首行括弧内“看是刺着别人还是刺着自己”，我的底稿是“看是刺着自己还是刺着别人”（这样才跟括弧前的“一惊”或者“一笑”分别呼应），也许我誊清的时候自己搞拧了，请照我的底稿改过来。谢谢。

即颂

文安！

吕叔湘 一九八七．六．十九

我们对照他的誊清稿，发现是誊清稿错了，于是照改过来。

吕先生在“序”里，引用十九世纪英国的一位名叫特伦奇（Richard Chenevix Trench）的教士所写的《谚语及其教训》一书中的关于谚语特点的论述加以阐述，提出谚语是“典型的俗语”的论断。在序言里，吕先生还提到成语，认为“成语的主要特点是形式短小，并且最好是整齐，甚至可以说是以四字语，尤其是二二相承的四字语为主”。这句话深深地启发了我，成为我后来给成语下定义的一个重要依据。

六、疑难问题征求解答

在编纂《中国俗语大辞典》的过程，我们发现有几十条古代俗语解释不了，打印出来，在语言学界征求释义。其中有三条，吕叔湘先生作了批注：

【傍生死如傍熟】

《醒世恒言》卷三七："子春冷笑道：'你好痴心妄想！那个老儿生死若何？贫富若何？怎么还望他赠银子。只是我那夫妇还是肺腑骨肉，到底割不断的。常言傍生死如傍熟。我如今没奈何，只得还至长安去，求那亲眷。'"（人民文学出版社一九八〇年版，下册七百九十一页）

吕先生批注：死，错字，应为"不"。

【娶淫妇，养海青，食水不到想海东】

《金瓶梅词话》八十回："月娘于是打发李娇儿出门，大哭了一场。众人在旁劝解，潘金莲道：'姐姐，罢，休烦恼了。常言道：娶淫妇，养海青，食水不到想海东。这个却是他当初干的营生，今日教大姐姐这等惹气。'"（人民文学出版社一九八五年版，下册一千二百三十一页）

吕先生批注："食水不到"是说喂养不满足它的欲望。"想海东"是回到原来的地方。海青：即"海东青"，鹰类鸷鸟。

【北方再婚，说是鬼妻】

《初刻拍案惊奇》卷十六："灿若看见事体容易，心里有些疑惑起来。又想说：‘俗语说北方再婚，说是鬼妻，所以如此相应。’至日鼓吹打轿，上门迎接陆蕙娘。

吕先生批注：相应，吴方言，“便宜”之意。

后来定稿时，按吕先生意见，把“傍生死如傍熟”改为“傍生不如傍熟”，释文为：“指生人不如熟人靠得住。”把“娶淫妇，养海青，食水不到想海东”条注释为：“海青：又名海冬青，即海雕，猛禽，栖息海边或河湖岸边，食鱼类或腐尸。娶淫荡女子为妻，就如同养了海雕一样，供应不周全，就想飞走。”“北方再婚，说是鬼妻”条的含义，拿不准，没有收入词典。

为了让读者了解本书的编写过程，我用心地撰写了“前言”。书稿完成之后，承蒙王力先生题写书名。

在上海辞书出版社招待所定稿时，发生了一件意外的事，附记于此。

那是一个星期天的晚上，国家语言文字工作委员会的费锦昌先生也住在上海辞书出版社招待所为《汉字写法规范字典》一书定稿。他突然腹部疼痛，小便困难，十分难受。疑是盲肠炎发作，急需就医。可是，出版社里的人都回家休息了。急忙中，我找到看门的老人。两人拉着一辆小平车，把他送到附近的上海第六医院。他们借口没有床位，坚决不收，我们花了将近两个小时，费了很多口舌，还是不起作用。只好拉上小平车到了华山医院，这时已经过了午夜到了第二天三点多种。病人已经痛苦得难以忍受，我们哀求医生抢救。医生受到感动才勉强收治。四点多种进了手术室，我守在门口，这时帮助拉平车的看门人已经回社。手术之后，我陪在病人身边。直到上海辞书出版社人员上班后赶来华山医院，替换了我。后来费锦昌先生的夫人从北京赶来，伺候到病愈出院。

主编《古今俗语集成》

为编纂《中国俗语大辞典》收集的大量资料，编纂中只用了其中的一部分，还有相当的一部分资料没有用上。如果弃之不用，觉得十分可惜。于是大家产生了把收集的资料，另编一部《古今俗语集成》的想法。这个想法，得到了时任山西人民出版社教育编辑室主任的张凤瑞女士的支持。于是我起草了“编纂计划”,经过参编人员充分讨论，确定全书分为六卷，并确定各卷的内容和负责人:第一卷，选收古代经史里的俗语，由王树山负责；第二卷，选收古代子集里的俗语，由陈庆延负责；第三卷选收近代白话小说里的俗语，由杨廷祥负责；第四卷选收近代戏剧里的俗语，由时任《晋阳学刊》主编的高增德负责；第五卷选收新中国成立以来至“文革”前出版的小说里的俗语，第六卷选收现当代名家全集、选集、文集里的俗语，均由沈慧云负责。

经过大家的努力，于一九八九年七月出版了平装本，一九九一年出版了精装本。先由山西人民出版出版，后改由山西教育出版社出版。

出版之后，香港《文汇报》于一九八九年十一月五日和一九九〇年九月十五日先后发表署名闻思的两篇文章予以评介。前文的题目是《古今汉语精华浩瀚如海——山西教育版〈古今俗语集成〉，后文的题目是《终于得窥全豹——〈古今俗语集成〉全六卷齐备》，认为本书是“不可多得的上佳工具书。”

主编《汉语常用语词典》

本书是由上海辞书出版社语词编辑室建议编写的，参加编写的十四人中，有八位是上海辞书出版社语词编辑室的同行。当时对“语”的概念还有些模糊，认为“语”相当于“熟语”。最初的书名是《中国熟语词典》，认为“熟语”与“语”是等义词。一九九二年初我起草的“《中国熟语词典》(暂名)编写说明”中称:“熟语是语言中定型的词组和句子，包括成语、谚语、格言、歇后语、惯用语等。本书以收成语、谚语为主，兼收格言、歇后语、惯用语，共约一万二千条，供中等文化程度的读者使用。”一九九四年末，基本编成。我撰写了“前言”，并撰写了《关于〈汉语常用语词典〉编写中的几个问题》一文，发表在《语文研究》一九九五年第一期上。认为“语”具有以下的共同点：

（一）都是由词和词组合而成，有的成句，有的不成句。

（二）在结构上具有相对的固定性。

（三）在意义上具有相对的完整性，有的由组合成分合成，有的则不是组合成分意义的简单的总和。

“前言”提出不用“熟语”的理由，称：“本词典所说的‘语’，相当于词汇学上所说的‘熟语’，‘常用语’就是常用的熟语。本词典不用熟浯这个术语，是因为它有两个缺点：一是它的‘知名度’还不高，还未被广大群众所接受；二是在不分 z c s 和 zh ch sh 的方言里，往往和‘俗语’同音。”

“前言”提出从两个层面上给“语”分类：第一个层面，根据是否具有知识性，即是否以传授知识为目的，进行划分，分为两大类：谚语和格言为一类；成语、歇后语和惯用语为一类。第二个层面，根据来源和结构进行再划分。谚语和格言的不同就在于有无具体作者。成语、歇后语、惯用语的不同主要在于结构。把具有独特结构形式的成语（以“四字语，尤其是二二相承的”为主要形式）和歇后语（以“引子”和“注释”两部分有机地构成为基本特征）分出来，剩下的便是惯用语。也就是说，惯用语的结构比较灵活，短的只有三个字，如“走后门”、“碰钉子”等，长的可多达十几个字；可以由一部分组成，也可以由两部分组成。

值得注意的是，在《关于<汉语常用语词典>编写中的几个问题》一文的第三部分，曾经专门讨论成语释义中提示词的用法，得出以下结论：

一、只有使用中整个作为喻体的成语，才能也必须释为“比喻”。

二、用比喻手法构成的成语，不能释为“比喻”。

三、实际意义与字面意义存在引申关系的，不能释为“比喻”。

四、名词性成语一般不能释为“形容”。

这是在分析当时出版的成语辞书或者收成语的辞书存在的通病提出来的，具有针对性。我在与参加编写人员交流中举了这方面的许多例子。

如“如雷贯耳”，列举了七部辞书的解释：

①象（像）雷声传入耳朵那样响。比喻人的名声很大。

(上海辞书出版社《中国成语大辞典》，一九八七年)

②比喻人的名声很大。(商务印书馆《汉语成语考释词典》，一九八九)

③象(像)响亮的雷声冲进耳朵。比喻人的名声极大。(河南人民出版社《汉语成语大词典》，一九八五年)

④象(像)雷声震动耳朵一样。比喻人的名声很大。(吉林文史出版社《中华成语大词典》，一九八六年)

⑤好象(像)雷声传入耳朵。形容人的名声很大。(四川辞书出版社《汉语成语词典》，一九八五年)

⑥形容人的名声很大。(商务印书馆《现代汉语词典》，一九七九年)

⑦形容人的名声大。(商务印书馆《汉语成语小词典》，一九八七年)

比较之后，认为“如雷贯耳”是比喻手法构成的成语，不能释为“比喻”。①～④用提示词“比喻”，均不妥。⑤～⑦释为“形容”才对。

又如“赤子之心”，列举了以下九部辞书的解释：

①形容纯洁善良的心地。(上海辞书出版社《中国成语大辞典》，一九八七年)

②形容人心地善良纯朴。(商务印书馆《汉语成语考释词典》，一九八九年)

③形容人的心地善良、纯洁。(上海教育出版社《汉语成语词典》，一九八六年)

④形容心地象（像）初生的婴儿一样纯洁。(河北教育出版社《汉语熟语大词典》，一九九一年)

⑤比喻人的心地善良。(河南人民出版社《汉语成语大词典》，一九八五年)

⑥比喻心地纯洁。(四川辞书出版社《汉语成语词典》，一九八五年)

⑦比喻纯洁的心。(商务印书馆《现代汉语词典》，一九七九年)

⑧比喻纯真无邪的心。(吉林文史出版社《中华成语大词典》，一九八六年)

⑨比喻人的心地善良，纯洁。(山西人民出版社《古今汉语成语词典》，一九八五年)

比较之后，认为用“形容”或“比喻”都不妥:“……心”不能形容“……心”;“……心”也不能比喻“……心”。这里的提示词只能用“指”。

本书还有一个特点，是对所收的“语”进行分类，在语目后面注明“语性”: 成语、谚语、格言、歇后语、惯用语，分别用“成”、“谚”、“格”、“歇”、“惯”表示。

本书于一九九六年十一月由上海辞书出版社出版。

主编三本俗语类小语典

《汉语常用语词典》出版之后，上海辞书出版社约我主编三本俗语类小语典：《谚语小词典》《惯用语小词典》和《歇后语小词典》。

这三本小词典体例相同：条目都是由语目、注释、例证三个部分组成；例证都采自作家作品，注明出处；变体用“也作”表示，不再注释、举例。

《谚语小词典》收三千一百七十一条,《惯用语小词典》收二千八百余条，《歇后语小词典》收二千条左右，同时于一九九九年九月出版。

出版后，出版社告知按版税制付酬，比例为百分之三点五。我觉得有些低，写信跟时任上海辞书出版社语词编辑室主任的杨蓉蓉同志商量，效果不明显，后同意按字数计算，一次付清。这三本小词典销路很好，如果按版税付酬，即使比例低，也还是合算的。

联合主编《谚海》

《谚海》一书的编纂，始于一九九〇年。这年十一月十日我起草了“《谚海》编写说明”，并附试编样条二五条，下举其中一例：

【力田不如逢丰年，力桑不如见公卿】lì tián bùrú féng fēng nián, lì sāng bùrú jiàn gōngqīng　公卿：原指三公九卿，后泛指封建朝廷高级官僚。(男子) 卖力勤耕种，不如遇上个丰收的年景；(女子) 尽力采桑养蚕，不如有幸遇见朝廷高官 (嫁给他)。语义偏在后一个分句。汉 · 刘向《列女传》卷五："见路旁妇人采桑，秋胡子悦之，下车谓曰：'……力田不如逢丰年，力桑不如见国卿，吾有金愿以与夫人。'"

(同)〔力田不如逢丰年，力耕不如见公卿〕公卿：原指三公九卿，后泛指封建朝廷高级官僚。宋 · 郑樵《通志略》卷二五："秋胡未至家，于路旁见妇女采桑，色美悦之，下车曰：'力田不如逢丰年，力耕不如见公卿。吾有金，愿以与汝。'"

(近) ①〔力田不如逢年，力桑不如见郎〕见郎：遇见如意郎君。《太平御览 · 人事部 · 贞女下》引刘向《列女传》："秋胡子谓曰：'力田不如逢年，力桑不如见郎。今吾有金，愿与夫人。'"②〔力田不如逢年，采桑不如见郎〕《太平御览 · 木部 · 桑》引刘向《列女传》："秋胡曰：'力田不如逢年，采桑不如见郎。吾今有金，愿与夫人。'"

另见"力田不如逢年，善仕不如遇合""力田不如逢年”。

【力田不如逢年】lì tián bù rú féng nián 卖力耕田，不如逢个好年景。清·龚炜《巢林笔谈》卷六："人稀力尽，虽曰‘力田不如丰年’，年岂能为不艺者熟乎？”参见“力田不如逢丰年，力桑不如见公卿”“力田不如逢年，善仕不如遇合”。

【力田不如逢年，善仕不如遇合】lì tián bù rú féng nián，shàn shì bù rú yù hé 遇合：得到君王赏识。卖力耕种，不如逢上个好年景；再会做官，也不如得到君王的赏识。语义偏在后一个分句。《史记·佞幸列传序》：“谚曰：‘力田不如丰年，善仕不如遇合。’固无虚言。非独女以色媚，而士宦亦有之。”

这一条和相关条目，定稿时改为：

力田不如逢丰年，力桑不如见国卿 lì tián bù rú fēng nián，lì sāng bù rú jiàn guó qīng 国卿：朝廷高级官员。男子辛勤耕种，不如遇上个丰收的年景；女子尽力采桑养蚕，不如嫁给朝廷做高官的人。汉·刘向《列女传》卷五：“见路旁妇人采桑，秋胡子悦之，下车谓曰：‘……力田不如逢丰年，力桑不如见国卿，吾有金愿以与夫人。’”附①力田不如逢丰年，力耕不如见公卿 公卿：原指三公九卿，后泛指封建朝廷高级官僚。《通

志略 · 乐略一》:“秋胡未至家，于路旁见妇女采桑，色美悦之，下车曰:‘力田不如逢丰年，力耕不如见公卿。吾有金，愿以与汝。’”②力田不如逢年，力桑不如见郎 《太平御览》卷四四一引刘向《列女传》:“秋胡子谓曰:‘力田不如逢年，力桑不如见郎。今吾有金，愿与夫人。’”③力田不如逢年，采桑不如见郎 《太平御览》卷九五五引刘向《列女传》:“秋胡曰:‘力田不如逢年，采桑不如见郎。吾今有金，愿与夫人。’”④力田不如见少年，采桑不如嫁贵郎 元 · 石君宝《秋胡戏妻》三折:“(秋胡云)小娘子，左右这里无人，我央及你咱。‘力田不如见少年，力桑不如嫁贵郎’。你随顺了我罢。”⑤力田不如遇丰年，力桑不如见国卿，刺绣文不如倚市门 《古诗源 · <列女传>》引古语:“力田不如遇丰年，力桑不如见国卿，刺绣文不如倚市门。”

力田不如逢年，善仕不如遇合 lì tiánbù rú fēng nián, shànshì bù rú yù hé 遇合:碰到好机会，得到君王赏识。卖力耕种，不如逢上个好年景；再会做官，也不如得到君王的赏识。《史记 · 佞幸列传序》:“谚曰:‘力田不如逢年，善仕不如遇合。’固无虚言。非独女以色媚，而士宦亦有之。”附力田不如逢年 清 · 龚炜《巢林笔谈》卷六:“荒札相仍，人稀力尽，虽曰‘力田不如逢年’，年岂能为不艺者熟乎？”

对比一下，可以看出，定稿和初稿在体例上有明显的不同：

一、语目注音，由汉语拼音按词连写，改为单字注音。

二、副条不用“(同)”“(近)”表示，而用“附”表示。

三、不用“另见”“参见”，各自分别出条。

另外，定稿在收条范围上也有所放宽，适当收一些农谚、气象谚和其他行业谚。收条总数达到一万九千零二十三条，其中主条一万一千一百二十九条，副条七千八百九十四条。

鉴于在编写过程中，王树山和沈慧云都出了大力，我建议把他们从副主编提升为主编，和我共同联合主编。在最后定稿时，我们三人作了这样的分工：我负责把释义关，王树山负责把书证和副条关，沈慧云负责把汉语拼音关。

我逐条审读了释义，多有改正，例如：

好话不说二遍　原释义为：指说话讲信用，一言为定。改为：好话讲过之后，不宜再重复。指再好听的话，一经重复就失去兴味。

书证：那小子一瞅反正也露了馅儿，干脆就掰了面子，“好话不说二遍”，听得出心虚，可嘴头子却不馁。(徐桂林《苦夏》一)

马怕戴笼头，牛怕拴犄角，骆驼怕穿鼻子　原释义为：

比喻人做事要有主见，不能让别人牵着鼻子走。改为：比喻人都有弱点。

书证：你看，马怕戴笼头，牛怕拴犄角，骆驼怕穿鼻子。那么，道布都勒怕啥呢？（里赛夫《阿赛河那边》五章十三）

没咸不解淡　原释义为：比喻不具备解决问题的条件。改为：比喻没有适当的人或妥善的办法，解决不了问题。

书证：也罢，没咸不解淡，我去合他商议商议看。（《市声》六回）

千金难买心中愿　原释义为：指实现心中的愿望，比千金还贵重。改为：指人心甘情愿（干某事）是最难得的。

书证：吃苦就吃苦，千金难买心中愿；只要愿，苦比甜还惬意呢！（高晓声《快乐》）

难听的声音，不都是鬼叫的；好听的声音，不都是人唱的　原释义为：指听话不能光喜欢好听的，要从本质上区分。改为：指不能根据话说得好听还是难听，来判断是好心还是坏心。

书证：人与人之间没有矛盾，没有分歧，那不符合唯物辩证法。再说，“难听的声音，不都是鬼叫的；好听的声音，不都是人唱的”。（刘炳仁《玉树琼花》十章）

响鼓招鬼，息鼓送鬼　原释义为：敲响鼓能招来鬼，自然息止鼓声就可以送走鬼。比喻结果是由什么原因产生的，消灭其原因，自然就不会再产生那样的结果。改为：比喻多说话会招来祸害，少说话就能免除祸害。

书证：他后悔刚才多嘴，问了官布那么一句。响鼓招鬼，息鼓送鬼，于宝文打定注意，再也不开口了。

要知心腹事，但听口中言　原释义为：谓只有从一个人背地里的悄言私语中，了解他的心事。改为：要想知道一个人的心事，只要细心地听他的言谈。指言为心声。

书证：太尉夫人再也不来盘问，游玩至晚，回家，各自安息不提。正是：要知心腹事，但听口中言。(《醒世恒言》卷十三)

一个指头戳不破天　原释义为：谓力量太薄弱，根本不可能取得效果。改为：比喻弱者无法对付强者。

书证：他们有权有势，我一个老婆子怎能抗得过？一个指头戳不破天呀！（格桑梅朵《降边嘉措》六章）

一娘生九子，九子连娘十条心　原释义为：生的孩子多，操的心多。也比喻人多事杂，费心多。改为：指人多心难齐。

书证："一娘生九子，九子连娘十条心。"如今要把几十户人家绞到一起，不吵场合，不打破脑壳，找我的来

回！（周立波《山乡巨变》上五）

有钱走遍天下，无钱寸步难行　原释义为：旧谓钱能决定人的志向。改为：旧指有钱到处通行无阻，事事如意；无钱到处碰钉子，事事作难。

书证：大家都不做这个梦了，搞钱发财第一。俗语说得好："有钱走遍天下，无钱寸步难行。"

像这种误释的情况，数量不少，但更多的是释义不够准确或释文烦琐，抓不住要点。例如：

宁死一咳，不死一该　原释义为：为人正直宽厚，众人称赞，死之日，知者伤叹；为人邪恶刻薄，众人所恶，死之日，知者称快：人，宁为前者，不要作后者。改为：咳：表示惊讶、伤感或后悔的叹词。指人的一生要多做好事，死时大家都感到悲伤惋惜；不要尽做坏事，死时大家都说活该。

书证：作为一个人来说，是"宁死一咳，不死一该"。比如要听说某某人死了，有人不知道，打听是谁死了。一说是谁谁死了，"是他死了，太可惜了，咳，挺好个人，他怎么死了呢？要不怎么说，好人无长寿呢？想起他的好处就多了。"这叫宁死一"咳"。如果不是这样，有的人死了，别人一听，谁死了，"是他死了，该！他早就该死！这小子活着没用。"不管男女，都要宁死一咳，不死一该。（《薛

仁贵征东》五十三回)

牛是口粮神，少了饿死人　原释义为：旧时庄稼人离了牛不能种田，不能生产粮食。因此把牛看得和生命一样宝贵。改为：指牛是农家之宝，离了牛不能种田，不能生产粮食。

书证：这年冬天，发了牛瘟，一天也不晓得有多少人来找牛郎。“牛是口粮神，少了饿死人。”牛郎治了这家的又治那家的，走了东村走西村。(杨主泽《牛郎医生》)

亲不亲，钱上分　原释义为：从钱财关系上能分辨出亲疏。改为：指旧时人情势利，有钱就亲，无钱就疏。

书证：尽管所谓的舅父，一旦相见，总不免有些生疏，但送的钱，却使他不能不喜欢。正如俗话说的：“亲不亲，钱上分。”一下能送这么多的钱还不说明是亲戚么？(艾芜《春天的雾》十五章)

亲不亲一家人，打断骨头连着筋　原释义为：比喻利害相连，关系密切。改为：指同宗同族的人，骨肉相连，利害攸关。

书证：老强他们猜度得不错。在打官司时候，员外郎找了他三趟，说，一笔写不出两个“孔”字：亲不亲一家人，打断骨头连着筋。胳膊肘怎么向外拐？(古立高《隆冬》七章)

涉浅水者得鱼虾，涉深水者得蛟龙　原释义为：在事业面前，不担风险，不下大本，就不会有多少收获；反之，敢于开拓，敢于献身，就会创造奇迹。改为：指收获的大小，决定于冒的风险大小。

书证：俗话说："涉浅水者得鱼虾，涉深水者得蛟龙色虾。"成立只有一年半的江苏帆板队，能够取得大的进步，都是从深水里跋涉出来的啊！　(《报》)

一斗米养个恩人，一石米养个仇人　原释义为：给人以少量的、偶然的救济，他会感恩的；过多的、经常的赐与，反会使他不知满足而结怨。改为：指给人的救济虽少但能及时满足急需，对方会感恩；资助虽多，但不能满足欲望，对方反会恩将仇报。

书证：郭先生，自古一斗米养个恩人，一石米养个仇人，这是我们养他的不是了。《儒林外史》二十二回

有钱好办事，家宽出贤人　原释义为：谓行善积德，慷慨大方，离不了手里有钱，家道宽裕，所谓有钱办好事。改为：指有了钱，家道宽裕，便能行善积德。

书证：人常说："有钱好办事，家宽出贤人。"人一有钱，说话做事都格外精神。(《报》)

《谚海》一书，经过语文出版社审核，于一九九九年一月出版。我为该书写了"前言"。

参编上海文艺版《语海》

上海文艺出版社于二十世纪八十年代初推出了《歇后语四千条》《谚语两千条》《形容语一千条》《俗语二千条》《惯用语一千条》等书；八十年代后期又推出“语海”系列图书，其中第一种《中国歇后语》出版于一九八八年，第二种《中国谚语》出版于一九八九年，第三种《中国惯用语》、第四种《中国俗成语》出版于一九九一年，第五种《中国俗语》出版于一九九二年。除了后出的《中国俗成语》和《中国俗语》有释义外，其他都是语目的汇编。一九九四年又推出《语海·秘密语分册》。二〇〇〇出版的《语海》就是在这些著作的基础上编纂的。

本书出版之前，出版社曾经邀我担任主编。我因没有参加前期工作，婉言谢绝。记不清是哪一年，我从老家温州返回太原，路过上海。他们热情款待了我。我有机会跟参加审订的部分编辑室人员见面，谈了我的一些意见。后来他们聘请我担任“总审订”。我觉得难以推辞。其实只看了一部分书稿，未能起到“总审订”的应有作用，一直感到有些内疚。

出版社邀我为本书作序。我在“序言”里肯定了本书的贡献，认为："《语海》还可能存在这样或那样的不足之处，但她无疑是汉语民间语汇收集、整理和研究的一个重要的里程碑。"

说这本《语海》是一个"重要的里程碑"，是就该书收集资料的丰富，整理工作的严密和研究的深度而言的。《语海》的"凡例"称：全书收条目十万余条，其中谚语二万四千条，俗语二千条，歇后语三万二千条，惯用语一千条，俗成语一万四千条，暗语一千五百条。在这方面，该书确实大大超过以前同类的著作，起着"里程碑"的作用。

说它"还可能存在这样或那样的不足之处"，是指该书还有不少值得商榷的问题。

这部《语海》的最大不足之处，是限于当时的历史条件，缺乏汉语语汇学的理论指导。

这主要表现在以下两个方面：

一是把"语"定位为"民间语汇"。

书前"出版说明"称：

《语海》得以编纂的条件，是中国几千年流传、积淀下来如恒河沙数的民间语汇，而历朝文人对民间语汇的搜集、辑录为我们保存了大量的资料；其次是人们口口相传、格式固定的当代语汇仍在源源不断地产生，各地都有大量的口语材料可供搜集；再次是语汇学界对民间语汇的研究已经积累了相当的成果,所有这些,正是我们能够出版《语海》的坚实基础。

“出版说明”所说的“民间语汇”相当于一般所说的“俗语”，这本《语海》实际上是一部“俗语海”，或者是一部大型的俗语类辞书，称为《语海》有些名不副实。

《语海》还收了部分暗语，这可能也是受了把“语”定位为“民间语汇”的影响。该书“出版说明”引用了钟敬文主编的《民俗学概论》(上海文艺出版社,一九九九年)中的一段话：暗语是“特用型民间熟语，指专用于某种特定的群体或场合的较为定型的词语。它在使用范围上有较强的局限性，但具有特殊的功用，是民间语言中极为有特色的组成部分”。但从暗语的性质来看，明显区别于一般的“民间语汇”。我在“序言”里谈到这个问题时，曾说:

暗语,《现代汉语词典》(修订本) 和《汉语大词典》分别解释为“彼此约定的秘密话”、“经约定用以暗中交流信息的词语”。“暗语”是否属于“语”的范畴，大家的认识还不一致。一种认为,“暗语”具有民间性，并不断地从民间社会渗入通俗文艺作品和某些社会层次的言语交际活动，理当视为“语”的一种。另一种认为,“语”是大于词的语言单位。暗语大部分是词不是语，而且只限于在某个社会集团内部秘密通行，缺乏语言单位所应具备的社会性。《语海》采用了前一种认识。

在这里可以看出，我对《语海》把暗语作为“语”的一部分是持保留态度的。

二是在分类里引进所谓“狭义的俗语”(简称“俗语”)，让它作为一个独立语种，与谚语、歇后语、惯用语、俗成语相并列。对此，我在“序言”里加以质疑，认为这是造成《语海》分类出现混乱现象的主要原因。

这部《语海》还有一个不足之处，就是缺乏一个现代化的有书证的语料库。所收的条目大部分没有书证，有书证的是少数，而且是后来临时补上去的。我审订时发现，所加书证主要采自我主编的《古今俗语集成》(山西人民出版社，一九八九年)。由于匆忙，抄错的颇多，有的甚至把某条例证，错加在另一条上面。

除了上面所说的以外，上海文艺版《语海》还有一个值得商榷的地方，就是全书按语目首字笔画多少排列；首字相同的，按语目字数排列。这种排列法很不便于查阅。

语典编纂（中）

——新世纪初期（二〇〇〇至二〇一一年）出版的语典

联合主编《常用歇后语分类词典》

本书由沈慧云和我联合主编。

早在上世纪九十年代，我们就编写了一本篇幅比小型的大、接近中型的歇后语词典，条目按语目的音序编排，交给上海辞书出版社。他们没有及时安排审稿，搁在那里。这时正好上海大学出版社来约稿，要求条目按意义分类编排。我们就以这本歇后语词典为基础，由沈慧云按意义分类重新编排。这是一件十分艰难的工作，她非常认真，克服了许多困难，终于完成，于二〇〇〇年六月出版。结果销路很好，多次重印，二〇〇七年五月出版了第二版。

我撰写了“前言”，指出本书有三个特色：

一、对所收的歇后语不仅一一作了注释，而且从古今文艺作品，特别是古今小说中摘录了大量用例，这不仅有助于对歇后语语义的理解，同时有助于了解歇后语的正确运用。

二、字面上是一个意思，实际运用时又是另一个意思，是歇后语语义结构的巧妙所在。本书在解释歇后语的语义时，充分注意到这一点，既注意指明歇后语的本义（字面意义），又注意指明使用时的意义（语用义）。

三、本书把释义重点放在歇后语的后一部分上，同时兼顾前一部分，在揭示歇后语的某些附加意义的同时，着力解释好歇后语的基本意义，并在正文里，按歇后语的基本意义进行分类排列。

参编《敬谦语小词典》

这是一本袖珍型的小小型辞书，是我组织家里人编写的，参编的有我的爱人陈秀娟和大女儿朔雁、小女儿朔天。由他们收集资料，我作注释。共收古今常用敬语（含敬辞、敬称）、谦语（含谦辞、谦称）一千六百零六条。每条加注汉语拼音，释文部分先注明类别（敬辞、敬称或谦辞、谦称），接着说明意义和用法，然后适当举例。为了说明意义和用法而举的书证，一一注明出处。编写的例句，转引自《现代汉语词典》《新华词典》等工具书的,前加“｜”表示;本书作者自编的，前加“‖”表示;有两个例句的，中间用“；”号隔开。为了节省篇幅，例证或例句里与条目字面上完全一致的，用“~”号代替。例如：

【不才】bùcái ①谦辞。用来对人称自己没有才能。《左传·成公三年》:“臣～,不胜其任。”《水浒传》五十回:“孙立笑道：‘小弟～，且看相助捉拿这厮们，成全兄长之功。”②谦称。用来对人称自己。《老残游记》十回:“～往常见人读佛经，什么‘色即是空，空即是色’，这种无理之口头禅，常觉得头昏脑闷。”｜这个道理，～倒要请教一下。‖ 这件事虽然不好办，～还是愿意试一试。

也作〖不材〗bùcái《史记·吴太伯世家》:“札（季札）虽～，愿附于子臧之义。”

另作〖非才〗fēicái。

这本书虽然只有十九万八千字，但很实用。语文出版社二〇〇二年一月出版，很快就销售一空。

主编《中国歇后语大词典》

一九八四年五月《歇后语词典》出版之后，我们没有停止对歇后语资料的收集和对歇后语语义的研究。由于新收集的资料较多，我们就有了编写大型歇后语工具书的想法。二〇〇〇年年初，我起草了“凡例”，并试编了样稿，寄给上海辞书出版社语词编辑室。这年九月二十七日，该室副主任周伟良先生来信称：《中国歇后语大词典》凡例等“几经磋商，水准已大为提高，打印之后，即可分发给作者，具体实施编写”。

歇后语的释义比较麻烦，很难编写。参编的人主要是提供资料，释义主要由我操作。鉴于上海辞书出版社对此书的重视，我们一鼓作气，集中精力编写。审稿采取“流水作业”，一边编写，一边审稿。约收七千条，一百二十多万字。于二〇〇二年十二月出版。出版后，获得好评，获第五届国家辞书奖二等奖头一名。评奖专家认为本书“注意把学术研究与词典编纂结合起来，提高辞书的学术品位”，“把歇后语的转义分为谐音双关、别义双关、假借双关、组合双关、借喻双关等，不同情况采取不同的释义方式，使歇后语的释义水平提高一步”，认为本书是“同类词典中最有分量的一部”。(见晁继周《总结经验，为提高语文辞书编纂水平而努力——第五届国家辞书奖语文辞书评奖小结》，《辞书研究》二〇〇四年一期)

二〇〇七年的一天，我偶然发现中国对外翻译出版公司二〇〇六年一月出版的《歇后语大词典》抄袭了我主编的《中国歇后语大词典》。经过仔细对比，发现抄袭面竟达百分之八十以上。包括错的也照抄。我于这年四月二十五日给该公司领导去信，全文如下：

尊敬的中国对外翻译出版公司吴希曾总经理：

经查，发现贵公司出版的《歇后语大词典》一书（二〇〇六年一月第一版，《歇后语大词典》编写组编，主要编写人员为王庆翔等十一人），有剽窃敝人主编的《中国歇后语大词典》一书（上海辞书出版社二〇〇二年十二月第一版）之嫌。

现将我们整理的《〈歇后语大词典〉一书涉嫌剽窃〈中国歇后语大词典〉一书的部分例证》奉上，供参考。

为了维护《中国歇后语大词典》一书编纂人员的合法权益，我们希望贵公司尽快查明事实。如确认构成剽窃，恳请答应我们以下要求：

一、将《歇后语大词典》一书封存，停止发行。

二、向《中国歇后语大词典》一书的全体作者赔礼道歉。

三、赔偿《中国歇后语大词典》全体作者的损失。

我们恳请贵公司在二十日内给予答复，否则，我们将不得不依法提起民事诉讼。

此致

敬礼！

《中国歇后语大词典》主编温端政（签章）

二〇〇七年四月二十五日

地址：太原市并州南路一一六号山西省社会科学院

电话：(0351) 7054791

电子邮件：wen~dz@163.com

附件：《歇后语大词典》一书涉嫌剽窃《中国歇后语大词典》一书的部分例证

该公司承认抄袭，并派副经理专程来太原向我赔情道歉。后来我向上海辞书出版社汇报此事，由他们与中国对外翻译出版公司交涉，处理此事。二〇〇七年十一月九日，上海辞书出版社（甲方）、中国对外翻译出版公司（乙方）、中华版权代理总公司（丙方）三方签订“和解协议”。在“和解协议”书中，乙方承认其出版的《歇后语大词典》“未经甲方任何授权而抄袭了《中国歇后语大词典》中的部分内容”；承诺“在向甲方及著作权人表示歉意的同时，愿意一次性补偿甲方及著作权人”人民币若干元。“和解协议”还规定：“乙方按本协议相关约定完全履行了前述各项义务后，甲方于此承诺包括甲方和著作权人应当放弃通过任何途径向乙方追求本次侵权事宜的权利”。

联合主编通用系列语典

二〇〇〇年十二月，我做疝气手术住院。躺在病床上突然想起《国家通用语言文字法》刚刚通过，二〇〇一年一月一日起就要施行，何不建议出版一套配合《通用语言文字法》实施的工具书。出院之后，我向来山西出差的语文出版社副总编辑李守业提出我的设想。他很支持，没几天，该社总编辑杨曙望带领助手来太原跟时任山西省社科院院长张成德商谈编纂出版事宜。决定成立“通用语言文字系列工具书”编委会，聘请许嘉璐为特别顾问，朱新均、江蓝生、刘斌等为顾问；袁贵仁为编委会主任，杨曙望和张成德为副主任，我和沈慧云都是编委，联合担任《通用成语词典》《通用惯用语词典》《通用歇后语词典》《通用谚语词典》和《通用格言词典》的主编。

这是我们头一次编纂完整的语类小型工具书。比起上世纪九十年代后期给上海辞书出版社编的《谚语小语典》《惯用语小语典》《歇后语小语典》多了两种：一是成语类的，一是格言类的。我撰写了“前言”，说明不同语类的性质和范围。

《通用成语词典》的“前言”称：

通常所说的成语，则是指习用的“二二相承”的四字固定语。大致上可以分为两类：一类是前后存在并列、对举、承接、目的、因果等关系，明显可分为两段的，如“并驾齐驱”、“志同道合”、“见异思迁”、“守株待兔”、“水落石出”等，这是典型的“二二相承”的四字固定语；另一类是前后存在“主谓（宾)”、“偏正”、“动宾”、“动补”、“兼语”等关系，虽然不是分成对称的两段，但读起来在语音上仍是“二二相承”的,如“夜郎自大”、“茅塞顿开”、“叶公好龙”、“近水楼台”、“一丘之貉”、“饱经风霜”、“无动于衷”、“引狼入室”等。

还指出：

把狭义的成语说成是“习用的二二相承的四字固定语”。但这还不够。有些专有名词、科学术语，像“北京大学”、“欧姆定律”等，虽然也是“习用的二二相承的四字固定语”，但不属于成语。专有名词、科学术语，都含有特定的概念,而语汇则属于叙述性的语言单位。因此，我们把狭义成语定义为习用的二二相承的、结构固定的叙述性语言单位。

这样就明确了成语的性质和范围，不仅明确了成语与四字结构的专有名词、科学术语的界限，也明确了成语与谚语、惯用语的界限。

《通用谚语词典》的“前言”称：

从语义上看，谚语具有表述性，总是讲述某种知识（含经验），这是谚语区别于惯用语的主要特征。……然而，表述性并非谚语所独有，有些成语，如“哀兵必胜”、“寡不敌众”、“众志成城”、“积少成多”、“坐吃山空”等等，也都具有表述性。

由此，我们把谚语定义为“汉语里习用的、结构相对固定的、非‘二二相承’的表述性语言单位”。

这样就明确了谚语的性质和范围，也明确了谚语与惯用语、成语的界限。

《通用惯用语词典》的“前言”称：

惯用语和成语、谚语、歇后语一样，是汉语语汇的组成部分，都是习用的、结构相对固定的叙述性语言单位。惯用语与成语的区别，在于它不采用“二二相承”的结构形式；惯用语与谚语的区别，在于语义的描述性。由此，我们可以把惯用语定义为“汉语里习用的、结构相对固定的、非‘二二相承’的描述性语言单位”。

这样就明确了惯用语的性质和范围，不仅明确了惯用语与成语界限，也明确了惯用语与谚语的界限。

《通用歇后语词典》的“前言”称：

歇后语都是由两个部分组成的，前一部分起“引子”的作用，从中引出后一部分；后一部分含有对前一部分注释、说明的作用。

歇后语在结构上的这个明显特点，使它同其他语类区别开来。

《通用格言词典》的“前言”称：

格言区别于谚语的特征，除了语言风格上比较文雅之外，最主要的，是它来自名家名篇，有出处，而且可以说出作者。而谚语则是产生和流行在群众之中，说不出作者。有些谚语被作家吸收到作品中来，常冠以“谚曰”、“语曰”、“常言道”、“俗话说”等，表明不是作家自己的语言。有时虽然没有标明，但风格也有明显差异。

在上述五种词典中，我直接参加编写的有三种：

一是《通用成语词典》。本书是以我为主执笔编写的。收条上虽然注意了通用性，但有一个明显缺点，就是收条过少。包括副条，也不到三千条。许多常用成语没有收进来，这是很遗憾的。

二是《通用歇后语词典》。这也是以我为主执笔编写的。总的来看，本书作为小型的歇后语辞书，收条注意通用性，释义注意简明性，并精选适当的书证。如：

【矮子登楼梯——步步高升】 āizi dēng lóutī ——

bùbù gāoshēng 高升：原指地位由低处升到高处，实指地位、生活等提高。指人的地位、生活等不断提高。常用于赞美。〔例〕“人总是希望越过越好，像矮子登楼梯，步步高升才美哩。”乔传秀逗趣说。(白危《垦荒曲》)

三是《通用谚语词典》。我亲笔撰写了其中一小部分。《内江师范学院学报》二〇一一年第九期曾经发表了夏茂丽、杨超合写的《〈通用谚语词典〉指瑕》一文，指出本书在收条、释义以及语目中合成词的拼写等方面所存在的“瑕疵”。该文实事求是，有理有据，所提意见基本正确，应当虚心接受。

《通用惯用语词典》和《通用格言词典》我没有直接参与编写，只是参与审稿。

这五本书分两批出版，《通用成语词典》《通用歇后语词典》《通用惯用语词典》于二〇〇二年一月出版，《通用谚语词典》《通用格言词典》于二〇〇四年一月出版。《通用歇后语词典》《通用惯用语词典》《通用谚语词典》都被推荐进入农家书屋。

主编三本俗语类“大全”

二〇〇一年一月，我申请国家社科基金项目《汉语俗语语料的计算机处理及相关语言学问题研究》获得批准。历经一年多的努力，到二〇〇三年五月已经取得阶段性的成果，为编写《中国谚语大全》《中国歇后语大全》《中国惯用语大全》提供了资料基础。

二〇〇三年五月三十日，我起草了三本“大全”的编写说明，九月二十四日、二十七日，作了两次修改，于十月十三日定稿。

《中国谚语大全》编写说明的主要内容是：

本书分为上下两编（全书约二百万字）。

上编　谚语语目汇编。

一、本编收谚语语目约十万条（包括下编“语料汇编”所收的语目），按音序排列。

首字同音的，按笔画数排列，笔画少的在前。首字相同的，按第二字顺序排列。依此类推。

二、见于下编的语目，前面加“※”号。

三、一般不注音、释义。少数条目作提示性注释。语义不清的，注明“含义未详”如：

矮人饶舌，破车饶楔　饶：多。楔（xiē）：楔子。

官清司吏瘦　司吏：旧时衙门里负责处理文书的小吏。

眼泪留着些脚后跟　含义未详

四、结构形式和语义基本相同，说法略有不同的，作为附条，退一格排列。如：

败子回头金不换

　败子回头，万金不换

浪子回头金不换

　浪子回头，千金不换

白头如新，倾盖如故　盖：古时车盖。倾盖：乘车途中相遇，车盖倾接。指人相交不在于时间长短。

　白头而新，倾盖而故

　白头如新，交盖如旧

　白首如新，倾盖如故

　倾盖惟旧，白首乃新

　倾盖若旧，白头如新

如果只是虚词不同，则不另出条。如："苍蝇不钻无缝鸡蛋"与"苍蝇不钻无缝的鸡蛋"，后者只多了助词"的"，不再出条。

五、书前列"语目首字拼音索引"

下编 谚语语料汇编。

一、本编收古今典籍里的谚语。见于古代（清代以前，含清代）典籍的，尽量收。现当代重点收语言大师或著名作家，如鲁迅、郭沫若、邹韬奋、茅盾、老舍、曹禺、田汉、阳翰笙、赵树理、丁玲、周立波、李凖、刘白羽、孙犁、马烽、柳青、刘绍棠、陈登科、艾芜、杜鹏程、姚雪垠等作品里的谚语。

二、按“语目”的音序排列。首字同音的，按笔画数排列，笔画少的在前。首字相同的，按第二字顺序排列。依此类推。

三、语目有出处的注明出处（出处含有语的早期形态的用“语出”表示；带有故事性的用“语本”表示），出处之后，再举例证。例证不止一个的，一般仅举著作年代较早的一个，其他只列书篇名（或章节）。如有变体，加以说明。如：

【满招损，谦受益】

语出《书·大禹谟》：“惟德动天，无远弗届。满招损，谦受益。”南朝·梁·刘勰《文心雕龙·丽辞》：“益陈谟云：‘满招损，谦受益。’岂营丽辞，率然对尔。”又见宋·陈师道《拟御试武举策》；《警世通言》卷三。

《新五代史·伶官传》作“满招损，谦得益”；《东西晋演义·西》二回作“谦受益，满招损”；《儿女英雄传》二九回作“满招损，乖致戾”。

【塞翁失马，焉知非福】

语本汉·刘安《淮南子·人间训》：“近塞上之人有善术者，马无故亡而入胡，人皆吊之。其父曰：‘此何遽不为福乎？' 居数月，其马将胡骏马而归。"清·沈起凤《谐铎》卷四："生笑曰：'塞翁失马，焉知非福。使余三百贯钱，列名高等，安得今夕与玉人相对耶！'" 又见《野叟曝言》三十六回；《续孽海花》五十五回。

清·陈夔龙《梦蕉亭杂记》卷一、《东欧女豪杰》三回、《新新外史》一四回作"塞翁失马，安知非福'；《儒林外史》四十回作"塞翁失马，未知是福是祸"；《东欧女豪杰》一回作"塞翁失马，祸福难知"；老舍《面子问题》三幕作"塞翁失马"。

四、引书标注格式与《中国歇后语大全》统一，详见《中国歇后语大全》附录。

五、书前列"语目首字拼音索引"。

这个"编写说明"在正式出版时，作了一些变动。有的没有执行，如：上编第二条规定见于下编的语目，前面加"※"号；第五条规定书前列"语目首字拼音索引"；下编第五条规定书前列"语目首字拼音索引"等，正式出版时都未执行。条目的具体内容也有变化。如"眼泪留着些脚后跟"经辨析是惯用语，改由《中国惯用语大全》收录。

《中国歇后语大全》和《中国惯用语大全》的编写说明，与《中国谚语大全》的编写说明相仿。

山西省政府批准给三本"大全"的编写补助二十万元。

我们把这笔经费主要用来补贴包括春节在内的加班费。参加编写的人员积极性很高，再加上上海辞书出版社语词编辑室的同志密切配合，只经过几个月的奋战，就于二〇〇四年五月正式出版。

著名语言学家江蓝生先生应邀为本书作序。此序还刊登在《语文研究》二〇〇四年第二期。有读者对序言中关于“眼泪留着些脚后跟”的解释提出质疑（见二〇〇四年五月二十八日《文汇读书周报》三版“读者短笺”栏《一条不惯用的“惯用语”》，作者山东文登初钊兴）。与《一条不惯用的“惯用语”》一文同时刊登的，还有苏州读者毕明迩的《此“筋”非作“肌肉”解》一文，对《中国谚语大全》里“阿大着新，阿二着旧，阿三着破，阿四着筋”条的注释提出质疑。上海辞书出版社把两文转给我，我撰写了《漫谈俗语的释义》一文作为回应，刊登在二〇〇四年七月二十七日《文汇读书周报》十四版。

我作为主编为本书撰写了“前言”，论述了我对俗语的一些基本观点。“前言”还刊登在《语文研究》二〇〇四年第二期。

主编三本“分类”语典

三本“大全”完成之后，上海辞书出版社约我主编三本“分类”词典:《分类谚语词典》《分类惯用语词典》和《分类歇后语词典》。

《分类谚语词典》，我组织晋中学院语言教研室的老师编写。我把编写说明和样稿交给他们。看了他们编写的初稿后，我不大满意。便把参编人员集中在一起，进行辅导。晋中学院分管教学和科研的副院长邓明是语言学家，非常重视。让参编的老师暂停上课，集中精力进行修改，终于达到要求，于二〇〇五年八月出版。

《分类歇后语词典》，我组织忻州师范学院语言教研室的老师编写，由张光明负责。他在上世纪九十年代跟我合作编过《忻州方言词典》和《忻州方言俗语大词典》，有编纂辞书的经验。加上有上海大学出版社二〇〇〇年六月出版的《常用歇后语分类词典》作参考，所以，编写比较顺利，于二〇〇五年八月与《分类谚语词典》同时出版。

《分类惯用语词典》的编写比较费事。二〇〇五年一月，《汉语语汇学》出版之后，我应山西大学中文系邀请，给一、二年级研究生讲授语汇学。我让一年级的研究生参加编写《分类惯用语词典》作为练习。他们积极性很高，但毕竟是初学，质量上达不到要求。只好邀请山西省社会科学院语言研究所的两位副研究员马启红和李淑珍担任该书的副主编，对研究生交来的初稿进行修改或重写。这样才达到要求，于二〇〇六年十二月出版。

这三本词典所收条目，只有注音、注释，没有书证或自编例句，难在分类，特别是惯用语的分类最难，未见以前有同类辞书，只能摸索。

主编三本新华系列俗语类语典

二〇〇二年五月，参加在河北师范大学举办的第四届全国汉语词汇学学术研讨会期间，时任商务印书馆汉语编辑室主任的周洪波先生，与我进行了深度的交谈，约我主编《新华谚语词典》《新华惯用语词典》《新华歇后语词典》。经过几年的努力,《新华谚语词典》《新华惯用语词典》和《新华歇后语词典》先后于二〇〇五年十二月、二〇〇七年六月和二〇〇八年十一月问世。

这三本词典都是中型的。过去我主编、参与主编或参与编纂的语汇类辞书，要么是小型的，要么是大型的，中型的很少，这次提供了机会。

编写中型俗语类辞书，不光是在篇幅上做文章，更重要的是内容上有所创新。

最先出版的是《新华谚语词典》，我在“前言”里称，本词典在立目上更加严谨，在释义上力求准确、简明；为了反映谚语语义的行业性和民族性特点，又避免释文过长，设置了“知识窗”。如养生谚“饭后百步走，活到九十九”，除在释文里指出“饭后散步，有益于身体健康”外，还在“知识窗”里说明：

“饭后百步走”适合于平时活动较少，尤其是长时间伏案工作的人，也适合形体较胖或胃酸过多的人。但不能在刚吃完饭后就马上散步，而要在饭后二十分钟后再开始百步走。也不能快步走，而要悠闲地漫步。这样才能有助于促进胃肠蠕动，有助于胃肠消化液的分泌和食物的消化吸收，有利于身体建康。

对于一些长期流传的古谚，也在“知识窗”里介绍相关的历史文化知识。如“不痴不聋，不作阿家翁”条，在“知识窗”里,引用了《旧唐书·郭子仪传》里的相关记载，并用通俗语言予以简述：

大将郭子仪的儿子郭暧被唐代宗招为驸马。郭子仪做寿时，公主摆架子不去拜寿。

郭暧丢了脸面，一怒之下打了公主。公主受了委屈，向父皇告状。郭子仪害怕，绑了郭暧进宫请罪。代宗笑着说:“不痴不聋,难做家翁。小两口的事情,还是不去管好。”传统剧《打金枝》即演此事。

后来,《文汇读书周报》编辑把“前言”压缩后刊登在该报二〇〇六年四月二十八日十二版“辞书广角·主编论坛”上,题目是《〈新华谚语词典〉简述》。

《新华惯用语词典》编成后,在收条对象上与责任编辑产生了分歧。他们认为,惯用语应以三音节或四音节的动宾结构为主,而本书却不受此限制。我写了一封长信,说明我们对惯用语性质的新认识,和收条对象不限于三音节或四音节动宾结构的理由,得到他们的理解。鉴于读者也可能有类似他们的认识,我在“前言”里用较多篇幅,介绍学界关于惯用语性质的不同意见和我们对惯用语的定义,以及如何做到收条的科学性。

本书采用《新华谚语词典》的做法,设置“知识窗”,如“挂羊头,卖狗肉”条的“知识窗”写道:

语本“悬牛首于门,卖马肉于内”。《晏子春秋·内篇杂下一》记载:灵公让宫廷里的女子穿着男子的服饰,国人尽效法。灵公派官吏禁止,但屡禁不止。灵公问晏子,这是为什么。晏子回答说:“国君你让宫廷里的女子穿着男子的服饰,而禁止宫廷外的女子穿着男子的服饰,就像‘悬牛首于门,而卖马肉于内也’。如果从宫内女子禁起,宫外的女子自然就会服从禁令。”汉·刘向《说苑·政理》也记载此事,灵公作景公。宋元时多作“悬羊头,卖狗肉”。

《新华歇后语词典》原来有个实验性的做法,即条目按照后语的音序编排。两位责编马志伟和乔永都赞同,认为这是一个创新,体现了歇后语的特点。但时任商务印书馆副总编的周洪波先生不同意这个做法。后来按照他的意见,改为按前语首字音序排列的通常做法。

《新华歇后语词典》在内容上有很多的创新点。甘肃省天水师院黄冬丽女士撰有《语典编纂的继承与创新——以《中国歇后语大词典》和《新华歇后语词典》为例》一文(见《编辑之友》二〇一一年第七期),通过《新华歇后语词典》和《中国歇后语大词典》的对比,说明《新华歇后语词典》在立目、释义和总体设计上的创新。温朔彬的《俗语辞书编纂史》(上海辞书出版社,二〇一四年)第三章第四节“歇后语辞书编纂的继承和创新”也有类似的论述。

主编常用谚语、歇后语词典

大概是二〇〇六年,上海辞书出版社邀请我主编《常用谚语词典》和《常用歇后语词典》。因为篇幅不大,都是四十多万字，就没有兴师动众。《常用谚语词典》让我二女儿朔彬（山西省社会科学院语言研究所副研究员）负责编写，《常用歇后语词典》请张梅梅（山西省社会科学院科研处副研究员）编写。她们参加过好几本语汇类辞书的编纂，有一定的经验，加上我们有一个现代化的语料库，编写起来得心应手。交稿后受到审稿专家的称赞，不用什么修改就于二〇〇八年四月同时出版。

我为两本书分别撰写了“前言”。

主编《现代汉语小语典》

二〇〇五年一月《汉语语汇学》出版后，我应邀给山西大学中文系研究生班讲语汇学。讲课中，我给参加听课的二年级学生布置作业，让他们试编《现代汉语小语典》。我撰写了《〈现代汉语小语典〉编写说明和样稿》，并辅导多次，批改他们交来的作业。

二〇〇六年，《汉语语汇学》一书责编刘玲，由商务印书馆调到人民教育出版社组建辞书编辑室。他们正需要书稿，表示乐意接受《现代汉语小语典》一稿。我立即邀请马臻荣（运城学院中文系）、张光明（忻州师院中文系）、王建华（晋中学院中文系）、温朔彬（山西社科院语言所）

等参加书稿的审订和改写、补写。刘玲和她主持的辞书编辑室人员谢仁友、由明智等都很配合。二〇〇七年九月十七日，由明智给我发来他们的审稿意见。我们根据他们的意见，再认真修改，终于达到要求，于二〇〇八年五月出版。书后还附有光盘，包括全书文字，还有考试题、练习题和答案等。

本书出版后，人民教育出版社在北京召开座谈会，中国社会科学院语言研究所谭景春、晁继周、韩敬体，商务印书馆乔永，南开大学中文系周荐等参加，参加座谈会的还有北京市的一些中学校长和语文老师，近三十人。大家对《现代汉语小语典》的编纂总体上表示肯定，但也提出了许多宝贵意见。本书后来被评为北京市优秀图书，推荐为农家书屋图书。

主编“汉语工具书大系”中五种大辞典

上海辞书出版社以“辞海版”的名义推出的“汉语工具书大系”共十四种，其中有我主编或联合主编的五种。它们是:《中国格言大辞典》《中国歇后语大辞典》(新一版)《中国谚语大辞典》《中国惯用语大辞典》和《中国俗语大辞典》(新一版)。

《中国格言大辞典》于二〇〇八年出版，由我和范瑞婷联合主编。本书的特点是，所收的条目不仅有出处、有注释，还有古今的用例。我认为，判断一个言语单位是否是格言，主要是看它有无世代传承的价值，是否具有引用性，因此，编写格言辞书，要给所收的格言配有后人引用的例子，但这有相当的难度。范瑞婷女士带领一班人，下苦功收集大量的古今用例，然后进行筛选，历经数年，才编成初稿。上海辞书出版社聘请好几位专家审阅，提出许多宝贵意见。根据他们提出的意见，作了大幅度的修改，才达到出版要求。

我为本书撰写了“前言”，指出：

格言还是言语学的研究对象。格言来自名家名篇，都有出处，有一定的语境，是一种具有引用价值的表述性言语单位。这使它不仅与“春风又绿江南岸”等具有描述性的一般名言区别开来，而且与谚语等表述性的语言单位区别开来。加强对格言的性质、来源、范围、分类等的研究，建立具有汉语特色的格言学，具有理论和现实意义。

《中国歇后语大辞典》(新一版)于二〇一一年二月出版，是二〇〇二年十二月出版的《中国歇后语大词典》修订而成的。新一版改正了一些错误，增收了一些条目。附录部分，删去了“汉语方言歇后语选注”“歇后语研究论著目录”“歇后语辞书目录”，只保留“古代有关歇后语的资料”。

《中国谚语大辞典》《中国惯用语大辞典》和《中国俗语大辞典》（新一版）都出版于二〇一一年三月。二〇〇〇年四月三日，我们与上海辞书出版社签订了这三本书的“约稿合同”，历经十年左右的时间才完成编写任务。

参加《中国谚语大辞典》的人员来自方方面面，多数是山西省社会科学院文学研究所和思维科学研究所的部分科研人员。他们都有积极性，但缺乏编写辞书的经验，于是，我只能一次又一次地辅导，勉强达到出版要求。

我为本书撰写了“前言”，论述了谚语的性质和范围，探讨了谚语释义的规律，指出谚语在文化传承中的重要作用。

该书出版后发现有一个问题，就是收了不少“二二相承”的四字语，按理他们应归入成语，可是它们的书证有的标明是“谚”，有的标明是“常言”，还有的标明是“俗话”或“俗语”等，而且一般成语辞书往往不收。例如：

【鲇干鲤湿】明·徐光启《农政全书》“农事·占候”：“车沟内，鱼来攻水逆上，得鲇，主晴;得鲤，主水。谚云:‘～。’”

【水到鱼行】宋·苏辙《龙川别志》卷上：“国朝自

真宗以前，朝廷尊严，天下私说不行，好奇喜事之人，不敢以事摇撼朝廷。故天下之士，知为诗赋以取科第，不知其它矣。谚曰：‘～。’既已官之，不患其不知政也。”

【人是苦虫】明·戚继光《练兵实纪·练将篇》：“有勇士屡经战阵，刀痕遍体披面，尚且享有高年，故谚云‘～。’”

【财动人心】元·石君宝《秋胡戏妻》三折：“〔秋胡背云〕且慢者，这女子不肯，怎生是了？我随身有一饼黄金，是鲁君赐与我侍养老母的，母亲可也不知。常言道：‘～。’我把这一饼黄金，与了这女子，他好歹随顺了我。”

【人急偎亲】元·高文秀《襄阳会》一折：“叔父道世间无尺寸安身地，普天下尽都是汉华夷。常言道：‘～。’我稍知。”

【事不过三】《西游记》二十七回：“行者道：‘师父错怪了我也。这厮分明是个妖魔，他实有心害你。我倒打死他，替你除了害，你却不认得，反信了那呆子谗言冷语，屡次逐我。常言道：“～。”我若不去，真是个下流无耻之徒。我去！我去！’”

【怒气伤肝】《后汉演义》八十五回：“俗话说得好：‘～。’周瑜得病未愈，哪禁得着盛怒！顿致口吐狂血，晕倒地上。”

【事无必取】《三国演义》一百零一回："俗语云：'～。'曹操北归，令曹仁守南郡等处，必有奇计。更兼曹仁勇不可当，但恐都督不能取耳。"

这个问题，有待研究，也许谚语和成语辞书都可收。

《中国惯用语大辞典》由我和吴建生联合主编，参编者是山西省社会科学院语言研究所的人员。《辞书研究》二〇一四年第五期发表了孟祥英撰写的题为《〈中国惯用语大辞典〉的编纂特色》的评论文章，认为本书在语汇学理论指导下具有以下三个特色：一、从收语来看，收录了大量"非三字格"惯用语，所收惯用语均为描述性语言单位；二、从立目来看，以结构完整、表义明晰的形式立目，并恰当处理了异形惯用语的立目问题；三、从释义来看，坚持描述性原则，释义准确简明。

我为本书撰写了"前言"，探讨了惯用语的性质和范围，说明了本书如何处理主副条的搭配问题，阐述了本书释义所坚持的两个基本原则：释义的叙述性原则和"从语料中来，到语料中去"的原则。

《中国俗语大辞典》（新一版），原来计划在一九八九年六月出版的《中国俗语大辞典》的基础上进行修订。后来感到，此书编写时有许多局限，如语料只采用"文革"以前的作品，收条受到限制。因此，决定重编。由王树山负责谚语部分，沈慧云负责惯用语部分，我负责歇后语部分，最后由我统稿。还是由我主编，他们两人任副主编。

本书保留了吕叔湘先生所作的序言。我重写了“前言”，指出本书与一九八九年旧版相比有所改进，表现在以下三个方面：

一、删去旧版比较偏僻的条目，增加新的条目；

二、在主副条的处理方面，或增减副条，或更换主副条；

三、改正了旧版释义的失误，提高了释义质量。

《中国歇后语大辞典》（新一版）《中国谚语大辞典》《中国惯用语大辞典》《中国俗语大辞典》（新一版）出版之后，上海辞书出版社先是摘编为《歇后语 10000 条》《谚语 10000 条》《惯用语 10000 条》《俗语 10000 条》，于二〇一二年六月出版；后又摘编为《常用歇后语辞典》《常用谚语辞典》《常用惯用语辞典》《常用俗语辞典》，于二〇一四年四月出版。

语典编纂（下）

——二〇一二年以来出版的语典

一、主编《新华语典》

二〇〇二年五月，我应邀参加在河北师范大学举办的第四届全国汉语词汇学学术研讨会期间，时任商务印书馆汉语编辑室主任的周洪波先生在与我交谈中，约我在《新华谚语词典》《新华惯用语词典》《新华歇后语词典》的基础上主编《新华语典》，并说《新华语典》是一部中型语典，与《新华字典》《新华词典》相配合。我欣然接受。

一、准备和起步。

二〇〇六年一月，我起草了《新华语典》的编写说明，并试编了样稿。二〇〇七年十月二十四日进行了修改。编写说明要点是：

（一）本书是一部以中等文化程度读者为对象的中型语典。

（二）本书除收成语、谚语、惯用语和歇后语外，还酌收格言、名句。

（三）本书收成语六千条，谚语、惯用语各四千条，歇后语三千条，格言、名句三千条，合计二万条。全书约二百万字。收条注意实用性，古今兼收，源流并蓄。

（四）条目按汉语拼音顺序排列。语目后注明所属语类：成语、谚语、惯用语、歇后语、格言、名句，分别简称为“成、谚、惯、歇、格、名”。

试编了 A 字母的一百六十条。

二〇〇八年二月十六日，在太原召开“《新华语典》第一次编写会议”，时任商务印书馆总编助理、汉语编辑室主任的周洪波先生亲临指导，并作了讲话。责任编辑马志伟和乔永先生出席了会议，也作了发言。编写组全体同志参加。我主持会议，也作了发言。

这次会议的主要收获是：

一、明确了编写《新华语典》的意义，统一了思想认识，要把《新华语典》编成一部具有原创性的精品辞书。

二、明确了分工，成立了四个编写组：成语编写组；惯用语编写组；歇后语编写组；谚语、格言、名言编写组。

二〇〇八年二月，召开《新华语典》首次编写工作会议，前排左四商务印书馆副总编辑周洪波，左三责任编辑马志伟，左一责任编辑乔永，左五是我。

三、讨论二〇〇七年十月二十四日改定的编写说明和试编样稿，进行修订，通过了《新华语典》的凡例和样稿。

二〇〇八年七月十八日在太原召开了“《新华语典》第二次编写工作会议”。这次会议主要内容，是各编写组汇报工作进展情况，交流试编的样稿。

会议倡导结合《新华语典》的编写撰写相关的论文。会后完成的论文有：

《新华语典》立目和释义的思考（温端政）

《新华语典》惯用语立目问题研究（吴建生）

略谈《新华语典》惯用语例句的编写（巫建英）

《新华语典》成语的立目和释义（辛菊、杜雪芬）

《新华语典》歇后语的编写实践（张光明）

歇后语的暗示义与释义——编写《新华语典》歇后语部分的一点体会（张梅梅）

略谈编写《新华语典》名言部分的体会（周文芳）

创新思维在《新华语典》编纂中的运用（温朔彬）

从结构变化和细微差别辨析“语”的类型——编写《新华语典》的一点体会（王海静）

这些论文在“第二届全国汉语语汇学学术研讨会”（温州，二〇〇九年七月）上进行交流，并收入温端政、吴建生、马贝加联合主编的《汉语语汇学研究》（二）（商务印书馆，

二〇一〇年三月二十七日召开《新华语典》审稿暨学术研讨会，前排右六山西社科院李中元院长，右四孙丽萍副院长，右七曹先擢，右五苏宝荣，右三李红印，左五是晁继周，左三周洪波，左六是我。

二〇一一年）。

二、召开《新华语典》审稿暨学术研讨会

《新华语典》第一稿完成之后，为了听取专家学者的意见，于二〇一〇年三月二十七日联合召开了“《新华语典》审稿暨学术研讨会”。会议由山西省社会科学院和商务印书馆联合主办。参加会议的有来自北京大学、中国社会科学院、河北师范大学、山西大学、山西师范大学、山西省社会科学院和商务印书馆的五十多位专家学者。会议由山西省社会科学院副院长孙丽萍主持，山西省社会科学院院长李中元、商务印书馆副总编周洪波先后讲话。应邀参加会议的嘉宾中国辞书学会名誉会长曹先擢、中国辞书学会副会长苏宝荣、中国社会科学院语言研究所研究员晁继周、北京大学对外汉语教学学院副院长李红印等先后发言。会上宣读了山西省委常委、宣传部长胡苏平和副省长张平的书面讲话。

主编温端政作了题为《继承 · 借鉴 · 创新》汇报，时任本书责任编辑的乔永同志作了题为《< 新华语典 > 的立项与构想》的发言。

中国社会科学院学部委员、中国辞书学会会长江蓝生提交了题为“把《新华语典》编成一部原创性的传世辞书”的书面讲话。会议期间，曹先擢先生接受了《山西日报》

记者的采访，阐述了编纂《新华语典》的意义。

三、集中审订

我们听取了专家学者的意见，对初稿进行了全面的修改后提交给商务印书馆，责编审阅后，认为问题较多，特别是自编例句有待进一步推敲。于是决定召开审稿会，集中进行审订。

审稿会于二〇一一年十一月十六日在北京召开，参加的有《新华语典》的三位责任编辑：冯爱珍、马志伟、陈玉庆；《新华语典》编写的骨干成员，包括主编温端政，副主编吴建生、辛菊，编写者张光明、巫建英、温朔彬。另外，还聘请沈慧云研究员参加审订。

审订的程序是：先由《新华语典》三位责编分别提出问题；参加审订的人员根据责编提出的问题分头进行修改；最后由主编把关。

审稿会开了一个星期，只审订了四分之一。剩下的，由参加审订的人员将任务带回本单位继续审订。

这次审订，除了统一体例，修改部分释义外，主要精力放在自编例句上。原稿很大一部分例句作了不同程度的修改，还有的增加了例句，有的干脆重编。

（一）在原来基础上修改。如：

原稿：

【发秃齿豁】〔成〕秃：没有头发。豁：裂开。头发光秃，牙齿豁落。指人已衰老。（语出唐·韩愈《上兵部李侍郎书》）例　她对着镜子，感慨时光流逝，转眼间自己已是～、风采无存。

改为：

【发秃齿豁】〔成〕语出唐·韩愈《上兵部李侍郎书》。秃：没有头发。豁：裂开。头发光秃，牙齿豁落。指人已衰老。例　时光流逝，转眼间自己已是～、老态龙钟了。

原稿：

【翻烙饼】〔惯〕①比喻事物频繁更换，交替出现。例　长期以来，人们对孔子及其学说的态度就像～，批与尊总是交替出现。②形容人翻来覆去无法入睡。例　他一夜也没睡好，净在床上～。也说"翻烧饼"。

改为：

【翻烙饼】〔惯〕①比喻事物频繁更换，交替出现。例　长期以来，人们对于那种学说的态度就像～，批与尊交替出现。②形容人翻来覆去无法入睡。例　他心事重重，躺在床上～，一夜没睡着。也说"翻烧饼"。

原稿：

【扼杀在摇篮里】〔惯〕比喻新生事物还未来得及发展就被遏制。例他们的计划被～了。也说"扼死在摇篮中"。

改为：

【扼杀在摇篮里】〔惯〕比喻新生事物还未来得及发展就被遏制。由于别有用心之人的捣乱,他们的计划被～了。也说“扼死在摇篮中”。

原稿：

【法令行则国治，法令弛则国乱】〔格〕法令畅行，国家就安定；法令松弛，国家就会乱。(语出汉 · 王符《潜夫论 · 述赦》) 例　法治最具权威性、连续性、稳定性，所谓“～”。

改为：

【法令行则国治,法令弛则国乱】〔格〕语出汉·王符《潜夫论 · 述赦》。法令畅行，国家就安定；法令松弛，国家就会乱。例　法令要具有权威性，坚决贯彻执行，才能国治民安，所谓“～”。

(二) 增加新的例句。

原稿：

【屙稀屎】〔惯〕比喻退缩或服软。例　没等警察询问，两个小偷早屙了稀屎。

改为：

【屙稀屎】〔惯〕比喻退缩或服软。例别看他嘴硬，其实特没出息，一到关键时候就 ~。｜没等警察询问，两个小偷早屙了稀屎。

原稿：

【颠倒是非】〔成〕把对的说成错的，把错的说成对的。指故意违背事实。（语出唐·韩愈《施先生墓铭》）例　我们不能容忍这种～的说法。

改为：

【颠倒是非】〔成〕语出唐·韩愈《施先生墓铭》。把对的说成错的，把错的说成对的。指故意违背事实。例　我们不能容忍这种～的说法。｜明明是他先动手打人，小张才和他打起来的，你怎么能～呢？

原稿：

【改换门庭】〔成〕门庭：指家庭或门第。改变门第，提高家庭的社会地位。（语见《三侠五义》六十九回）例　封建社会里，许多出身贫寒的读书人想考取功名，～。也说“改换门楣”。

改为：

【改换门庭】〔成〕语见《三侠五义》六十九回。门庭：指家庭或门第。改变门第，提高家庭的社会地位。例　封建社会里，许多出身贫寒的读书人想考取功名，～。｜他以为另找主子，～，能得到好处，其实不然。也说“改换门楣”。

原稿：

【敬酒不吃吃罚酒】〔惯〕比喻别人好言相劝不听，等到被逼迫或受惩罚时才无奈接受。例　大家这样耐心地等待你，你就快点回来吧，不要～。也说“请酒不吃吃罚酒”“赏酒不吃吃罚酒”。

改为：

【敬酒不吃吃罚酒】〔惯〕比喻别人好言相劝不听，等到被逼迫或受惩罚时才无奈接受。例　大家这样耐心地等待你，你就快点回来吧，不要～。｜承蒙诸位这样瞧得起，我哪里～之理？也说“请酒不吃吃罚酒”“赏酒不吃吃罚酒”。

(三)对原来的例句作了修改，又增加了新的例句。如：

原稿：

【颠扑不破】〔成〕颠：跌倒。扑：扑打。无论怎样摔打都不会破裂。指(理论或学术)永远都不会被推翻。(语出宋·朱熹《朱子语类·孟子二》)例　马克思主义是～的真理。

改为：

【颠扑不破】〔成〕语出宋·朱熹《朱子语类·孟子二》。颠：跌倒。扑：扑打。无论怎样摔打都不会破裂。指（理论或道理）永远都不会被推翻。例　做人要诚实，才能赢得别人的尊重。这是～的真理。｜正反两方面的经验无可辩驳地证明了实事求是、一切从实际出发、理论和实践相结合这一～的真理。

原稿：

【蛾眉皓齿】〔成〕皓齿：洁白的牙齿。形容女子容貌美丽。(语出汉·司马相如《美人赋》) 例　眼前这个女孩子，长得～，非常标致，就像是从画里走出来似的。

改为：

【蛾眉皓齿】〔成〕语出汉·司马相如《美人赋》。皓齿：洁白的牙齿。形容女子容貌美丽。例　眼前这个女孩子，具有一种古典美，～，非常标致。｜那姑娘生得～，雪一样的皮肤，跟你家儿子真叫天配的一对儿。

原稿：

【改名换姓】〔成〕改换真实的姓名。多指为了不暴露自己的身份,进行隐秘的活动而改用假名。(语出《史记·货殖列传》) 例　他打算～，到一个陌生的城市去开始新的生活。也说“改名易姓”“更名改姓”。改为：

【改名换姓】〔成〕语出《史记·货殖列传》。改换真实的姓名。多指为了不暴露自己的身份，进行隐秘的活动而改用假名。例　他打算～，到另外一个城市去开始新的生活。｜在做地下工作时，为了掩护自己，他多次～。也说“改名易姓”“更名改姓”。

原稿：

【好吃懒做】〔成〕喜好吃喝，懒于做正经事。指人又馋又懒。（语见《红楼梦》一回）例　经过这次军训，他去掉了～的坏毛病。

改为：

【好吃懒做】〔成〕语见《红楼梦》一回。喜好吃喝，懒于做正经事。指人又馋又懒。例　这人不思进取，～，一身的坏毛病。｜咱们庄户人以勤俭为本，像你这样～的，如何使得？

原稿：

【浩然之气】〔成〕浩然：形容正大刚直。气：人的精神状态。指正大刚直的精神。（语出《孟子·公孙丑上》）例　只有经过千锤百炼，才能养成至大至刚的～。

改为：

【浩然之气】〔成〕语出《孟子·公孙丑上》。浩然：形容正大刚直。气：人的精神状态。指正大刚直的精神。例　只有经长期的修养锻炼，才能养成至大至刚的～。｜文天祥所歌咏的“正气”，跟“～”一脉相承。

原稿：

【举头三尺有神明】〔谚〕举：抬起。三尺：概数，形容距离近。神明：神的总称。指神明就在头顶上不远处监视着，善恶都瞒不过。劝人不要做亏心事。(语出宋·王楙《野客丛书》卷二九) 例　我并不讲迷信,但我认为～的话有道理，做事一定要问心无愧。也说“举头三尺有神灵”“离地三尺有神灵”“抬头三尺有神明”。

改为：

【举头三尺有神明】〔谚〕语出宋·王楙《野客丛书》卷二九。举：抬起。三尺：概数，形容距离近。神明：神的总称。指神明就在头顶上不远处监视着,善恶都瞒不过。劝人不要做亏心事。例　“～。”虽然这话有些迷信，但我认为做事一定要问心无愧。｜俗话说：“～。”也许我们在这里说马王爷，马王爷就在这头上。也说“举头三尺有神灵”“离地三尺有神灵”“抬头三尺有神明”。

(四) 重编了例句。如：

原稿：

【地广人稀】〔成〕土地广阔,人口稀少。(语出《史记·货殖列传》) 例　这是一个～，偏僻闭塞的地区。也说“地旷人稀”。

改为：

【地广人稀】〔成〕语出《史记·货殖列传》。土地广阔，人口稀少。例　这一带～，畜牧业比较发达。也说“地旷人稀”。

原稿：

【光宗耀祖】〔成〕为宗族增光，使祖先显耀。（语见《红楼梦》三十三回）例　在抱着～旧思想，想在经商上开创一番事业。也说“荣宗耀祖”。

改为：

【光宗耀祖】〔成〕语见《红楼梦》三十三回。为宗族增光，使祖先显耀。例　在古老的中国，很多人把～作为人生的追求目标。也说“荣宗耀祖”。

原稿：

【鬼正邪人怕，人正邪鬼怕】〔谚〕邪人：心术不正的人。邪鬼：邪恶的鬼怪。鬼正直，心术不正的人就会害怕；人正直，邪恶的鬼怪就会害怕。指坏人怕鬼，鬼怕正直的人。（语见《闽都别记》三十八回）例　～。不论是做人还是做鬼，只要一身正气，就不怕一切邪恶。

改为：

【鬼正邪人怕，人正邪鬼怕】〔谚〕语见《闽都别记》三十八回。邪人：心术不正的人。邪鬼：邪恶的鬼怪。鬼正直，心术不正的人就会害怕；人正直，邪恶的鬼怪就会害怕。指坏人怕鬼，鬼怕正直的人。例　～。只要行得正，什么妖魔鬼怪都不用害怕。

原稿：

【贵尔六尺躯，勿为名所驱】〔名〕贵：珍惜。尔：你。珍惜你那六尺身躯，不要被空名虚利所驱使。表现作者不迎时俗、守志不移的刚直精神。(语出唐·柳宗元《读书》诗）例　生活是实实在在的，“～”，没有健康，一切都是零。

改为：

【贵尔六尺躯，勿为名所驱】〔名〕语出唐·柳宗元《读书》诗。贵：珍惜。尔：你。珍惜你那六尺身躯，不要被空名虚利所驱使。表现作者不迎时俗、守志不移的刚直精神。例　“～。”要珍惜自己的名誉，保持一种不迎时俗，不以名利为转移的精神状态。

原稿：

【好汉上梁山——逼出来的】〔歇〕梁山：梁山泊，在今山东省东平县境内，相传北宋末年宋江率农民起义军屯聚此处。《水浒传》中描写，北宋末年，很多英雄好汉因种种原因被逼上梁山造反。指采取某种行为是逼出来的。例　两个孩子都上大学，需要花很多钱，我远来这里打工，是～。

改为：

【好汉上梁山——逼出来的】〔歇〕梁山：梁山泊，在今山东省东平县境内，相传北宋末年宋江率农民起义军屯聚此处。《水浒传》中描写，北宋末年，很多英雄好汉因种种原因被逼上梁山造反。指采取某种行为是逼出来的。例　他做这件事并非自愿，而是～的。

（五）重编了例句，又增加新的例句。如：

原稿：

【喝倒彩】〔惯〕喝（hè）：大声喊叫。原指观众对艺人、运动员等在表演或比赛中出现的差错故意高声叫好取笑。泛指故意嘲讽别人出现的差错或失误。例　新单位的工作开展起来很难，稍有偏差便要被人～。也说“喊倒好”。

改为：

【喝倒彩】〔惯〕喝（hè）：大声喊叫。原指观众对艺人、运动员等在表演或比赛中出现的差错故意高声叫好取笑。泛指故意嘲讽别人出现的差错或失误。例　她听见有人～，不觉满脸绯红。｜他在台上刚一张口，就感到调没拿准，这时台下有人喝起了倒彩。也说“喊倒好”。

原稿：

【贵人多忘事】〔谚〕贵人：地位显贵的人。指地位高的人事务繁多，难免比常人多一些遗忘的事情。常用作套语，指人健忘。（语见元·宫大用《范张鸡黍》四折）。例　原以为县长早把他忘了，～嘛，没想到县长真的派人送来了。

改为：

【贵人多忘事】〔谚〕语见元·宫大用《范张鸡黍》四折。贵人：地位显贵的人。指地位高的人事务繁多，难免比常人多一些遗忘的事情。常用作套语，指人健忘。例 没有想起这点小事不要紧，～嘛！｜你老是～，哪里还记得我们！

原稿：

【好花不常开，好景不常在】〔谚〕好花容易凋谢，美景难以长久。比喻美好的事物总是短暂的,需要珍惜。(语见清·程趾祥《此中人语》卷五) 例 “～。”青春小鸟终究会一去不回,我们要多做一些有意义的事情。也说“好景不常在，好花不常开”“好景难长，名花易落”。

改为：

【好花不常开,好景不常在】〔谚〕语见清·程趾祥《此中人语》卷五。好花容易凋谢，美景难以长久。比喻美好的事物总是短暂的，需要珍惜。例 “～。”人最美好的青春时光也很快就会过去，这是自然规律。｜“～。”人总是会生病的，这不奇怪。也说“好景不常在，好花不常开”“好景难长，名花易落”。

(六) 原来有两个例句，一个修改，一个保留。如：

原稿：

【进鬼门关】〔惯〕鬼门关:迷信传说中阴阳交界之处。①指人死亡。例　他高兴地拉住我说:“那么危险的地方,我真怕你会~哩!”②指来到凶险、受罪的地方。例　旧时包身工一进厂,就是进了鬼门关,起五更,睡半夜,受尽折磨。也说“进阎王殿”。

改为:

【进鬼门关】〔惯〕鬼门关:迷信传说中阴阳交界之处。①指人死亡。例　那个地方太危险,去了就怕要~哩!②指来到凶险、受罪的地方。例　旧时包身工一进厂,就是进了鬼门关,起五更,睡半夜,受尽折磨。也说“进阎王殿”。

原稿:

【鬼蜮伎俩】〔成〕语出《诗·小雅·何人斯》。蜮(yù):传说中在水里暗中含沙射人的怪物。伎俩:不正当的花招、手段。比喻阴险害人的卑劣手段。例　他们想用美好的言辞去掩饰自己的~,愚弄善良的人们。|他们顶多只能在黑暗中施些~,顶多匿名的在报纸上放一两只冷箭。

改为:

【鬼蜮伎俩】〔成〕蜮(yù):传说中在水里暗中含沙射人的怪物。伎俩:不正当的花招、手段。比喻阴险害人的卑劣手段。(语出《诗·小雅·何人斯》)例　他们想用美好的言辞去掩饰自己的~,愚弄善良的人们。|他

们只能在黑暗中施些～，放一两枝冷箭，并没有什么可怕的。

原稿：

【恨不得钻进老鼠窟窿里】〔惯〕①形容人内心非常恐慌害怕，竭力想找个安全的地方躲藏起来。例　他知道对方心狠手辣，绝不会放过他，吓得～。②形容人羞愧窘迫，感到无地自容。例　谎话被当众揭穿，他羞得～。也说“恨不得地上有个窟窿钻进去”“恨不得地下裂条缝钻进去”“恨不能扒个地缝钻进去”。

改为：

【恨不得钻进老鼠窟窿里】〔惯〕①形容人内心非常恐慌害怕，竭力想找个安全的地方躲藏起来。例　他～，躲过这帮心狠手辣的家伙。②形容人羞愧窘迫，感到无地自容。例　谎话被当众揭穿，他羞得～。也说“恨不得地上有个窟窿钻进去”“恨不得地下裂条缝钻进去”“恨不能扒个地缝钻进去”。

(七) 原来有两个例句,其中一个作了修改,一个重编。如：

原稿：

【颠三倒四】〔成〕形容头脑不清楚，昏昏沉沉。也形容说话、做事不条理，没有次序。例　这几个人先把他弄得～，然后骗走了他身上所有的钱。｜那些喝醉的人，难免说些～的话。

改为：

【颠三倒四】〔成〕形容头脑不清楚，昏昏沉沉。也形容说话、做事不条理，没有次序。例　这几个人先把他弄得～，然后骗走了他身上所有的钱。｜他说话～，谁也没听明白他要表达什么意思。

原稿：

【攻苦食淡】〔成〕攻：致力研究、学习。致力于劳累艰苦的工作,吃着粗茶淡饭。指不求享乐,刻苦自励。(语出《史记·刘敬叔孙通列传》) 例　他一生致力于科学研究，～，夜不安枕，为我国科技进步做出了重要贡献。｜她凭着对图书馆工作的极大热忱，～，和同仁们一起整理图书资料。

改为：

【攻苦食淡】〔成〕语出《史记·刘敬叔孙通列传》。攻：致力研究、学习。致力于劳累艰苦的工作，吃着粗茶淡饭。指不求享乐，刻苦自励。例　他一生致力于科学研究，～，夜不安枕，为我国科技进步做出了重要贡献。｜这项工作非常艰巨，没有～的精神是完不成的。

原稿：

【贵人话语迟】〔谚〕①指地位显贵的人说话慎重，不轻易发言。例　到底是“～”，当人们议论不休时，他在深思。②有时用于对语言发育迟缓的孩子一种委婉解释。例　关于“～”的说法，有时会延误聋哑儿的最佳诊断和干预时机。也说“贵人语迟”。

改为：

【贵人话语迟】〔谚〕①指地位显贵的人说话慎重，不轻易发言。例　到底是“～”，当人们议论不休时，他在不声不响地深思。②有时用于对语言发育迟缓的孩子一种委婉解释。例　俗话说:“～。”这孩子说话虽然迟了一些，可一旦说开了，那话就多了。也说“贵人语迟”。

原稿：

【海不辞水，故能成其大；山不辞土石，故能成其高】〔格〕辞：拒绝。海不拒绝大大小小水流，所以才能形成它的大；山不拒绝一土一石，所以才能那么高。①指注重积累细小，才能成其多。例　经理再三强调：不可忽视细小，须知“～”。(语出《管子·形势》) ②比喻博采众长，才能成就大业。例　“～。”我们只有吸收各家之长，才能不断发展。也说“海不择细流,故能成其大;山不拒细壤,方能就其高”“泰山不让微尘,故能成其大;河海不择细流,故能成其深”。

改为：

【海不辞水，故能成其大；山不辞土石，故能成其高】〔格〕语出《管子·形势》。辞：拒绝。海不拒绝大大小小水流，所以才能形成它的大；山不拒绝一土一石，所以才能那么高。①指注重积累细小,才能成其多。例 “～。”知识是靠日积月累,才不断丰富起来的。②比喻博采众长,才能成就大业。例 “～。”我们只有吸收各家之长，才能自成一家。也说“海不择细流,故能成其大;山不拒细壤,方能就其高”“泰山不让微尘,故能成其大;河海不择细流,故能成其深”。

（八）原来有三个例句，都进行了修改或重编。如：

原稿：

【海阔天空】〔成〕①形容天地辽阔，无边无际。例 他走了已经很多年，～，不知现在何处。②形容心胸开阔，无拘无束。例 他一向无忧无虑，总是谈笑自若，～。③形容想象或说话毫无拘束,漫无边际。例 他们都很健谈，常常～，谈到深夜。（语出唐·刘氏瑶《暗别离》）

改为：

【海阔天空】〔成〕语出唐·刘氏瑶《暗别离》。①形容天地辽阔，无边无际。例 从山顶望去，～，山水一色，美不胜收。②形容心胸开阔，无拘无束。例 他一向宽容大度，遇事有涵养，能包容，他总说："退一步～。"③形容想象或说话毫无拘束，漫无边际。例　他们都很健谈，常常～，聊到深夜。

（九）原来没有例句，补充了例句。如：

原稿：

【哼哈二将】〔成〕原为佛教里守护庙门的两个神，形象威武凶恶，后来《封神演义》把他们描写成有法术的两个神将，一个叫郑伦，鼻子能哼出白气制敌，一个叫陈奇，口中能哈出黄气擒将。后多比喻有权势者手下的得力干将。也比喻狼狈为奸的两个人。含贬义。

改为：

【哼哈二将】〔成〕原为佛教里守护庙门的两个神，形象威武凶恶，后来《封神演义》把他们描写成有法术的两个神将，一个叫郑伦，鼻子能哼出白气制敌，一个叫陈奇，口中能哈出黄气擒将。①比喻有权势者手下的得力干将。例　他们两人一个是管家，一个是护卫，人称是赵家的～。②比喻互相密切配合的两个人。例　父亲哼一句，儿子紧接着也来一句。一唱一和，真像～。

经过这次集中审订，质量有大幅度的提高，基本上达到出版要求。责任编辑加工后，于二〇一四年七月出版。我为本书撰写了"前言"，在叙述了本书在立目、释义、

举例　等方面所作的探索后，指出：本书“出版说明”中称:“《新华语典》是一部中型语典。意在同《新华字典》《新华词典》配合，从字、词、语不同的角度，全方位展示现代汉语的面貌。”这充分说明了本书出版的意义。本书收条达两万多条，反映了汉语语汇的丰富性，体现了汉语的特点和优点,具有重大的应用价值和学术价值。十年多前，我们曾经提出“语词分立”的主张。本书的出版，表明在汉语里“语词分立”是不争的事实。

主编《俗语大词典》

二〇〇六年十月三十至三十一日，由北京大学中文系唐作藩教授主编的《中国语言文字大词典》和《中国语言文字学大辞典》审订会在重庆市召开。邀请我作为《中国语言文字大词典·俗语卷》的主编出席这次会议。会后，组织参会人员游览长江。

二〇〇七年二月，《中国语言文字大词典》实际负责人刘家丰来太原，和我敲定了《中国语言文字大词典·俗语卷》的编写体例,并付了两万元启动费。这年三月八日，我起草了《〈中国语言文字大词典·俗语卷〉的编写说明(附样稿)》，并召开了编写工作会议，确定沈慧云、吴建生、范瑞婷为副主编，其他编写人员都分了工，正式启动。

二〇〇八年二月二十至二十二日，我应《中国语言文字大词典》总编纂委员会的邀请，参加了在燕郊福成国际大酒店举行的“《中国语言文字大词典》总编委与分卷主编联席会议暨戊子年元宵节联谊会”，此时，我们负责编写的《中国语言文字大词典·俗语卷》的初稿已经完成。后来唐作藩教授主编《中国语言文字学大辞典》作为《中国语言文字大词典·语言文字学卷》由中国大百科全书出版社出版，而其他分卷包括俗语卷则由于经费问题不能出版。于是，我们只好另找出路，把书名改为《俗语大词典》，找了两家出版社都遭到婉拒，后来找到商务印书馆。商务印书馆很认真，请专家审阅。二〇一一年七月十五日，他们把专家的审阅意见告诉我。意见认为《俗语大词典》有以下特点：

一是规模大，收的条目多。“凡例”说，本书收汉语谚语九千六百二十五条，歇后语二千七百四十一条，惯用语四千一百八十三条，三者相加，共计一万六千五百五十九条（不含副条），如果算上副条，所收条目超过二万，全书字数估计约二百万，可谓洋洋大观，将是当今出版的最大的一部俗语辞书。

二是古今兼收。俗语也有古今，在先秦两汉的文献中，记录有大量的古代俗语，许多有生命力的形式，一直在流传。到了近代汉语，俗语更加丰富，特别是在元曲、明清小说中，记录有许多俗语材料。《俗语大词典》既大量收录现代汉语中的俗语，又适当地选录古代和近代汉语中的俗语，使词典收条做到古今兼收，照顾了历史和现实。例如“爱之欲其生，恶之欲其死”(《论语》)、“哀乐失时，殆咎必至”(《左传》)、“阿婆不嫁女,那得孙儿抱”(六朝)、“巴东三峡巫峡长，猿鸣三声泪沾裳”(《水经注》)、“八仙过海，各显神通”(近代）等。丰富的古今条目，使词典既有实用性，又具有文献查考性，提高了学术价值。

三是精选词目，语料丰富。俗语的特点之一就是形式灵活，在一个主题下，可以有多种说法。例如“老鼠过街，人人喊打”这一歇后语，可以说成“过街的老鼠，人人喊打”“过街的老鼠，到处有人喊打”“耗子过街，人人喊打”等等。同样，一个通行的谚语，在全国也有许多说法，虽然是大同小异，但却是异彩纷呈。例如“女大十八变”，有“女大十八变，越变越好看”“女大十八变，变作观音面”“女大十八变，牡丹显红艳”等等。异形多，就需要进行选择。编者把通行的、流行范围广的形式作为主条，其余作为副条、异体。如上举二例中，以“老鼠过街，人人喊打”“女大十八变”为主条，其余作为副条、异体。

这一点，《俗语大词典》编者做得较好。所选主条，大多为典型的，有代表性的。主条和异体，都举出各种例句，语料十分丰富。例如“不怕不识货，就怕货比货”这一谚语，主条举了郭沫若、李健吾、陈国荣三个例证，四个异体也分别列出，举了白危、西戎、王丽堂、刘操南等人作品为例证。例句丰富，语言多样，词目内容显得很充实。

四是体例完善，较为合理。二十多年来温先生主编了多部俗语词书，例如一九八四年北京出版社出版《歇后语词典》、一九八九年上海辞书出版社出版《中国俗语大辞典》、二〇〇六至二〇〇八年商务印书馆出版《新华谚语词典》《新华惯用语词典》《新华歇后语词典》，近年又倾力打造《新华语典》。我们比较一下这些词书对词目的处理就可以发现，作者对俗语词书的表现形式和体例问题，有一个不断探索、不断完善的过程。而目前所完成的这部《俗语大词典》，可以认为是一部体例更加完善、更加实用合理的辞书。

总的感觉是这部书稿比较成熟，质量较好，出版这样的词书既可丰富商务的词书品种，又可满足市场的需要，与商务出版的另一部《俗语词典》（徐宗才编）也不发生矛盾。《俗语大词典》古今兼收，规模较大，偏重于提高；徐书重点专收现当代俗语,偏重于普及。二书的学术理念、编辑体例、作品风格也很不同，可以认为是各有特色。

由于审稿专家对本书给以较高的评价，商务印书馆同意出版本书。二〇一二年七月九日签署了出版合同。合同规定，全稿字数约为三百六十万字，上下浮动不得超过百分之十；商务印书馆承诺在二〇一三年十二月三十一日前出版该书。

合同签订后，责任编辑马志伟先生对本书提出两点意见：一是主条有些少，比商务印书馆以前出版的《俗语词典》多不了多少，难以称“大”，建议补充主条。二是首字不同的异形条目，原来是各自出条，不合一般读者阅读习惯，建议合并。我们尊重他的意见，增补了近五千条主条。为了不超过合同规定的字数，删去一些条目超出五个或六个的副条。增补主条是个很复杂的工作，出现了许多在语料方面跟原稿重复的现象，经过反复核对才纠正过来。首字不同的异形条目数量太多，合并起来十分费事，结果有的合并，有的没有合并，造成体例不统一，留下了“后遗症”。

此书出版过程比较坎坷。因为要给《辞源》修订本让路，校对上耽误了时间，直至二〇一五年六月才正式出版，总字数近四百万字。

《俗语大词典》出版后不久，责任编辑告诉我，上级抽查了十一万字，发现十九处有错，差错率超过规定的万分之一，超标近一倍。这引起了我极大的注意。我仔细查了一下，全部是引用书证上的问题：一是作者有误，如把“汉·荀悦”误作“汉·苟悦”,把“清·和邦额”误作“清·观邦额”，把“清 · 陈鳣”误作“清 · 陈鳢”，把“李劼人”误作“李劫人”；二是书名有误，如把“《梼杌闲评》”误作“《祷杌闲评》”,“《龙潭记》”误作“《龙潭汜》”, 把《丹凤街》误作《丹风街》, 把《在田野上, 前进！》误作《在田野上前进》。

我一方面将这种情况通报全体参编人员，要求大家查检各自分工编写的部分；一方面追究产生差错的原因，主要是：

一、编写者多把注意力重点放在释义的推敲上，而疏于书证的核实。

二、语料库里面的资料，质量参差不齐。参与语料库建设的资料人员有的是新手，抄书常出错。

三、大型辞书参编人员较多，水平不一致。主编的审核、把关，也是重点放在释义上，同样疏于书证的核实。

我查阅了商务印书馆出版的性质相似辞书，发现有的引用书证的差错率更为严重。如有一本比《俗语大词典》早两年出版的大型语类辞书，据我们抽查，引书的差错率还超过《俗语大词典》。特别是，姚雪垠的《李自成》，众所周知，只出五卷，可该书多处写作“六卷”“七卷”“八卷”“九卷”以至“十卷”。仅第七十八至三百六十八页(约占全书七分之一)就发现了十六处。

于是，我向商务印书馆领导呈递了一个报告，鉴于大型辞书，多注重释义的推敲，而疏于对书证的核查，建议区别对待大型语文辞书的释文和书证：释文的差错率可以提高到万分之零点五，而把引书的差错率放宽到万分之二、三。不知道是不是这个报告起到作用，后来《俗语大词典》的差错率超标问题未被追究。

联合主编《学生成语辨析小词典》

在一次与山西师大文学院辛菊教授的交谈中，得知她和她的同事收集了很多中小学生误用成语的实例，于是，我建议他们编写一部纠误的成语小型词典。我建议每个条目，除了语目、注音外，应包括误用例、辨析、正确使用例三个部分，并试编了十几条。她赞同我的想法，立即组成编写组试编。二〇〇八年十月，在河北大学举办的第七届词汇学学术研讨会上，我们见到参会的上海辞书出版社语词编辑室负责人孙毕，向他提起此书。他有些犹豫，觉得单独一本，没有成套，不大好办。于是，我们转与人民教育出版社辞书编辑室主任刘玲联系，她满口答应，同意出版此书。在初稿完成之后，她带领责编赵志峰到山西师大与编写组成员座谈，我也前往参加。在座谈会上，赵志峰谈了对本书初稿的修改意见。

人民教育出版社辞书编辑室对本书非常重视，大概是二〇一二年五月，在北京召开了专家座谈会，征求意见。我和辛菊也应邀参加了会议。与会专家提了不少建设性的意见，我们根据他们的意见进行修改。辛菊负责修改“辨析”部分，我负责“正确使用例”部分。出版社的几位编辑也都参加修订，终于达到要求，于二〇一四年六月出版。我本不想署名，辛菊认为我对本书作了很多工作，一定要我署名，只好忝列第二主编。

主编《新华格言词典》

《新华谚语词典》《新华惯用语词典》《新华歇后语词典》相继出版之后，我产生了编写《新华格言词典》的念头，让我的大女儿朔雁试编。当时考虑只收古代格言，每条除释义和出处外，还举出引用例，还跟上述三本词典一样，设置“知识窗”。

书稿交商务印书馆后，他们组织专家进行审读，并于二〇一一年二月十六日提出审读意见，认为“编写这样一部格言词典很有意义，市场也需要，新华系列辞书配套也需要”。同时，认为我们提供的书稿还不够完善，需要再做加工修改。具体意见包括：收条标准，收条范围，还有例句问题，以及知识窗设置问题等。建议在收条标准上严格掌握，不要让一些名言名句挤进来；在收条范围上“古今格言兼收并蓄，只是古代格言多收一些，现代格言少收一些”，还要收一些外国格言。还建议不用举例，不必设置“知识窗”。

根据专家的审读意见，我们作了大幅度的修改。格言含义深刻，释义十分困难。我逐条推敲，把校样改得花花的。商务印书馆领导认为此书很有意义，采用精装，于二〇一六年三月出版。

五本待出版的语类辞书

一是《现代汉语通用语典》。

本书是在《通用成语词典》《通用谚语词典》《通用惯用语词典》和《通用歇后语词典》的基础上编写而成的。这四本书二〇〇二至二〇〇四年由语文出版社出版后，颇受读者欢迎，一印再印。二〇一三年六月，我和时任语文出版社副总编的李守业先生联系，建议在此基础上编写《现代汉语通用语典》。出版社领导研究后表示同意。因为，有这四本书作基础，编写起来不很费劲。只是对原书进行修订，有的作了补充，然后合成。

《现代汉语通用语典》共收语约一万条，其中成语约三千四百条，谚语约二千三百条，惯用语约二千四百条，歇后语约一千九百条，合计一百四十万字，是一部中型的综合性语典。二〇一四年十二月签订出版合同，出版社随即支付著作权转让费二十万元。目前该书还在出版过程中。

二是《通用成语大词典》。

本书原名《中国成语大全》，是应商务印书馆之约编写的。

大概是二〇一一年十月，我赴京访问商务印书馆，在与时任副总编辑的周洪波先生和出版中心主任余桂林先生座谈中，他们约我主持编写《中国成语大全》。

我们过去侧重于编写俗语类（包括谚语、惯用语、歇后语）辞书，成语辞书只编写过小型的《通用成语词典》。接受《中国成语大全》的编写任务后，我反复思考如何组织编写队伍。正在此时，时任内蒙古大学文学与新闻传播学院院长的李树新先生带领该院语言学教研室主任姜德军先生来拜访我，说他们愿意承担《中国成语大全》的编写任务。我与商务印书馆多次交换意见后，确定了《中国成语大全》编写体例，发给李树新先生，请他们按照此体例组织编写，商定由我和李树新先生联合主编。

二〇一二年九月，我应邀访问内蒙古大学，并在文学与新闻传播学院在学术报告。访问期间，参加了《中国成语大全》编写组工作会议，对编写工作提出要求和建议。

经过一年多的编写，他们提交了部分初稿。我粗看了后没有多加修改，就转发给商务印书馆辞书出版中心。二〇一四年七月十二日，出版中心以商务印书馆编辑部的名义提出审稿意见，认为"该稿似匆忙写成，未经反复琢磨、精心加工。稿中存 在文字错误、注音错误、体例疏漏、副条排列混乱、主副 条确认不当、引书出现书名错误、词语注释待推敲、有些 例句编得不好等问题，而且数量不少"。还对各个编写环节提出具体意见。

针对此"意见"，我于七月二十日撰写了《"编辑部对《中国成语大全》的编写意见"读后》，回复商务印书馆编辑部。主要内容是：一、两点感谢，一点说明（感谢对初稿"特点"的肯定，感谢指出本书初稿存在的问题；说明本书的编写经过）。二、盼望澄清两个问题（要不要自编例句的问题，收条的数量问题）。三、两个要求（要求确定本书的责任编辑，要求签订出版合同）。

商务印书馆辞书出版中心接到我的回复意见之后，进行了讨论，产生了对立的两个意见，一个意见是同意立项，一个是不同意。最后已升任总编辑的周洪波先生拍板，给我打来电话，说初稿质量太差不予立项。我静下心来想，觉得他的意见是有道理的。我再细看初稿，感到问题确实太多。于是给周洪波先生写信，表示同意他的意见。但我并不死心，我想内蒙古大学文学与新闻传播学院已经为编写此书花费了不少人力、财力，如果就此罢休，我心里过意不去。于是，多方联系，另找出版单位。最后，语文出版社同意出版此书，书名改为《通用成语大词典》，收条数仍按原来规定的四万条，体例也不变。这给了我们新的希望。我通知内蒙古大学文学与新闻传播学院《中国成语大全》编写组，再不要错过这个难得的机会，从头再来，编好书稿。

他们接受了我的意见，认真检查初稿，作了较大修改，于二〇一五年六月把全稿发给我。我审读后，发现问题还是不少。一是因为出于多人众手，在体例上五花八门。二是释义和例句编写问题很多，特别是参编的是学生，在释义和举例上有少数是抄袭别人的。这是绝对不允许的。我化了近半年时间，首先是统一体例，补编漏编的；对抄袭的，尽可能作了改编。这年十二月十日，我把书稿发给语文出版社。他们经过审查，认为基本合格。于是签订了著作权转让合同，并支付了转让费四十万元。

书稿交了之后，我心里仍不踏实。特别是少数抄袭问题，没有完全解决。于是要求编写组，特别是六位副主编认真负责修改。二〇一六年七月，我发现他们交来的修改稿仍有不少问题，特别是少数抄袭的没有完全重编，于是专程去内蒙古大学，召集负责书稿把关的六个副主编开会，说明抄袭问题的严重性，要求大家分工协作，逐条审核。二〇一七年年初，他们把改定的书稿发给我，我看后觉得质量有所提高，特别是少数抄袭的，已经纠正。于是转发给出版社，以替换原来的书稿。

三是《谚语辞海》《歇后语辞海》《惯用语辞海》。

这三本书早在二〇〇六年七月就与上海辞书出版社签订了出版合同，都列入“语海系列”，共同的特点是，收条尽量多，只释义不举例。

二〇〇八年八月，我应甘肃省天水师范学院之邀，前往访问讲学，在与语言学教研室老师座谈时，商定由他们负责编写《谚语辞海》。计划收谚语五万多条，约二百五十万字。由于参编人员都是新手，交来的初稿问题甚多。我让我们团队里一位有编写经验的副研究员进行出版审读后，交给上海辞书出版社。他们请人外审，又花了近两年时间。出版社初审时，又发现了许多问题，我亲自一一修改。目前，三校已经接近完成，近期即可出书。

《歇后语辞海》本来想让山西省社科院语言所退休副研究员范瑞婷女士负责组织编写。后来，她有其他任务，我在访问山西省长治学院中文系时，委托系主任史素芬教授负责组织编写。在此之前，忻州师范学院中文系张光明教授已经编写了部分条目。书稿完成后,出版社认真审读，发现大小问题数千个，我也亲自一一修改。本书由我担任主编。史素芬、张光明教授担任副主编，估计二〇一七年年底或二〇一八年年初或可出版。

《惯用语辞海》由山西省社科院语言所原所长吴建生研究员负责组织编写，已完成初稿，二〇一八年或可出书。

正在主编大型工具书《语海》

编写大型的综合性语典的设想始于一九八六年《汉语常用语词典》出版之后。当时我把这个想法告诉上海辞书出版社语词编辑室编辑刘韵玲。她随即转告该室主任杨蓉蓉。一九九六年十二月二十四日杨蓉蓉在来信中称：

刘韵玲向我提起您对《语典》的设想。我也对此颇感兴趣，很希望我们能继续合作。您是否能作再具体一点的构思。如果我们可以协商到双方都满意而且有把握的程度，我正式向社领导提出，估计社领导也会感兴趣。

一九九七年二月二十日，我去汕头大学参加方言学术研讨会路过上海辞书出版社。杨蓉蓉女士向我传达了社领导关于编纂《语典》的意见，把书名暂定为《中华大语典》。接着,我起草了“关于《中华大语典》的编写说明”，预计本书收成语两万条、谚语两万条、歇后语和惯用语各七千五百条，格言五千条。合计六万条。总字数约六百万字。同时，试编了样条。

后来由于我们与郭某的官司终审败诉，集中精力应付官司，《中华大语典》的编纂没有进一步实施。

进入新世纪，上海辞书出版社为了与《辞海》配套，提出编纂《语海》的想法，并约我担任主编。二〇〇五年十月五日，我起草了“大型辞书《语海》编纂计划”，二〇〇六年七月十日修改。二〇〇九年八月二十一日，又起草了“大型辞书《语海》编写计划纲要”，确定本书拟收成语三万五千条，谚语二万五千条，惯用语二万条，歇后语一万五千条，合计九万五千条，总篇幅约一千万字。

二〇一一年六月八日，我再次起草了“《语海》编纂计划（讨论稿）”，确定本书的规模和收条对象为：成语、谚语、惯用语、歇后语共十二万条，约一千三百万字。其中：成语：约三万五千条，四百万字；谚语：约三万五千条，三百五十万字；惯用语：约三万条，三百五十万字；歇后语：约二万条，一百五十万字。建议出版社预支稿费二十万元，作为启动资金。

上海辞书出版社领导十分重视《语海》的编纂，于二〇一一年七月十九日在该社图书馆多功能厅召开“《语海》编纂专题研讨会”。社长、总编辑主持会议，有六位专家和该社语词室全体人员参加。我们派我院语言所副所长安志伟列席会议。

参加会议并发言的专家有：李行杰（青岛大学教授）、徐文堪（汉语大词典编纂处编审）、董福光（汉语大词典编纂处编审）、徐时仪（上海师范大学教授）、周洪波（商务印书馆副总编辑、编审）、周伟良（上海师范大学教授）。

这次会议我没有参加，据安志伟同志提供的会议记录，我觉得以下四个问题值得注意：

一、收条对象。

有的专家建议，超过“词”的语言单位或言语单位都要收。除了成语、谚语、惯用语、歇后语外，格言和名言都要收。

二、收条规模。

有的专家建议，收条越多越好。既收有书证的，也收见于口语、没有书证的。

三、排列顺序。

有的专家建议正文按语义分类排列。有的专家认为，按语义分类排列有困难，建议先出按音序排列的，以后再考虑出按语义分类排列的。

会后,李行杰和杨蓉蓉分别撰写了题为《对于〈语海〉编纂的几点建议》和《〈语海〉编纂管见》的文章，在第三届汉语语汇学学术研讨会（杭州，二〇一一年十月）上宣读。李文建议《语海》的条目按意义编排。杨文则对《语海》编纂前的准备工作和《语海》的编纂工作进行全面论述，对《语海》编纂很有指导意义和参考作用。

针对以上情况，我于二〇一二年五月二十七日撰写了《< 语海 > 编纂若干问题的思考和初步意见》一文。文章的第一部分是对上海文艺出版社二〇〇〇年一月出版的《语海》的评价。肯定它的功绩，指出不足；第二部分谈新《语海》的编纂，要“接受汉语语汇学的理论指导”，包括立目、标注“语性”、释义、例证，以及异形语目的处理等;第三部分谈“建设一个现代化的汉语语汇语料库”的问题；第四部分谈“建设一支相对稳定的编纂队伍”的问题。

二〇一二年四月二十日，上海辞书出版社社长彭卫国带领该社副总编辑陈崎、语词编辑部主任孙毕等来山西省社会科学院与院领导商议签订《语海》出版合同。签字仪式由副院长杨茂林主持，彭卫国社长和山西省社会科学院李中元院长先后讲话。合同的甲方由李中元和《语海》主编温端政签字，乙方由彭卫国签字。

合同的主要内容是：

一、作品名称：《语海》（全三册）（暂名）

二、甲方应于二〇一六年十二月三十日前将上述作品的誊清稿以及电子文档交付乙方，乙方应于发稿后十二月之内出版上述作品。

三、乙方以版税方式向甲方支付报酬，版税计算方法为：图书定价 × 九 %(版税率)× 实际销售数。

四、本合同签订后两个月内，乙方向甲方预付启动经费十万元和预付版税二十万元；上述作品首次出版后三个月内，乙方先向甲方预付五千册版税 (其中需扣除已经预付的版税)。以后每年年底按实际销售数与甲方结算版税。

五、上述作品首次出版后三十日内，乙方向甲方每位作者赠样书一册，并以七折售予甲方一百册。每次重印后三十日内，乙方向甲方赠样书二册。

合同的附件，明确《语海》工作委员会的主任为：李中元、彭卫国；《语海》编辑委员会主编为：温端政。

与此同时，还签订了《语海》（缩印本）的出版合同。

出版合同签订之后，编纂工作正式开始。预计二〇一七年年底完稿，二〇二〇年正式出版。

语汇研究

我对语汇的研究是从研究歇后语开始的。一九七八年七月，我从下放的运城县（今运城市）调到正在筹备的山西省社会科学研究所之后，就一边参编《歇后语词典》，一边研究歇后语，撰写了多篇论文，在此基础上撰写了《歇后语》一书，又撰写了《谚语》一书，于一九八五年同时出版。二〇〇〇年合作出版了《二十世纪的汉语俗语研究》；二〇〇五、二〇〇六年先后出版了《汉语语汇学》和《汉语语汇学教程》(主编)；二〇〇九年合作出版了《汉语语汇研究史》；二〇一四年合作出版了《惯用语》。这些是我从事语汇研究的主要成果。

撰写《歇后语》《谚语》

一九八〇年六月十五日《语文研究》创刊号发表了我

的《关于“歇后语”的名称问题》一文，这是我研究歇后语的第一篇文章，表面上是讨论歇后语的名称，实际上是讨论歇后语的性质。早在上世纪五十年代,茅盾先生的《关于“歇后语”》(《人民文学》一九五四年六月号）一文就指出 :“泥菩萨过江——自身难保”这一类歇后语，“如果只写出上半截而‘歇’去它的后半截，那就使人猜不到它的意义”，因而他主张这一类歇后语“应当有一个另外的名称”。我赞成这一主张，认为 :“歇后语”并不“歇后”也不能都“歇后”。鉴于歇后语的前后两个部分是“引子”和“注释”的关系，我主张把歇后语改名为“引注语”。

接着，我又撰写了《引注语（歇后语）的名称和性质》(《晋阳学刊》一九八〇年第一期)、《引注语（歇后语）的来源》(《晋阳学刊》一九八〇年第三期)、《试谈引注结构》(《语文研究》一九八一年第二辑)、《歇后语的语义》(《中国语文》一九八一年第六期）等文章。其中，《歇后语的语义》一文填补了歇后语研究的一个空白，尤其受到学界重视，被选入邵敬敏主编的《现代汉语通论参考文献精选》和周荐编的《二十世纪现代汉语词汇论文精选》(商务印书馆，二〇〇四年)。

大概是一九八一年的一天，时任商务印书馆汉语编辑室主任的郭良夫先生约见了我，说他们要推出雅俗共赏的语文知识性读物“语文知识丛书”。这套丛书要求既有一般的汉语知识介绍，又有语言学方面的科研成果；既要体现出学术性，又要兼顾通俗性。这套丛书中有一本《谚语·歇后语》，希望我能承担。我觉得能为商务印书馆写书很不容易，机会难得，就满口表示同意，并向郭先生提出，歇后语和谚语各成体系，最好各写一本。郭先生表示同意。后来我知道，这套丛书第一批共八本，其他六种中有著名学者朱德熙先生的《语法答问》、李荣先生的《文字问题》。我的书，居然能和他们的著作列在一起，感到非常荣幸。

《歇后语》一书因为有几篇论文作基础，写得比较顺手，我把第一、二章先寄给商务印书馆，听听他们的意见。一九八二年四月二十日，责任编辑潘逊皋先生给我来信，称：

寄来的《歇后语》稿第一、二两章已经看完，深感阁下精于鉴析语言，辨察名实，故能剖析歇后语的定名、来源，条分缕析，言之娓娓。第一章写得理周词畅，意趣横生，淋漓尽致；第二章亦持之有故，言之成理。望继此两章，百尺竿头，更进一步，以完成以后各章，书成必能惠及社会。

这段评语给了我很大的鼓舞，增加了我的自信。我针对信里所提出的一些具体意见和建议，抓紧进行修改。把全稿近八万字寄给商务印书馆。商务印书馆汉语工具书编辑室审阅后，于一九八二年九月二十三日给我来信，认为书稿“大体上”可用，提出两个具体意见：一是谈歇后语的语法功能中，对单句、复句的划分前后要一致；二是说“歇后语……具有鲜明的阶级性”的提法不妥，应加以改正。信中还说，我原稿后面附有“例句来源书目”，曾被他们删去，后来考虑该书要译成日文，应日方要求予以恢复，这给我添了一些麻烦，向我表示“歉意”。

完成《歇后语》一书后，紧接着撰写《谚语》一书。我对谚语研究不像对歇后语研究那样有基础。一是资料的收集要从头做起，二是观点的提炼需要认真思考。我日以继夜地阅读了一些明清小说和现当代小说，从中收集谚语资料；还阅读了前人撰写的有关谚语的论著，从中吸取理论滋养。也按照《歇后语》一书的体例，分为七章。在第一章“谚语的名称和性质”里，提出“如果广义的谚语相当于俗语，那么，从根本上说，狭义的谚语可以看成是以传授知识为目的的俗语”的论断，指出：“内容上是否具有知识性，是否以传授知识为目的，这是谚语区别于其他俗语的关键所在。”

《歇后语》《谚语》同时于一九八五年七月出版。《歇后语》一书第一次印刷就印了十三万一千册，《谚语》一书第一次印刷也印了十一万六千多册。后来又都再版重印。先后由日本学者译成日文，分别于一九八九年五月、一九九一年九月由株式会社光生馆在东京出版。这使我备受鼓舞，感到语汇研究不仅有助于弘扬中华民族的传统文化，还有助于国际学术交流。

《歇后语》《谚语》的出版，在学界引起比较强烈的反响。周荐的《汉语词汇研究史纲》(语文出版社，一九九五年) 在叙述上世纪七十年代末至九十年代“熟语研究的新创获”时称：“这一阶段，对歇后语的研究投入的心力最多、取得的成果最丰硕的是温端政”。在引述了《歇后语》一书中的一些论述后，指出：“像这样对歇后语观察、分析非常细致的学者，温端政之前从未有过。”许威汉的《二十世纪的汉语词汇学》(书海出版社，二〇〇〇年) 一书在叙述一九七八年以后的“熟语”研究时称：

本阶段对另一类熟语——歇后语的探讨较深入。深入的表现是揭示了规律性的内容，认为歇后语前后两部分的关系是“引子”和“注释”的关系，指出，凡是歇后语，意义的重点都在后一部分，，即后一部分表示整个歇后语的基本意义；前一部分除了表示某种附加意义之外，主要是起“引子”的作用，从中“引”出后一部分。如“高射炮打蚊子”引出“大材小用”来，“张飞穿针”引出“粗中有细”来。这种引子和注释的关系简称为“引注关系”，是歇后语内部关系的基本特征。同时提出注释的五种方式，从而把歇后语分为五种类型……以上研究成果见温端政《歇后语》。

本书还认为：

温端政歇后语研究之所以取得比较丰硕的成果，是因为方法论正确。方法论正确的具体表现是研究工作从大量材料入手。这样就随处逢源，不致只从术语概念上打转，捉襟现肘，促使说理丝丝入扣。

合作撰写《二十世纪的汉语俗语研究》

一九九六年九月，书海出版社成立了“二十世纪中国语言学丛书”编辑出版委员会，把我也列为“委员”，并约我撰写《二十世纪的汉语俗语研究》一书。这时我正忙于应付官司，恐怕难以独立完成，于是想到与南开大学文学院周荐先生合作，他表示同意。本书前有“绪论”，后有“结语”，正文分上下两编，上编“关于汉语俗语的理论研究”，下编“俗语的收集整理和俗语辞书的编纂”。我们两人的分工是，我写“绪论”和上编，他写下编和“结语”。上编是本书的重头戏，篇幅约占全书三分之二。最大的困难是缺乏资料。我只好向当年分配到北大的同班同学李一华求救。她不辞辛劳，到北大图书馆复印资料，还多次往返北京图书馆复印资料。这给了我极大的帮助。像郭绍虞的《谚语的研究》(《小说月报》一九二一年第二卷第二、三、四期)、杜同力《关于谚语的报告和说明》(《国语月刊》一九二五年第九期)、任访秋的《谚语之研究》(《礼俗》一九三一年第六、七期合刊)、曹伯韩的《谈谚语》(《太白》半月刊一九三五年第一卷第八期)、王顺的《北夏农谚的研究》(《教育与民众》一九三五年第七卷第一期)、薛诚之的《谚语的探讨》(《禹贡》半月刊一九三六年第二期)、白启明的《采辑歌谣所宜兼收的——歇后语》(《歌谣月刊》一九二四年第四四号)、傅振伦的《谜语歇后语研究之一斑》(《歌谣月刊》一九二四年第六八号)、温锡田的《论“俏皮话”》(北平《世界日报》一九三三年六月二十四日)和《再论“俏皮话”》(北平《世界日报》一九三三年七月一日)、汪锡鹏的《歇后语研究》(《文艺周刊》一九三五年七卷二期)、黄华节的《歇后语》(《太白》半月刊一九三五年二卷六期)等等，都是李一华女士给我提供了影印件或复印件。解放后发表在大学学报上的文献，山西大学的乔全生帮我从山西大学图书馆复印了许多篇。正是在这些资料的基础上，我完成撰写任务。我对他们的帮助，至今犹存感激之情。

撰写《论语词分立》等文章

二〇〇〇年八月十日是恩师王力先生百年寿辰纪念日。为了纪念先生百年诞辰,我和沈慧云女士合写的《“龙虫并雕”和“语”的研究》一文，发表在《语文研究》二〇〇四年第四期。这是我们比较全面地研究“语”的第一篇文章。在这篇文章里，对似乎已被词汇学界公认的语是“词的等价物”的观点进行质疑。文章比较了“语”与“词”的异同之后，认为“语”是汉语里大于“词”、结构相对定型、具有多功能的叙述性语言单位。语的性质和作用不同于“词”，不应作为词汇的组成部分；汉语语汇自成一个系统，建议建立与汉语词汇学平行的汉语语汇学。

二〇〇二年五月，我在河北师范大学举办的第四届全国汉语词汇学学术研讨会上宣读了《论语词分立》一文，着重说明了“语词分立”的含义：

一、给词、语，特别是给“语”下一个确切的定义，明确它的范围；

二、确认“语”和“词”是两种性质不同的语言单位，把“语”从“词汇”里分立出来，把“词”从“语汇”里分立出来；

三、明确“词汇”和“语汇”的定义，确认词汇具有系统性，语汇也具有系统性。

出乎我的意料的是，文章宣读后居然引起了比较强烈的反响。时任《辞书研究》编辑部主任的徐祖友先生立即向我约稿，该刊二〇〇二年第六期发表了此文。苏新春、苏宝荣合编的《词汇学理论与应用（二）》（商务印书馆，二〇〇四年）收了这篇文章。中国辞书学会编的《< 辞书研究 > 三十年论文精选》（上海辞书出版社，二〇〇九年）也收入了这篇文章。

“语词分立”的主张提出后，首先表态支持的是北京大学对外汉语教育学院副院长李红印教授。二〇〇四年，他在“汉语词汇学首届国际学术讨论会暨第五届全国研讨会”上宣读了题为《〈汉语水平词汇与汉字等级大纲〉收“语”分析》的论文（后发表在《语言文字应用》二〇〇五年第四期）。文章称：

应该说，二十一世纪汉语词汇学引人注目的动向是“语词分立”新主张的提出。二〇〇二年，温端政先生撰文，质疑传统词汇学关于词汇的定义，并探讨词、语的不同性质与分别，首次提出了“语词分立”的主张……总的看，“语词分立”新主张加深了我们对“语”的认识，也加深了我们对“词”“词汇”的认识，其提出本身就具有重要的理论意义和很广的应用前景。

该文还运用“语词分立”的观点，分析了国家汉办研制的《汉语水平词汇与汉字等级大纲》的收“语”情况，提出将“语”从词汇表中提取出来、单列“语表”的建议。

二〇〇四年八月六日，在北京举行吕叔湘先生一百周年诞辰暨《现代汉语词典》发行三十周年纪念大会。我参加了这次会议，并在会上宣读了《“语词分立”和方言语汇研究——重温吕叔湘先生〈中国俗语大辞典·序〉》一文，认为汉语方言语汇是一个庞大的系统，调查研究方言语汇具有重要的意义。此文发表在《语文研究》二〇〇五年第二期。

二〇〇六年八月《语文研究》迎来百期纪念，这年第三期要出纪念专刊。我应约撰写了《也谈“语汇重要，语汇难”》一文。文章沿着张志公先生为纪念《中国语文》出刊二百期而撰写的《语汇重要，语汇难》一文的思路，认为汉语语汇是一个庞大而复杂的系统，语汇研究具有重要意义，并对进一步开展语汇研究提出具体建议。

二〇〇七年五月十一日是北京大学中文系唐作藩教授

八十华诞，要出纪念文集。我应约撰写了《关于汉语语汇教学的几个问题》一文，指出语汇教学存在的主要问题，探索其原因并提出解决的途径。这篇文章收入《语苑撷英——庆祝唐作藩教授八十华诞学术论文集》(中国大百科全书出版社，二〇〇七年)

二〇〇七年八月十一至十二日，由山西大学语言科学研究所主办的第三届晋方言国际学术研讨会在太原举行，我参加这次会议，并宣读了题为《论晋语语汇研究》的论文。文章认为晋语语汇具有系统性，并论述了晋语语汇系统的特点，指出对语汇进行系统性的调查是深化晋语研究的一个重要途径。此文收入《晋方言研究——第三届晋方言国际学术研讨会论文集》(乔全生主编，希望出版社，二〇〇八年)

二〇〇八年十月十七至二十一日，在河北大学主办的第七届全国汉语词汇学学术研讨会上，我宣读了题为《再论语词分立》的文章。提出在“语词分立”的基础上实现“语词合一”、构建汉语语词学的设想。文章认为:“‘语词分立’并不意味着语词对立。把语和词绝对地对立起来，人为地割断他们之间的联系,同样是不可取的。”文章还认为:“语和词至少有三点是一致的：一、都是语言单位；二、都是语言的现成的‘建筑材料’；三、都负载着使用这种语言的民族传统文化。这篇文章发表在《辞书研究》二〇一〇年第三期,后又收入《词汇学理论与应用》编委会编的《词汇学理论与应用(五)》(商务印书馆,二〇一〇年)。

撰写《汉语语汇学》

二〇〇二年五月,在河北师范大学举办的第四届全国汉语词汇学学术研讨会上与时任商务印书馆汉语编辑室主任周洪波先生交谈时,我提出撰写《汉语语汇学》的想法,他表示支持,这给了我很大鼓舞,于二〇〇三年七月完成初稿,经商务印书馆审阅后列入出版计划。责任编辑刘玲认真审读了全稿,提出了许多宝贵意见。原来他们希望篇幅控制在二十万字,后来感到内容比较充实,就不限字数,于二〇〇五年一月顺利出版。第一次印刷了一万本,当年就基本卖完,二〇〇六年四月第二次印刷。

本书出版之后,我收到许多朋友来信,不乏赞扬之词。青岛大学师范学院李行杰教授来信说,他反复看了几遍,正在写书评。不久,他把书评寄来,题目为《创建中国语言学特有的语汇学——读温端政〈汉语语汇学〉》。我建议把"创建"改为"构建",他表示同意。我把书评转给《语文研究》编辑部。主编吴建生女士觉得这篇书评有分量,把它发表在《语文研究》二〇〇六年第一期的首篇。下面是这篇文章的摘要：

《汉语语汇学》指明了语跟词以及其他语言单位的区别，证明语是独的语言单位；论证了语汇内部的划分标准，构建了语汇学的研究框架，从而建立了汉语语汇学这门新学科。作者不囿于现成的语言理论，从汉语实际出发，对大量语言现象进行归纳排比，得出了全新的结论，是语言学中国化的一个成功的案例。

此后我陆续看到对本书的评论。主要的有：

张星：汉语言研究领域的新拓展——温端政《汉语语汇学》读后，文汇读书周报，二〇〇六年一月二十七日

曹瑞芳：实事求是，锐意创新——温端政《汉语语汇学》正式出版，语言学科，第五卷第二期，二〇〇六年三月

沈怀兴：读温端政著《汉语语汇学》，语文建设通讯（香港），二〇〇六年四月

马贝加、朱赛萍：汉语语汇学的开山力作——评《汉语语汇学》，汉语语汇学研究，商务印书馆，二〇〇九年

杨蓉蓉：一门新兴的有待完善的学科——读《汉语语汇学》《汉语语汇学教程》，汉语语汇学研究，商务印书馆，二〇〇九年

舒春晖：语言学中国化的一个成功案例——读温端政

《汉语语汇学》，语文学刊，二〇一二年四期

主编《汉语语汇学教程》

《汉语语汇学》出版之后，我们希望汉语语汇学能进入高校课堂，于是产生了编写供高等学校文科教学用的《汉语语汇学教程》的想法。我们在山西省内高校挑选作者，开了一个论证会，同意把《汉语语汇学》教材化，除了保留原来的八章外，还增写“方言语汇”和“语典”两章。会议决定分工如下：

第一章 语 语汇 语汇学	温锁林（山西大学）
第二章 语的分类	辛 菊（山西师范大学）
第三章 语的构成和结构	史素芬（长治学院）
第四章 语义	马臻荣（运城学院）
第五章 谚语	王建华（晋中学院）
第六章 惯用语	温端政（温朔彬协助，山西社科院）
第七章 成语	王洪江（太原师范学院）
第八章 歇后语	张光明（忻州师范学院）
第九章 方言语汇	吴建生（山西社科院）
第十章 语典	温端政（温朔彬协助，山

西社科院）

初稿完成后，于二〇〇五年十二月召开了交流会。我作为本书主编，对初稿逐章逐节进行审阅，定稿以后，商务印书馆于二〇〇六年九月出版。

《汉语语汇学教程》出版之后，忻州师院的张光明教授首开汉语语汇学选修课，并取得较好效果。在二〇〇七年七月二十八至二十九日召开的首届汉语语汇学学术研讨会上，他宣读了《一门深受大学生欢迎的选修课——“汉语语汇学”教学体会》一文，产生了影响。甘肃省天水师范学院成立了“语汇学研究所”，并开讲语汇学选修课。

合写《汉语语汇研究史》

过去，“语”往往被看成是“词的等价物”，处在词汇的附属地位。一些研究词汇史的论著也涉及语（多被称为“熟语”）。如周荐的《汉语词汇研究史纲》（语文出版社，一九九五年），在第二部分“草创和初步发展时期”和第四部分“走向繁荣时期”都讲到“熟语”研究的情况。许威汉的《二十世纪的汉语词汇学》（书海出版社，二〇〇〇年）下编，在第六章“‘五四’后（一九二〇——）的初步探讨”、第八章“新中国成立后（一九六〇——）的具体探讨（二）”、第十章“‘文化大革命’后的新步伐（一九七八——）”和第十一章“新时期的拓展与深化（一九九〇年前后）”里，都设有专节讲“熟语”研究。周荐与杨世铁合著的《汉语词汇研究百年史》（外语教学与研究出版社，二〇〇六年），也采取了类似的做法。苻淮青的《汉语词汇学史》（安徽教育出版社，一九九六年）的做法有所不同，新中国建立以前按时代发展叙述，新中国建立以后，现代汉语词汇学、古代汉语词汇学分别叙述，“熟语”则单列章节叙述。还有，武占坤的《汉语熟语通论》（初版，河北教育出版社，二〇〇五年；修订版，河北大学出版社，二〇〇七年）和王勤的《汉语熟语论》（山东教育出版社，二〇〇六年），都设专章讲“熟语”研究的历史。这些著作关于“熟语”研究历史的论述，都有一定的学术价值，但都在不同程度上存在不够系统或者不够全面的缺陷。因此，在汉语语汇学理论的指导下，全面系统地考察汉语语汇研究的历史，总结汉语语汇研究的历史经验，特别是改革开放以来汉语语汇研究的经验，就很有必要，对于提高我们对汉语语汇的认识，促进语汇研究，把汉语语汇研究提升到一个新的水平，具有重要的意义。

正是基于这种考虑，我和二女儿朔彬合写了《汉语语汇研究史》。全书共六章，前五章由朔彬执笔，其中“评语”和“小结”由我撰写；第六章由我执笔，全书由我统稿。于二〇〇九年十月由商务印书馆出版。

本书在撰写过程中，最难的也是最有价值的是“评语”，我撰写时字斟句酌，力求公正准确。对于比较敏感的问题，则慎而又慎。例如，王勤的《汉语熟语论》，由于在总体的章节安排上和部分章节的内容上与武占坤的《汉语熟语通论》有相同或相似之处，结果引起武氏的不满。武氏在其《汉语熟语通论》“修订版书后记”里说：“看来受我书大纲小目影响的写书人，想利用广大读者不明真相之际，陷我于抄袭不法之罪。”这段文字写得比较模糊，但“修订版书后记”后面附录的许来渠教授为武氏《汉语熟语通论》所写的书评，则清楚点明是指王勤的《汉语熟语论》一书有抄袭武氏《汉语熟语通论》的嫌疑。我在“评语”中指出：

我们经过对比，发现两书确有某些相同或相似之处，如都设专章讲汉语熟语研究的历史，而且分期也十分相似(武书分为“萌芽期”、“发展期”、“壮盛期”、“初荣期”、“繁荣期”；王书除把“壮盛期”和“初荣期”合并为“兴盛期”外，其他都一样)；又如讲熟语与文化，武书设专章，王书也设专章，而且标题都是“汉语熟语的文化底蕴”，但在具体阐述上各有千秋，并不雷同。

我觉得这个评语是公正的。

二〇〇七年七月在太原召开，前排右十山西社科院院长李留澜，右九苏宝荣，右八张志毅，右七韩敬体，右六晁继周，右四李行杰，左九是我。

合写《惯用语》

自《歇后语》《谚语》于一九八五年出版以来，我一直有个想法，就是撰写《惯用语》一书与之配套。二〇〇五年出版的《汉语语汇学》有“惯用语”一章，二〇〇六年出版的《汉语语汇学教程》中，“惯用语”一章也是我执笔的。我很想在此基础上把《惯用语》一书写出来。于是在二〇一三年集中了一段时间进行撰写，我的二女儿朔彬作为助手，参考《歇后语》《谚语》的章节安排，比较顺利地完成，于二〇一四年二月由商务印书馆出版。

本书核心的部分是关于对惯用语的性质和范围的论述。共举出八种不同的，有的甚至是对立的意见，然后提出我们的意见，认为把惯用语定义为“非二二相承”的描述语，是最佳的选择。

惯用语的来源，是我以前没有探讨过的，本书参考相关论著，作了叙述，认为惯用语主要来源于历史文献记载、民间传说、地域性的方言，以及各行各业的日常生活。

惯用语的语义，是前人没有探讨过的。我们在《汉语语汇学》和《汉语语汇学教程》对这个所作的论述基础上，作了进一步探讨，从惯用语语义的特点、惯用语语义的结构，以及惯用语语义的类聚等三个方面进行了叙述。

撰写《语词学基础》

二〇〇八年，在河北大学举办的第七届全国词汇学学术研讨会上，我宣读了题为《再论语词分立》的文章。文章根据“语词合一”的主张，提出构建汉语语词学的设想，认为：语和词、语汇和词汇，是汉语里同中有异、异中有同的密不可分的“孪生”单位。从异的方面考虑，可以建立彼此平行的词汇学和语汇学，而从同的方面考虑，则有必要建立汉语语词学；还认为：汉语语词学，不是汉语词汇学和汉语语汇学的简单相加，而应当是把词和语、词汇和语汇融合在一起，从汉语实际出发，建立起一个具有汉语特色的新的理论体系。这个设想，得到时任商务印书馆副总编周洪波等先生的支持。从那时起，我就一直思考着如何构建汉语语词学的理论体系。

实践才知道，这是一个非常艰巨的工程，深感自己不能胜任，但又不忍心放弃。因此，只能一步一步探索，先写这本《语词学基础》。从二〇一二年开始动笔。写作过程中，遇到许多难题，多次想放弃，却又不甘心，常写写停停，停停写写。现在终于勉强完稿，虽然觉得不够理想，但感到自己已经尽了力。希望能为后来学者构建完整的汉语语词学提供参考。该书将由商务印书馆出版，正在审稿中。

尊重不同意见

学术研究需要有不同的意见。正如李行杰先生（二〇〇九年）所说的："一种新理论或新主张出现之后，应当有支持，有质疑，有反对，有补充。支持的意见固然十分重要，但是，反对和批评的意见更有价值。当今之计，最需要反对的意见，有反对的意见才会有争论，而科学是在争论中产生和发展的。"因此对待不同意见，首先要尊重。当然，更要认真分析，必须去谬存真。不过，我完全没有想到的是，对"语词分立"主张，对建立汉语语汇学，提出质疑的竟是周荐先生。我们曾经合作撰写《二十世纪的汉语俗语研究》一书，当时他曾经告诉我，他完全同意我的学术观点，后来我们一致保持着亲密的友谊。

二〇一〇年五月十八日的《中国社会科学报》，发表了周荐的《中国词汇学发展需明晰定位》一文，对语汇学建立的学理依据提出了质疑。该文认为：

一个学科能否建立起来，是否已经建设完足，主要有两个标尺，一要看它是否已有一套独立而完备的理论和学科体系，二要看它是否已具有一定的历史和现实的研究力。

该文强调：

“语汇学”与“词汇学”本是异名同实的关系，但近年却被个别学着将其作为与“词汇学”全然不同的另一个学科术语来使用，用于指对熟语的研究。无论是作为句子成分还是作为词汇单位，熟语和词均无显著区别，因此有学者的著作将本该称作“词汇”之处改称“语汇”，以使之与“语法”、“语音”一致起来，甚至二〇〇三年十一月成立的全国语言文字标准化技术委员会的汉语语汇分会，也用的是“语汇”而非“词汇”。学界也很早就有人将熟语称作“特殊词汇”，这也多少道出了问题的实质。传统上和现实上，绝大多数学者都将熟语纳入词汇学领域，或将“熟语”作为“词汇”的下位单位或次类看待的。因此，将熟语研究从词汇学中切割出来使之独立，再把与“词汇”异名同实的“语汇”剥离出来指称那些熟语，殊无必要，这样的做法有无为公众所接受的可能性，也未可知。

《辞书研究》二〇一一年第六期发表了他在南开大学的研究生刘静静的《也谈“语词分立”》一文，对我“语词分立”的主张，提出不同意见。认为语词之间只在“细微之处存在差异又在根本的原则问题上相互一致”，“不可因为语和词之间一小部分的‘异’而过分夸大二者的区别，忽略它们大部分的‘同’，更忽略甚至掩饰‘语’内成员间的区别，否则，将有悖常理”。

二〇一三年八月，在内蒙古大学召开的第四届全国汉语语汇学学术研讨会上，周荐宣读了《语词分合问题引发的若干思考》一文，后经修改，发表在《世界汉语教学》二〇一四年第四期上。该文针对“语词分立”主张，提出几个质疑性的问题：

一、“语”“词”当分当合？分合各自的理由为何？

二、语、词是对立大于联系，还是联系大于对立？

三、“语”是否不属词汇单位？“语”可不可收入词典？

四、“语”“词”划分的标准是什么？

五、在“语汇”“词汇”上建立一个“词语学”，从学科体系上看是否可行？

我分析了这些问题，认为根本的问题是如何树立正确的语词观。于是撰写了题为《树立正确的语词观——兼与周荐〈语词分合问题引发的若干思考〉一文商榷》的论文，提交第五届汉语语汇学学术研讨会。文章对周文所提出的问题，作了明确的回应，认为树立正确的语词观，对于客观、全面地认识语词之异同，语汇与词汇之分合，建立与词汇学平行的语汇学，以及在词汇学和语汇学之上建立语词学等问题，都具有重要的意义。该文后来发表在《辞书研究》二〇一六年第一期。

语典编纂研究

《汉语语汇学》于二〇〇五年出版之后，我把研究的重点逐渐转移到语典编纂研究上来。在主编的《汉语语汇学教程》里，执笔撰写了"语典"一章，接着撰写系列性论文，论述语典编纂的相关问题，后又合作撰写了《语典编纂的理论与实践》一书，

撰写"语典"专章

二〇〇五年出版的《汉语语汇学》，没有提到语典编纂，我觉得是个缺陷。在主编《汉语语汇学教程》时，觉得需要弥补。于是执笔撰写了"语典"专章,含以下三节:语典的性质和功能；语典的类型和结构；语汇研究对语典编纂的指导作用。其中后一个问题是重点。

本章后面还附思考题和练习题。思考题有三个：

一、试比较语典和词典的性质和功能，指出相同点和不同点。

二、目前不少词典也收语，试分析其利弊。

三、有人说，目前语类辞书，特别是成语类辞书重复出版的现象非常严重，应当纠正。说说你的看法。

这三个问题，至今仍有思考的必要。

撰写系列论文

二〇〇七年五月二十五至二十八日，海峡两岸《康熙字典》学术研讨会在山西晋城市阳城县北留镇皇城村召开，我在会上宣读了题为《语典的兴起及其对文化传承的贡献》的论文，认为语典作为汉语语汇类辞书，在编纂出版方面正出现类型多样化、规模大型化和品种系列化的发展趋势；语的丰富文化内涵，使语典承担着更为突出的文化传承功能，显示了民族文化的魅力，为文化传承起到了不可替代的作用。本文发表在《辞书研究》二〇〇七年第六期，并收入《中华字典研究》第二辑（中国社会科学出版社，二〇一〇年）。

二〇〇七年七月二十八至二十九日，由山西省社会科学院和商务印书馆联合主办的首届汉语语汇学学术研讨会在太原市召开，我在会上宣读了题为《语汇研究与语典编纂》的论文，认为：一方面，语典编纂为语汇研究提供了坚实的基础；另一方面，语汇研究对语典编纂起着重要的指导作用。因此，需要建立起语汇研究和语典编纂之间的良性互动关系。本文发表在《语文研究》二〇〇七年第四期,后收入《汉语语汇学研究》(商务印书馆,二〇〇九年)。

二〇〇七年五月，《康熙字典》暨词典学国际学术研讨会在山西晋城市阳城县北留镇皇城村召开，我在会上宣读了题为《树立正确的辞书编纂苦乐观》的论文，文章联系个人从事语典编纂的实践，叙述了收集资料过程中的苦与乐，推敲释义过程中的苦与乐，探索、继承和创新过程中的苦与乐，认为辞书编纂的过程，是苦中有乐、乐中有苦、苦乐交融的过程；成功的辞书编纂总是备尝艰辛而最终享受无穷的乐趣。本文发表在《辞书研究》二〇〇九第六期，并收入《中华字典研究》第一辑（中国社会科学出版社，二〇〇九年)。

二〇〇九年七月二十九至三十日，由山西省社会科学院、商务印书馆和温州大学联合主办的第二届汉语语汇学学术研讨会在温州市召开，我在会上宣读了题为《〈新华语典〉立目和释义的思考》的论文，论述了《新华语典》立目的科学性和实用性，探索了释义所坚持的几个基本原则，包括释文的叙述性原则，释文内容与“语性”相统一的原则，以及“从语料中来，到语料中去”的原则。本文收入《汉语语汇学研究（二）》(商务印书馆,二〇一一年)。

二〇一二年四月二十三至二十七日，第四届全国辞书理论与辞书史学术研讨会在安徽省芜湖市召开。我没有出席会议,但提交了题为《论字典、词典、语典三分》的论文，论述了语文辞书中字典、词典、语典三分的理论依据、事实基础及其主要意义，认为“语词分立”是“三分”的理论依据；语典的大量编纂和出版，为“三分”奠定了事实基础;“三分”的主要意义是:有利于语文辞书编纂的分工，使字典、词典、语典各司其职；有利于语典编纂的研究和语典学的建立；有利于汉语语汇研究和语汇学的建立与完善。本文后来发表在《辞书研究》二〇一四年第二期，并收入中国辞书学会辞书理论与辞书史专业委员会、安徽省辞书学会编的《中国辞书理论研究》(语文出版社，二〇一四年)。

合写《语典编纂的理论与实践》一书

《语典编纂的理论与实践》一书就是在上述论文的基础上撰写的。二〇〇八年开始动手，二〇一一年六月批准列为国家社科基金项目，二〇一三年六月批准结项，二〇一四年一月由商务印书馆出版。在批准结项过程中，有五位鉴定专家对本书提出评审意见。其中有一位专家非常认真，鉴定意见用手书小字，满满写了一大页，为了对这位不知名的专家表示感谢，现将其主要意见摘录如下。

这位专家的鉴定意见，首先指出《语典编纂的理论与实践》的撰写背景：

从辞书编纂的角度来看，语典编纂的历史远滞后于字典、词典等一般语文辞书；从辞书理论研究的角度看，语典的研究比字典、词典的研究要薄弱得多。成语典的编纂有一些研究文章，谚语典、歇后语典、惯用语典的研究相对更少一些，而语典编纂的综合性研究则基本处于空白的状态。改革开放以来，随着大众对语典需求的增多，语典编纂也越来越热。但语汇研究及语典编纂理论的滞后在一定程度上影响了语典的编纂，因此，总结语典编纂的经验，探索语典编纂的理论成为当务之急。《语典编纂的理论与实践》就是这方面的硕果。

接着介绍了本书的主要内容：

本成果首先深讨了语典的性质和功能，认为与字典、词典最主要的不同之处是收条对象，将语典定义为："收集语汇加以解释，按一定次序排列，供人查考或阅读的语文性工具书。”并且从语典和一般字典词典异同的角度，将语典的功能分为两大类，包括备查功能、规范功能这种一般功能和阅读功能、教育功能等特殊功能。作者在简要回顾我国古代语典编纂史后，将我国近三十年来语典编纂出版情况及未来发展趋势归纳为三个特点：类型多样化、规模大型化和品种系列化。之后，作者分四章逐步深入地探讨了语汇研究对语典编纂的指导作用，明确了语典与字典、词典的分工，讨论了语典编纂的名实问题，并以大量实例说明目前语典编纂和出版中存在的模仿成风、剽窃露头等不正之风，重点讨论了语典的总体设计、语典的继承和创新以及不同类型的语典在立目、释义、例证方面的异同等问题。作者结合自己数十年语典编纂的实践，娓娓道出了计算机出现前后辞书编纂的不同，肯定了计算机技术的巨大辅助作用。还探讨了方言语典编纂的理论和实践问题，并告诫后辈应树立正确的语典编纂苦乐观。文末还附录了作者曾经主编或参编的语典的前言序言。作者的观点和编纂经验都是令人信服的。

在此基础上，总结了本书的“几个鲜明的特色”：

第一，理论与实践相结合。通读全文可以看出，本成果的作者既是一位杰出的谚语、歇后语、惯用语、成语及综合类词（语）典的编纂家，具有丰富的辞书编纂经验，同时也是一位优秀的语汇、语典编纂理论的研究者。语典编纂实践经验的积累与语典编纂理论、语汇学理论的深入研究是相互作用的。正如作者所说："语典编纂前期收集的大量语料，在为语典编纂提供资料基础的同时，也为语汇研究提供资料基础。"而辞书的编纂，尤其是大中型优秀辞书的编纂更离不开辞书理论及词汇学、语汇学理论的支撑，只有对"语"的性质和分类充分研究，才能保证语典选词立目的科学性；只有对"语"的语义特点全面研究，才能保证语典释义的原则和方法正确可行。作者在数十年语典编纂工作的基础上不断进行理论思考，这些理论在辞书编纂中不断丰富并接受实践的检验，反过来又进一步指导新的辞书编纂。

第二，原创性。作者提出了辞书学领域的新范畴——语典和语典学。作者基于我国目前语文辞书编纂和出版的现状，提出语典和字典、词典三分的主张。……本成果是作者数十年语典编纂的理论思考和切身经验总结，目前语典编纂的综合性理论基本处于空白的状态，本成果的原创性价值很高。

第三，系统性。本成果从语典的宏观结构到微观结构，从语典的立目、语性、注音、释义到例证，体现出明显的系统性。以语典的立目问题为例，语汇具有系统性，语典的立目也具有系统性。作者认为："如何确保语典立目的科学性？这里的关键是明确语的性质，确定语的内涵和外延，划清语与词（特别是复合词）的界限，划清语和自由词组的界限。"这一观点是令人信服的。面对目前成语语典、谚语语典、惯用语语典、歇后语语典等专语语典编纂中条目混乱、交错混合的状况，作者依次讨论了不同专语语典的立目问题，不仅在理论上解决了不同专语语典的立目问题，并且在主编的《新华歇后语词典》《新华惯用语词典》《新华谚语词典》等专语语典中得以成功运用。

这位专家的鉴定意见还提出了几个需要进一步探讨的问题，包括语典的释义、主副条的安排、语典的功能等。最后提出结论性意见：

综上，本成果填补了语典编纂综合性理论研究的空白，对语典编纂的实践具有重要的指导意义，是一部优秀的国家社科基金项目成果。

附录

温端政语言学著述目录

专书

·方言部分·

怀仁方言志 《语文研究》增刊，一九八三年

忻州方言志 语文出版社，一九八五年

苍南方言志 语文出版社，一九九一 年

山西民俗方言志·方言篇（主编）中华书局，一九九七

山西方言调查研究报告（主编之一，国家“七五”哲学社会科学规划重点项目）山西高校联合出版社，一九九三 年

太原话音档（侯精一主编，编写者之一）上海教育出版社，一九九九

山西省方言志丛刊

（主编，国家“六五”哲学社会科学规划重点项目）

平遥方言志 《语文研究》增刊，一九八二年

太谷方言志 《语文研究》增刊，一九八三年

晋城方言志 《语文研究》增刊，一九八三年

陵川方言志 《语文研究》增刊，一九八三年

洪洞方言志 《语文研究》增刊，一九八三年

襄垣方言志 《语文研究》增刊，一九八四年

祁县方言志 《语文研究》增刊，一九八四年

寿阳方言志 《语文研究》增刊，一九八四年

文水方言志 《语文研究》增刊，一九八四年

万荣方言志 《语文研究》增刊，一九八四年

山西省方言志丛书（主编，国家“六五”哲学社会科学规划重点项目）

长治方言志 语文出版社，一九八五年

大同方言志 语文出版社，一九八六年

原平方言志 语文出版社，一九八九年

临汾方言志 语文出版社，一九八九年

和顺方言志 语文出版社，一九八九年

孝义方言志 语文出版社，一九八九年

文水方言志（修订本） 语文出版社，一九八九年

阳曲方言志 社会科学文献出版社，一九九一年

汾西方言志 山西高校联合出版社，一九九〇年

吉县方言志 山西高校联合出版社，一九九〇年

沁县方言志 山西高校联合出版社，一九九〇年

山阴方言志 山西高校联合出版社，一九九〇年

新绛方言志 山西高校联合出版社，一九九〇年

武乡方言志 山西高校联合出版社，一九九〇年

永济方言志 山西高校联合出版社，一九九〇年

天镇方言志 山西高校联合出版社，一九九〇年

清徐方言志 山西高校联合出版社，一九九〇年

介休方言志 山西高校联合出版社，一九九一年

临县方言志　山西高校联合出版社，一九九一年

运城方言志　山西高校联合出版社，一九九一年

盂县方言志　山西高校联合出版社，一九九一年

朔县方言志　山西高校联合出版社，一九九一年

左权方言志　山西高校联合出版社，一九九一年

屯留方言志　山西高校联合出版社，一九九一年

广灵方言志　山西高校联合出版社，一九九四年

蒲县方言志　山西高校联合出版社，一九九四年

长子方言志　山西高校联合出版社，一九九五年

定襄方言志　山西高校联合出版社，一九九五年

灵丘方言志　山西高校联合出版社，一九九六年

·语汇部分·

谚语　　商务印书馆，一九八五年

谚语のたたし——中国のことゎぎ（〔日〕高桥均、高桥由利子编译，东京光生馆，一九八九）

歇后语　　商务印书馆，一九八五年

歇后语のたたし——中国のことほ游ひ（〔日〕相原茂、白井启介编译，东京光生馆，一九九一年）

忻州俗语志（作者之一）　语文出版社，一九八六年

二十世纪的汉语俗语研究（作者之一）　书海出版社，二〇〇〇年

汉语语汇学　　商务印书馆，二〇〇五年

汉语语汇学教程（主编）　商务印书馆，二〇〇六年

汉语语汇研究史（作者之一）　商务印书馆，二〇〇九年

惯用语（作者之一）　商务印书馆，二〇一四年

语典编纂的理论与实践（作者之一） 商务印书馆，二〇一四年

语词学基础 商务印书馆（即出）

论文

·方言部分·

浙南闽语里形容词程度的表示方法 《中国语文》一九五七年一二期

浙南闽语里的“仔”“子”和“+” 《中国语文》一九五八年五期

太原方言词汇 《方言》一九八一年四期

略谈方言志的编写问题 《山西地方志通讯》一九八二年一一期

关于编写方言志的几个问题 《中国地方志通讯》一九八三年二期；《中国地方志论丛》，中国地方史志协会编，中华书局一九八四年出版

太原方言的文白异读和新老两派的语音差别 在中国语言学会第二届年会（合肥，一九八三）上宣读

晋北方言词“抬”《语文研究》一九八五年一期

忻州话四字组俗语的构成方式和修辞特色 《语文研究》一九八六年一期（署名“靳雨”）；《山西方言研究》（论文集），山西人民出版社，一九八九

试论山西晋语的入声 《中国语文》一九八六年二期

山西方言的分区（稿）（作者之一）《方言》一九八六年二

期

LES CONTRACTIONS ET EXPANSIONS LEXICALES DANS LES DIALECTES JIN DU SHANXI（论山西晋语的合音词和分音词）《Cahiers de Linguistique Asie Orintale》〔法〕《东方语言学》一九八七年一期

论山西晋语的舒声促化　在全国汉语方言学会第四届年会（舟山，一九八七）上宣读

方言和民俗《中国语文》一九八八年三期

关于改进新编县志方言部分编写工作的几点建议（作者之一）《语文研究》一九八八年二期

太原方言词汇的几个特点《庆祝王力先生学术活动五十周年语言文字学术论文集》，知识出版社，一九八九年

山西方言构词成分“圪”研究　在中国语言学会第五届年会（杭州，一九八九）上宣读

忻州方言“圪”头词汇释（一～六）（作者之一）《语文研究》一九八九年第二～四期，一九九〇年第二期，一九九一年第一～二期

关于方言语法入志问题的探讨《温州方志通讯》一九九一第二期

太原方言同音字汇（上、下）（作者之一）《语文研究》一九九二年第三～四期

山西方言调查研究和方言志的编写《中国语文研究四十年纪念文集》，北京语言学院出版社，一九九三年

山西方言调查研究的回顾《学术论丛》一九九三年第三期

《忻州方言词典》引论（作者之一）《方言》一九九四年一

期

从浙南闽南话形容词程度表示方式的演变看优势方言对劣势方言的影响 《语文研究》一九九四年第一期

浙南闽语的语音特点 《方言》一九九五年第三期

晋语区的形成和晋语入声的特点 《首届晋方言国际学术研讨会论文集》，山西高校联合出版社；《山西师大学报》第二四卷第二期（一九九七年）

试论晋语的特点和归属 《语文研究》一九九七年第二期

苍南县志·方言 《苍南县志》，苍南县地方志编纂委员会编，浙江人民出版社，一九九七年

温州方言与温州话概说 《温州会刊》（台北）第十四卷第四、五期（一九九八年）

《方言》和晋语研究 《方言》一九九八年第四期

山西方言概说 《太原话音档》，上海教育出版社，一九九九

晋语“分立”和汉语方言的分区问题《语文研究》二〇〇〇年第一期

山西方言研究的回顾与新世纪的展望 在全国汉语方言学会第十一届年会（西安，二〇〇一年）上宣读

汉语方言语词综合比较研究的里程碑 《方言》二〇〇三年第三期

论晋语研究中的几个问题 《语言文字学研究》，中国社会科学出版社，二〇〇五年

论方言的特征和特点

——兼论用综合判断法观察晋语的归属问题 《语文研究》

二〇〇三年第一期

从晋语定义谈李荣先圣的学术思想 《中国方言学报》二〇一〇年第一期

·语汇部分·

关于“歇后语”的名称问题 《语文研究》一九八〇年一辑

引注语（歇后语）的性质 《晋阳学刊》一九八〇年一期

引注语（歇后语）的来源 《晋阳学刊》一九八〇年三期

试谈引注结构 《语文研究》一九八一年二辑

歇后语的语义 《中国语文》一九八一年六期

《春秋左传》俗语选注（作者之一） 《语文研究》一九八四年三期

谚语的语义 《中国语文》一九八四年四期

略论“歇后语”前后两部分的关系

——对几种流行说法的商榷 《语文研究》一九八三年一期

重视研究俗语的修辞问题 《修辞丛谈》，中国修辞学会华北分会编，河北人民出版社，一九八六年

关于《汉语常用语词典》编写中的几个问题 《语文研究》一九九五年一期

略论汉语俗语的“俗”与“雅”

——兼谈俗语文化研究 《学术论丛》一九九五年第二期

妙趣横生的歇后语《新民晚报》二〇〇〇年三月十六日

《常用歇后语分类词典》前言上海大学出版社，二〇〇〇年六月

“龙虫并雕”和“语”的研究（作者之一）《语文研究》二

〇〇〇年第四期

歇后语研究五十年

——回顾《中国语文》创刊初期关于歇后语的一场讨论 《庆祝〈中国语文〉创刊五十周年学术论文集》，商务印书馆，二〇〇四年

关于《中国歇后语大词典》编纂中的几个问题 《辞书研究》二〇〇二年第四期

论词语分立 《辞书研究》二〇〇二年第六期；《词汇学理论与应用（二）》，商务印书馆，二〇〇四年；《〈辞书研究〉三十年论文精选》（上海辞书出版社，二〇〇九年）

“语词分立”和方言语汇研究——重温吕叔湘先生《中国俗语大辞典·序》《语文研究》二〇〇五年第二期。

也谈“语汇重要，语汇难”《语文研究》二〇〇六年第三期

关于汉语语汇教学的几个问题 《语苑撷英——庆祝唐作藩教授八十华诞学术论文集》，中国大百科全书出版社，二〇〇七

语汇研究与语典编纂 《语文研究》二〇〇七年第四期；《汉语语汇学研究》，商务印书馆，二〇〇九年

论晋语语汇研究 《晋方言研究——第三届晋方言国际学术研讨会论文集》，希望出版社，二〇〇八年

树立正确的辞书编纂苦乐观 《辞书研究》二〇〇九第六期；《中华字典研究》第一辑，中国社会科学出版社，二〇〇九年

《现代汉语词典》“前言”“说明”中几个问题的思考 《现代汉语词典》学术研讨会论文集，商务印书馆，二〇〇九年

《现代汉语词典》第五版语类条目中“也说”条的出条、表达方式类型的修改意见 《现代汉语词典》学术研讨会论文集，

商务印书馆，二〇〇九年

再论语词分立 《辞书研究》二〇一〇年第三期；《词汇学理论与应用（五）》，商务印书馆，二〇一〇年

语典的兴起及其对文化传承的贡献 《辞书研究》二〇〇七年第六期；《中华字典研究》第二辑，中国社会科学出版社，二〇一〇年

《新华语典》立目和释义的思考 《汉语语汇学研究（二）》，商务印书馆，二〇一一年

论语汇学与相关学科的关系在第三届语汇学学术研讨会（杭州，二〇一一年）上宣读

论语汇学的建立、发展和完善在第四届语汇学学术研讨会（呼和浩特，二〇一三年）上宣读

汉语方言语汇研究的开创之作

——评介盛爱萍教授《瓯越语语汇研究》《绍兴文理学院学报》二〇一三年第三期

论字典、词典、语典三分 《辞书研究》二〇一四年第二期；《中国辞书理论研究》，语文出版社，二〇一四年

关于《汉语大词典》收"语"问题 《汉语大词典》修订论集（一），上海辞书出版社，二〇一四年

树立正确的语词观 《辞书研究》二〇一六年第一期

·汉字和语文教学部分·

《对于废除汉字改用拼音字的商榷》一文的错误在哪里？《文字改革》一九五八年三期

用拼音字母教语法 《文字改革》一九五九年八期

谈谈语文教学中的政治思想教育问题 《山西教育》一九五九年一五期

加强语音教学中基本技能训练的体会 《文字改革》一九六二年六期

陈虬和他的《新字瓯文》——纪念陈虬逝世六十周年 《文字改革》一九六三年十一、十二期合刊

从山西省语文竞赛谈中学语文教学的几个问题 《语文研究》一九八〇年一辑

从语言学角度研究语文教学 （署名“靳雨”）《语文研究》一九八三年一期

试论安子介先生的“声旁有义说” 《汉字文化》一九九一年第四期

·书刊评介·

《方言调查方法》（岑麒祥）（作者之一） 《中国语文》一九五七年第二期

《以“葡萄”一词为例论古代汉语的借词问题》（〔波〕亚努士·赫迈莱夫斯基） 中国语文》一九五七年第七期

《原始佛教的语言问题》（季羡林） 《中国语文》一九五七年第七期

《鲁迅与现代汉语文学语言》（高名凯等） 《中国语文》一九五七年第七期

《批判高本汉和马伯乐的汉语语法观点》（严修） 《中国语文》一九五七年第十一期

·译作·

《西北方言和中古汉语的硬软腭音韵尾（〔日〕桥本万太郎）

（译者之一）《语文研究》一九八二年第一期

语言学中马克思经典作家的论述和历史主义（〔苏〕克里莫夫）《语文研究》一九八四年第三期

前言、序

《中国俗语大词典》前言　上海辞书出版社，一九八九；《语文研究》一九八九年一期

《标点符号用法解》序　山西高校联合出版社一九九二年七月

《山西方言调查研究报告》前言（执笔）《山西方言调查研究报告》，山西高校联合出版社，一九九三年

《汉语常用语词典》前言　上海辞书出版社，一九九六年十一月

《洪洞方言研究》序　中央文献出版社，一九九九年十二月

《忻州方言俗语大词典》前言（执笔）　上海辞书出版社，二〇〇二

《谚海》前言　语文出版社，二〇〇〇年一月

《语海》序　上海文艺出版社，二〇〇〇年一月

《常用歇后语分类词典》前言　上海大学出版社，二〇〇〇

《通用成语词典》前言　语文出版社，二〇〇二年一月；《语文研究》二〇〇二年第一期

《通用歇后语词典》前言　语文出版社，二〇〇二年一月

《通用惯用语词典》前言　语文出版社，二〇〇二年一月

《通用谚语词典》前言　语文出版社，二〇〇四年一月

《通用格言词典》前言　语文出版社，二〇〇四年一月

《中国谚语大全》《中国惯用语大全》《中国歇后语大全》前言　上海辞书出版社，二〇〇四；《语文研究》二〇〇四第二期

《汉语语汇学》自序　商务印书馆，二〇〇五年

《新华谚语词典》前言　商务印书馆，二〇〇五年

《忻州歇后语词典》序　上海辞书出版社，二〇〇六年

《新华惯用语词典》前言　商务印书馆，二〇〇七年

《新华谚语词典》前言　商务印书馆，二〇〇八年

《现代汉语小语典》前言　人民教育出版社，二〇〇八年

《常用谚语词典》前言　上海辞书出版社，二〇〇八年

《常用歇后语词典》前言　上海辞书出版社，二〇〇八年

《中国格言大辞典》前言　上海辞书出版社，二〇〇八年

《三晋俗语研究》序　书海出版社，二〇〇九年

《中国谚语大辞典》前言　上海辞书出版社，二〇一一年

《中国惯用语大辞典》前言　上海辞书出版社，二〇一一年

《中国俗语大辞典》（新一版）前言　上海辞书出版社，二〇一一年

《忻州方言语汇系列辞书》序　上海大学出版社二〇一二年

《中华成语辞海》序　湖南教育出版社，二〇一四年

《汉语成语大词典》序　湖南教育出版社，二〇一四年

《新华语典》前言　商务印书馆，二〇一四年

《学生成语辨析小词典》前言（作者之一）　人民教育出版社，二〇一四年

《俗语大词典》前言　商务印书馆，二〇一五年

《新华格言词典》前言　商务印书馆，二〇一五年

工具书编纂

·方言部分·

忻州方言词典（李荣主编，作者之一，国家“八五”哲学社会科学规划重点项目） 江苏教育出版社，一九九五年

忻州方言俗语大词典（编纂者之一） 上海辞书出版社，二〇〇二年

·语汇部分·

歇后语词典（作者之一） 北京出版社，一九八四年

汉语谚语小词典 商务印书馆，一九八九年

中国俗语大词典（主编） 上海辞书出版社，一九八九年

古今俗语集成（主编） 山西教育出版社，一九八九年

汉语常用语词典（主编） 上海辞书出版社，一九九六年

谚海（主编之一） 语文出版社，一九九九年

谚语小词典（主编）上海辞书出版社，一九九九年

惯用语小词典（主编）上海辞书出版社，一九九九年

歇后语小词典（主编）上海辞书出版社，一九九九年

语海（总审订）上海文艺出版社，二〇〇〇

常用歇后语分类词典（主编之一）上海大学出版社，二〇〇〇年

现代汉语歇后语规范词典（李行健主编，作者之一）长春出版社，二〇〇一年

现代汉语谚语规范词典（李行健主编，作者之一）长春出版社，二〇〇一年

敬谦语小词典（作者之一）语文出版社，二〇〇二年

通用成语词典（主编之一）语文出版社，二〇〇二年

通用歇后语词典（主编之一）语文出版社，二〇〇二年

通用惯用语词典（主编之一）语文出版社，二〇〇二年

中国歇后语大词典（主编）上海辞书出版社，二〇〇二年

通用谚语词典（主编之一）语文出版社，二〇〇四年

通用格言词典（主编之一）语文出版社，二〇〇四年

中国谚语大全（主编）上海辞书出版社，二〇〇四年

中国惯用语大全（主编）上海辞书出版社，二〇〇四年

中国歇后语大全（主编）上海辞书出版社，二〇〇四年

分类歇后语词典（主编）上海辞书出版社，二〇〇五年

分类谚语词典（主编）上海辞书出版社，二〇〇五年

分类惯用语词典（主编）上海辞书出版社，二〇〇六年

新华谚语词典（主编）商务印书馆，二〇〇五年

新华惯用语词典（主编）商务印书馆，二〇〇七年

常用谚语词典（主编）上海辞书出版社，二〇〇八年

常用歇后语词典（主编）上海辞书出版社，二〇〇八年

新华歇后语词典（主编）商务印书馆，二〇〇八年

现代汉语小语典（主编）人民教育出版社，二〇〇八年

中国格言大辞典（主编之一）上海辞书出版社，二〇〇八年

中国惯用语大辞典（主编之一）上海辞书出版社，二〇一一年

中国谚语大辞典（主编）上海辞书出版社，二〇一一年

中国歇后语大辞典（新一版，主编）上海辞书出版社，二〇一一年

中国俗语大辞典（主编）上海辞书出版社，二〇一一年

谚语一千〇条（主编）上海辞书出版社，二〇一二年

惯用语一千〇条（主编之一）上海辞书出版社，二〇一二年

歇后语一千〇条（主编）上海辞书出版社，二〇一二年

俗语一千〇条（主编）上海辞书出版社，二〇一二年

小学生谚语歇后语惯用语词典（主编）复旦大学出版社，二〇一三年

常用谚语辞典（主编）上海辞书出版社，二〇一四年

常用惯用语辞典（主编之一）上海辞书出版社，二〇一四年

常用歇后语辞典（主编）上海辞书出版社，二〇一四年

常用俗语辞典（主编）上海辞书出版社，二〇一四年

新华语典（主编）商务印书馆，二〇一四年

学生成语辨析小词典（主编之一）人民教育出版社，二〇一四年

俗语大词典（主编）商务印书馆，二〇一五年

新华格言词典（主编）商务印书馆，二〇一五年

现代汉语通用语典（主编之一）语文出版社（即出）

通用成语大词典（主编之一）语文出版社（即出）

谚语辞海（主编之一）上海辞书出版社（即出）

歇后语辞海（主编）上海辞书出版社（即出）

惯用语辞海（主编之一）上海辞书出版社（即出）

主编论文集

山西方言研究 （主编之一） 山西人民出版社，一九八九年

语文新论（主编之一） 山西教育出版社，一九九六年

俗语研究与探索（主编） 上海辞书出版社，二〇〇五年

汉语语汇学研究（主编之一） 商务印书馆，二〇〇九年

汉语语汇学研究（二）（主编之一） 商务印书馆，二〇一一年

参与编著（提供资料）

汉语方言概要（袁家骅等著，提供浙南闽语材料） 文字改革出版社，一九六〇年（第一版）；一九八九年（第二版）

汉语方音字汇（北京大学中文系语言学教研室编，提供太原方言材料）文字改革出版社一九八九年（第二版）

汉语方言词汇（北京大学中文系语言学教研室编，提供太原方言材料）语文出版社一九八九年（第二版）

普通话基础方言基本词汇集（陈章太、李行健主编；编委，国家"七五"哲学社会科学规划重点项目）语文出版社，一九九六年

其他

语文短评 《中国语文》一九五六年第十一、十二期，一九五七年第一、四、五期

纪念著名语言学家袁家骅教授 （以《语文研究》编辑部名义发表）《语文研究》一九八一年二辑

沉痛悼念丁声树研究员逝世 （以《语文研究》编辑部名义

发表)《语文研究》一九八九年二期

沉痛悼念朱德熙教授 (以《语文研究》编辑部名义发表)《语文研究》一九九二年四期

为开创语文研究的新局面而努力(以《语文研究》编辑部名义发表)《语文研究》一九八三年一期

五年来的《语文研究》和今后的设想 (以《语文研究》编辑部名义发表)《语文研究》一九八六年一期

顺应语言研究新趋势，推进现代语言学发展

——纪念《语文研究》创刊十五周年

《语文新论·〈语文研究〉十五周年纪念论文集》，山西教育出版社一九九六年六月出版

重视语言学理论对语言研究的作用《语文研究》一九九二年三期;《现代语言学理论建设的新思考》，语文出版社一九九四年

首届晋方言国际学术研讨会开幕词《语文研究》一九九五年第四期;《首届晋方言国际学术研讨会论文集》，山西高校联合出版社，一九九六年

《现代汉语方言大词典》太原、忻州、万荣分卷本出版暨山西方言研究座谈会闭幕词《语文研究》一九九九年第四期

王力先生和山西省的语言学研究

——纪念王力先生百年诞辰(作者之一) 语文出版社，二〇〇〇年

简评《神木方言研究》《陕西师范大学学报》二〇〇五年三期

后记

在本书即将付梓的时候，我怀着无比感激的心情。

首先要感激《瓯风》主编方韶毅先生，他不仅将我撰写的《回首人生》一书中的《回首北大》和《回首书店四年》分别发表于《瓯风》第九和第十集，还提出把本书收入《瓯风文丛》正式出版。

还要感谢卢礼阳先生，他主编的《温州读书报》曾于二〇〇五年十至十二期连载了章志诚先生撰写的《风雨拼搏铸辉煌——记温籍语言学家温端政》，后收入《瓯歌——〈温州读书报〉文选》（上海远东出版社二〇一一年版）。他还审读了本书的初稿，提出许多宝贵的意见。

在回首人生的时候，我念念不忘的是，在我面临困难或身处逆境的时候，那些伸出热情之手挽救和帮助过我的老师、同学和朋友。这在本书的序言里已经提到。滴水之恩，当涌泉相报。我愧只有"受恩"，而没有"相报"。

作为一个学者，最关心的是研究成果能否贡献社会。在这方面，要感谢出版界的朋友，特别是商务印书馆周洪波、余桂林、马志伟、乔永等先生；上海辞书出版社陈崎先生和杨蓉蓉女士；人民教育出版社刘玲女士和谢仁友先生；语文出版社李守业、张双亭先生；山西教育出版社张凤瑞女士和徐亚东先生，以及原山西高校联合出版社文琴女士等。是他们的抬爱、支持和帮助，才使我和合作者的许多研究成果得以问世，得到同行和社会的认可。在这里，我再次向他们表示深深的谢意。

在回首人生的时候，我念念不忘的，还有家乡温州对我的关怀。温州市图书馆曾邀我做学术报告，《温州日报》曾以整版的篇幅报道我在山西的业绩。我的老家平阳县对我更是关爱有加。县领导聘请我担任平阳县高级人才联谊会山西分会顾问，邀请我参加联谊会的年会。中共平阳县委组织部、平阳县人事局、平阳县科学技术协会、平阳县高级人才联谊会联合主办的《平阳人才》二〇〇九年第二期，把我作为“封面人物”，并刊载长篇文章介绍我在山西的科研活动和科研成果。养育我长大成人的麻步镇雷渎村的父老乡亲，没有忘记我这远方“游子”，每次返乡都盛情款待。《温氏宗谱》完成后，邀我专程返乡撰写序言，使我有机会参观新建的悬有我题写牌匾的温氏宗祠，参观闻名远近的“白鹤拳”武术馆，还让我为武术馆撰写纪念碑文。

在回首人生的时候，我念念不忘的，还有我的老伴陈秀娟。她是二〇〇七年十一月去世的，快到十周年了。她的音容笑貌一直留在我的脑海里，时常在梦境里见到她，许多往事不时浮现在眼前，最为难忘的是：

“文革”期间我住在“学习班”，隔三差五挨批斗。她带着三个孩子，除了参加运动，还要参加繁重的体力劳动。一天，二女儿从锅台上摔下来，折断了右臂。她一人抱着到山西省人民医院求医，医院乱得找不见医生。好在医院的党委书记是她的老领导，才得到及时治疗。

“文革”告一段落后，一九七〇年七月，我们一家五口被下放到运城县北相公社曹允大队当农民，住在茅草房里。我下地劳动，后来当工作队员入驻别的公社。她带着三个孩子，默默地给生产队养猪。后来我调到北相公社工作，住在公社旁边的三间小房。这时小儿子降生，她带着四个孩子，在北相小学任教。这一切，她都没有怨言，以一家人同甘共苦为乐。

一九七八年七月，我从运城调回太原在山西省社会科学研究所工作，她也调回太原在山西省教育学院工作。她担任化学系系主任，负责筹备实验室，又带着四个孩子。由于劳累过度，一九八六年脸上出现抽搐。当时只有北京中日友好医院能治此病。手术非常复杂，要在右耳旁打洞，调整神经。我带着大女儿赴京陪侍。手术基本成功，但留下右耳失听的后遗症。

一九九三年六月，我应邀去台湾参加一个学术会议。临行前两天，她领着三女儿去太原市公安局给我办手续，不想晕倒在马路上。经抢救入住医院，医生下了病危通知书。我取消了去台湾的行程，全力陪侍。住院治疗一个多月，才转危为安。医生诊断是脉搏过缓，后来安了起搏器。

一九九三至二〇〇五年，我陷入一场持久的著作权和名誉权官司。一审胜诉，终审败诉，走上申请再审的漫长道路。她一直跟我站在一边，荣辱与共，全心全意支持。为了这场官司，几乎花完了全部积蓄,她从未有过怨言。一九九九年二月的一天，她接到最高人民检察院民事行政厅打来的电话，说要受理我们的抗诉申请，当时，她比我还高兴，感到我们的官司终于有了转败为胜的希望。

二〇〇五年七月，她到山西省人民医院更换起搏器。医生发现肺部下面有黑点，以为是炎症，打了几针青霉素，就认为没事了。没有想到，它竟是个癌。二〇〇六年七月，发现肺下面疼痛，并有积水，经检查已是肺癌晚期。医生说，生存期只有三四个月。我们瞒着她。考虑到她有糖尿病、高血压，不宜化疗，只好请中医保守治疗。她自己熬药，每天一副，吃了一年多的中药，延缓了病情，但未能逃过一劫，病魔最终夺去了她的生命，给我们一家人留下深深的悲痛。

她的骨灰盒安放在太原市烈士陵园，每逢清明节，我都要和孩子们一起去祭奠，面对她的遗像，心头涌上无限的哀思。这本《回首人生》也是对她的悼念。也留给子女，希望他们继承父志，造就自己的美好人生。

一般地说，一个人最了解的应该是自己。可是要如实地把自己的一生写出来，并不容易。我曾经记过日记，在“文革”被抄之后，就不再写了。这本《回首人生》是凭着记忆和保存的有限资料写出来的。本意是力求忠于事实，让事实说话，但初稿完成之后，看了几遍，都不大满意，可是又不能大动手术，不得不留下遗憾。

古人说：“死生有命，富贵在天。”又说：“死生有命，祸福在天。”又说:“死生二字皆由命,祸福三生总在天。”说法不同，意思差不多。虽然带有几分迷信色彩，却也不是完全没有道理，用来安慰自己，使自己乐观地面对人生也许有些帮助。

温端政　二〇一七年五月十四日

瓯风文丛

主编 方韶毅

编委 卢礼阳 金丹霞 沈 迦 方绪晓

流年碎忆	林翘翘 著
回首人生	温端政 著
挹西注中	沈克成 著
籀园慧月	张乘健 著
此心安处	卢礼阳 著

图书在版编目（CIP）数据

回首人生 / 温端政著 . -- 上海：文汇出版社，2017.7

（瓯风文丛）

ISBN 978-7-5496-2195-8

I. ①回… II. ①温… III. ①回忆录 – 中国 – 当代 IV. ① I251

中国版本图书馆 CIP 数据核字（2017）第 149580 号

回首人生

作　　者　温端政
责任编辑　苏　菲
装帧设计　何天健
排版制作　胡文胜

出版发行　文匯出版社
上海市威海路 755 号（邮政编码 200041）
经　　销　全国新华书店
印刷装订　温州北大方印务有限公司
版　　次　2017 年 7 月第 1 版
印　　次　2017 年 7 月第 1 次印刷
开　　本　787×1092　1/32
字　　数　200 千字
印　　张　12.5

书　　号　ISBN 978-7-5496-2195-8
定　　价　48.00 元